[德]恩斯特·容格尔 著
胡春春 译
Ernst Jünger

钢铁风暴

IN STAHLGEWITTERN

人民文学出版社

Ernst Jünger
IN STAHLGEWITTERN
© 1920, 1961, 1978 Klett-Cotta-J. G. Cotta'sche Buchhandlung Nachfolger GmbH, Stuttgart
Simplified Chinese translation copyright © People's Literature Publishing House, Beijing, 2022

图书在版编目（CIP）数据

钢铁风暴 /（德）恩斯特·容格尔著；胡春春译. —北京：人民文学出版社，2022
ISBN 978-7-02-016686-2

Ⅰ.①钢… Ⅱ.①恩… ②胡… Ⅲ.①长篇小说—德国—现代 Ⅳ.①I516.45

中国版本图书馆 CIP 数据核字（2020）第 196350 号

责任编辑	欧阳韬
装帧设计	陶　雷
责任印制	任　祎

出版发行	人民文学出版社
社　　址	北京市朝内大街 166 号
邮政编码	100705
印　　刷	三河市宏盛印务有限公司
经　　销	全国新华书店等
字　　数	209 千字
开　　本	850 毫米×1168 毫米　1/32
印　　张	9　插页 3
印　　数	1—5000
版　　次	2022 年 1 月北京第 1 版
印　　次	2022 年 1 月第 1 次印刷
书　　号	978-7-02-016686-2
定　　价	68.00 元

如有印装质量问题，请与本社图书销售中心调换。电话：010-65233595

目　次

在香槟省的白垩土堑壕里 …………… 001
从巴赞库尔到阿通沙泰勒 …………… 012
莱塞帕尔热 ………………………… 020
杜希和蒙希 ………………………… 031
日常的阵地战 ……………………… 047
索姆河会战序幕 …………………… 061
吉耶蒙 ……………………………… 083
在圣皮埃尔瓦斯特森林 …………… 103
索姆河大撤退 ……………………… 113
弗雷努瓦村 ………………………… 123
与印度人作战 ……………………… 133
朗格马克 …………………………… 148
雷涅维勒 …………………………… 171
重返佛兰德 ………………………… 182
康布雷的两场战役 ………………… 193
在科热勒河 ………………………… 207
大决战 ……………………………… 212
英国人的进攻 ……………………… 243
我的最后一次冲锋 ………………… 259
杀出一条生路 ……………………… 268

译 者 序

德国作家恩斯特·容格尔（Ernst Jünger）1895年出生于德国海德堡（Heidelberg），1998年逝世于维尔福林根（Wilflingen）。终其一生，容格尔不仅有幸两次观察了哈雷彗星（1910年和1986年），参与了两次世界大战，经历了从德意志帝国到统一后形态各异的德国，而且笔耕不辍。作为践行者与思想者，容格尔是德国社会和知识界颇为关注的人物，既与哲人海德格尔保持了长期而深入的交流，也每每引发公众意见的分歧。不过，容格尔作为作家的生涯和声誉，则是滥觞于这部战争小说《钢铁风暴》（*In Stahlgewittern*）。

一

容格尔在1914年8月1日自愿入伍，甚至早于德意志帝国正式加入第一次世界大战。是年岁末，容格尔前往法国香槟省（Champagne）前线，1915年被授少尉衔，1917年任连长，至1918年8月在康巴雷（Cambrai）受重伤撤出战斗，共参加大小战役八次，获得德意志帝国最高军功勋章。容格尔在战争期间一直坚持日记写作，战争结束后以此为基础创作了《钢铁风暴》。容格尔在书中冷峻而不加修饰地记录了自己在大战期间的战斗、负伤、堑壕生活和后方休假的经历,尤其是对于惊心动魄的战斗情景和战争的残酷面目近乎自然主义的描写令人印象深刻。

1920年,容格尔自费印刷出版了两千册《钢铁风暴》,副标题是"一位突击队长的日记选辑",作者信息不同寻常地详细:"恩斯特·容格尔,自愿入伍,后任普鲁士阿尔布莱希特亲王燧发枪团(汉诺威七十三团)少尉和连长。"也就是说,《钢铁风暴》最初并不是作为文学作品问世的,而属于战争文献类作品,这也是《钢铁风暴》在1922年转由德国传统的军事文献出版社米特勒父子公司(E. S. Mittler & Sohn)出版的原因。德国国防部推荐把《钢铁风暴》作为"部队图书室读物和体育竞赛奖品"①,军事理论界视之为必读文献②。

不难想象,最初被视为"军事专业文献"的《钢铁风暴》,其读者群和影响力只可能限定在一定的范围之内。事实上,《钢铁风暴》在1929年之前的年发行量始终在三千册左右。随后发行量的猛增,也并不是因为更大范围的文学读者突然发现了《钢铁风暴》这本书,而是因为当时有关第一次世界大战的文学作品成为潮流,最为著名的例子就是埃里希·玛利亚·雷马克(Erich Maria Remarque)的反战小说《西线无战事》(*Im Westen nichts Neues*),1929年1月出版后十一周内就发行了四十五万册,《钢铁风暴》的成功可谓搭上了这股潮流的便车。尽管如

---

① „*Tagebuch eines Stoßtruppführers*", in: *Heeres-Verordnungsblatt* 3 (1921), Nr. 63 (27. Oktober 1921), S. 482. Zitiert nach: Ernst Jünger, *In Stahlgewittern*. Historisch-kritische Ausgabe, hrsg. von Helmuth Kiesel, *Variantenverzeichnis und Materialien*, Stuttgart: Klett-Cotta, 2013, S. 456, Materialien: Absatz und Rezeption.

② Gerda Liebchen, *Ernst Jünger. Seine literarischen Arbeiten in den zwanziger Jahren. Eine Untersuchung zur gesellschaftlichen Funktion von Literatur*, Bonn: Bouvier, 1977, S. 153 und 155.

此,《钢铁风暴》从发行和传播的角度来看,并不能说是一部十分突出的作品。按照《钢铁风暴》校勘本的统计,这部作品直至2012年第四十八次印刷的总发行量也不会超过三十三万册①,再加上最大限度估算的外语译本,总发行量当在四十万册上下。虽然容格尔的这部作品经常被人与《西线无战事》相提并论,但是与后者约一千五百万至两千万册的全世界发行量相比而言②,容格尔的这部作品所获得的读者认可显然有限。《钢铁风暴》在容格尔战争对手的国度赢得了大量的读者——在英国1929年至1930年即已受到广泛阅读③,在2004年的新译本导读中被称为"关于第一次世界大战的伟大作品之一,如果不是最伟大的作品的话"④,在法国甚至跻身文学经典行列⑤。但是《钢铁风暴》为什么应该在问世百年之际被译介到中文世界?

二

要回答这个问题,必须对《钢铁风暴》的内容和接受史进行

---

① Ernst Jünger, *In Stahlgewittern. Historisch-kritische Ausgabe*, hrsg. von Helmuth Kiesel, *Variantenverzeichnis und Materialien*, Stuttgart: Klett – Cotta, 2013, S. 451, Materialien: Absatz und Rezeption.

② Ernst Jünger, *In Stahlgewittern. Historisch – kritische Ausgabe*, hrsg. von Helmuth Kiesel, *Variantenverzeichnis und Materialien*, Stuttgart: Klett–Cotta, 2013, S. 452, Materialien: Absatz und Rezeption.

③ Liane Dornheim, *Vergleichende Rezeptionsgeschichte. Das literarische Frühwerk Ernst Jüngers in Deutschland, England und Frankreich*, Frankfurt am Main u. a. : Peter Lang, 1987, S. 241ff.

④ Michael Hofmann, "Introduction", in: Ernst Jünger, *Storm of Steel*, translated with an introduction by Michael Hofmann, Penguin Books, 2004.

⑤ Liane Dornheim, *Vergleichende Rezeptionsgeschichte. Das literarische Frühwerk Ernst Jüngers in Deutschland, England und Frankreich*, Frankfurt am Main u. a. : Peter Lang, 1987, S. 279ff.

基本的梳理,其中内容又涉及一个独特的版本问题。

按照美国外交家和历史学家乔治·F.凯南(George F. Kennan)的说法,第一次世界大战可谓"二十世纪的根本性灾难"。随着德意志帝国战败,帝制解体,德国的现代化进程走上了不同于西欧国家的"特殊道路",随后纳粹党的崛起、德国发动第二次世界大战等历史事件都可以溯源至第一次世界大战①。而容格尔的《钢铁风暴》则被认为是"德国作家对于第一次世界大战可怕的真实经历的最重要、最全面、最令人印象深刻的描述"②。雷马克在创作《西线无战事》的时候可能也阅读过容格尔的《钢铁风暴》,1928年6月曾经为容格尔的战争作品写了一篇书评,称后者表现了"有益的写实主义,准确,严肃,有力而强大,不断上升,直至战争的坚硬面目,物资战的残酷,生命力和内心之中巨大、能够克服一切的力量真正得以显现"③。"钢铁风暴"这个表述中浓缩了德国社会的时代性体验,甚至不胫而走,不仅成为德语中对于现代战争的隐喻,

---

① 胡春春:《德国历史与历史观的延续性与维新——一个基于德国一战反思的考察》,《欧洲研究》2015年第5期,第131—143页。胡春春:《第一次世界大战的记忆文化、责任与认同——1914年德国文化索隐》,载郑春荣、伍慧萍主编《德国发展报告(2015)》,北京:社会科学文献出版社,2015年,第143—164页。

② Ernst Jünger, *In Stahlgewittern. Historisch-kritische Ausgabe*, hrsg. von Helmuth Kiesel, *Die gedruckten Fassungen unter Berücksichtigung der Korrekturbücher*, Stuttgart: Klett-Cotta, 2013, S. 5, Vorwort des Herausgebers.

③ Erich Maria Remarque, „Fünf Kriegsbücher", in: *Sport im Bild* 34 (1928), Heft 12 (18. Juni 1928), S. 895-896. Hier zitiert nach: Ernst Jünger, *In Stahlgewittern. Historisch-kritische Ausgabe*, hrsg. von Helmuth Kiesel, *Variantenverzeichnis und Materialien*, Stuttgart: Klett-Cotta, 2013, S. 470, Materialien: Absatz und Rezeption.

还具有了成语的性质①。但是,容格尔写作《钢铁风暴》并不是志在记录第一次世界大战的西线战事,其作品中的具体战斗地点多数甚至没有出现在战争史著作中,战斗和战役的前因后果也没有交代和分析,这部作品仅关涉个人视角的战争观察和体验,具有记忆文学作品的特点②。

根据日耳曼学学者沃耶西奇·库尼奇(Wojciech Kunicki)的分析,这部采用第一人称叙述视角的作品情节围绕着主人公所在部队的活动和战斗展开,符合典型的"紧张——紧张释放"戏剧结构。全书的二十个章节可以划分为以下九个部分③:

一 准备阶段:

a. 从动员令到奥兰维尔(在香槟省的白垩土堑壕里)④

b. 从巴赞库尔到阿通沙泰勒

二 第一个高潮:

a. 莱塞帕尔热

三 紧张释放:

a. 杜希和蒙希

b. 日常的阵地战

四 第二个高潮:

---

① Ernst Jünger, *In Stahlgewittern. Historisch-kritische Ausgabe*, hrsg. von Helmuth Kiesel, *Variantenverzeichnis und Materialien*, Stuttgart: Klett-Cotta, 2013, S. 66, Einleitung des Herausgebers.

② Ulrich Böhme, *Fassungen bei Ernst Jünger*, Meisenheim am Glan: Anton Hain, 1972, S. 44.

③ Ernst Jünger, *In Stahlgewittern. Historisch-kritische Ausgabe*, hrsg. von Helmuth Kiesel, *Variantenverzeichnis und Materialien*, Stuttgart: Klett-Cotta, 2013, S. 87-89, Einleitung des Herausgebers.

④ "从动员令到奥兰维尔"是《钢铁风暴》第一版第一章的标题,第四版改为"在香槟省的白垩土堑壕里"。

a. 索姆河会战序幕

b. 吉耶蒙

c. 在圣皮埃尔瓦斯特森林

d. 索姆河大撤退

五　紧张的插曲:

a. 弗雷努瓦村

b. 与印度人作战

六　第三个高潮:

a. 朗格马克

b. 雷涅维勒

c. 重返佛兰德

七　第四个高潮:

a. 康布雷的两场战役

b. 幕间曲:在科热勒河

八　高潮的顶峰:

a. 大决战;

九　历史性的紧张逐渐释放、个人性的紧张渐进高潮:

a. 英国人的进攻

b. 我的最后一次冲锋

c. 杀出一条生路

在情节的安排上,作者也贯彻了节奏对比的原则:前线的战斗与相对平静甚至无聊的战地日常生活的对比;阵地战与激烈的攻防战的对比。同时,从香槟省的白垩土堑壕到大决战,情节的紧张和战争的惨烈逐步升级,士兵的心态也从最初的兴奋走向麻木。《钢铁风暴》在文学史上被称为"英雄现实主义""士兵民族主义"的代表,传达了现代战争、现代文明也是现代人生存的真实图景,以及二十世纪初叶年轻一代对于市民规范文化的抗拒①。总体说来,阅读《钢铁风暴》就是以现代战争为背景,展开对相关主题的思索:惊怖美学;技术,物资战神话;生命力与求死欲;大规模屠杀与死亡的美学化;自我阐释与心理分析;战士、领袖与主宰人种;敌人的形象;战争的意义等②。

除了属于最为知名的战争文学题材作品之外,《钢铁风暴》之所以成为文学研究的焦点,也与这部作品的版本引发不同阐释有关。从1920年问世以来,《钢铁风暴》始终处于变动和改写之中,一共以七个版本的面目传世,即1920年第一版、1922年第二版、1924年第三版、1934年第四版、1935年第五版、1961年第六版和1978年第七版。每一个新版本都是对上一个版本的"再创作",变更不仅涉及语言表达,也涉及思想内容,第四版和第六版的改动尤其之大,分别达到了一千七百处和二千一百一十处③。这种由作者对自己创作的文本进行频繁的改写在德语文学史上堪称独一无二,在世界文学史上也不多见。容格尔不断再创作《钢铁风暴》的动机显然是多重的,无论是追求文笔的完美,还是出于实用和投机的心理(比如在1923年德国陷入

---

① Helmuth Kiesel, *Geschichte der deutschsprachigen Literatur 1918 bis 1933*, München: C. H. Beck, 2017, S. 118f.

② Johannes Volmert, *Ernst Jünger:"In Stahlgewittern"*, München: Wilhelm Fink, 1985, S. 46ff.; Michael Großheim, „Leitkonzepte Ernst Jüngers: Kampf/Krieg", in: *Ernst Jünger-Handbuch. Leben-Werk-Wirkung*, hrsg. von Matthias Schöning, Stuttgart/Weimar: J. B. Metzler, 2014, S. 328-334; Bernd Stiegler, „Leitkonzepte Ernst Jüngers: Technik", in: *Ernst Jünger-Handbuch. Leben-Werk-Wirkung*, hrsg. von Matthias Schöning, Stuttgart/Weimar: J. B. Metzler, 2014, S. 351-354.

③ Helmuth Kiesel, „In Stahlgewittern (1920) und Kriegstagebücher", in: *Ernst Jünger-Handbuch. Leben-Werk-Wirkung*, hrsg. von Matthias Schöning, Stuttgart/Weimar: J. B. Metzler, 2014, S. 41-59, hier S. 54. 数据来源于Hermann Knebel对于容格尔《钢铁风暴》版本差异的研究。

多重危机的背景下,1924年第三版加入了大量民族主义的表达。而在1934年第四版中,这些表述随着容格尔对于民族主义政治立场的疏离又被删除),或者为了突出重点(尤其是在1934年至1959年间的修改),以及加入人道主义的战争思考(尤其是1962年第六版)①,都使得《钢铁风暴》由版本问题成为文学研究的经典案例,"版本诗学"已经成为容格尔研究的核心概念之一②。

在魏玛共和国时期,对于《钢铁风暴》的接受和评判首先是以其意识形态价值作为标准③,保守阵营认为容格尔的早期战争文学作品能够正面叙述战争失败、重建民族信心和化解社会危机,左翼知识分子则因为容格尔对于战争的态度而否定其作品,尤其容格尔在早期战争文学作品中对于战争不进行价值评判,以对待自然现象的"单纯"态度描述骇人听闻的残酷场面("不时刻意展现的对于伦理的冷漠"④),以及后来在《总动员》(*Die totale Mobilmachung*,1930)和《工人》(*Der Arbeiter*,1932)等理论性著作中对于未来的战争、极权性现代社会的构想,使得"有争议的作家"标签始终伴随着容格尔。这一点,在第二次世界大战结束之后的容格尔接受中也没有根本改变。

---

① Helmuth Kiesel„*In Stahlgewittern*(1920) und Kriegstagebücher", in:*Ernst Jünger-Handbuch. Leben-Werk-Wirkung*,hrsg. von Matthias Schöning,Stuttgart/Weimar:J. B. Metzler,2014,S. 54-56.

② Steffen Martus,*Ernst Jünger*,Stuttgart/Weimar:J. B. Metzler,2001,S. 235.

③ Liane Dornheim, *Vergleichende Rezeptionsgeschichte. Das literarische Frühwerk Ernst Jüngers in Deutschland, England und Frankreich*, Frankfurt am Main u. a. :Peter Lang,1987,S. 59ff. ,C. Dritter Teil:Die Rezeption in Deutschland.

④ Helmuth Kiesel, *Ernst Jünger. Die Biographie*, zweite, durchgesehene Auflage,München:Siedler,2007,S. 178.

近年来,随着对于第一次世界大战以及魏玛共和国作为政治、社会和文化现象研究的回归,容格尔也再度成为国际研究界与读者关注的热点。与容格尔同行,即是体验二十世纪德意志的深渊性,对于探讨现代性的未来也不乏启示。2020年适逢《钢铁风暴》问世一百周年,中文版的问世有助于这场阅读和思考扩大到更为广阔的文化范围。

三

中文译本根据1978年作为《容格尔全集》(*Sämtliche Werke*)第一卷印行的《钢铁风暴》第七版译出,同时参考了米歇尔·霍夫曼(Michael Hofmann)2004年的英文译本。这个版本既是容格尔希望展现给世人的"最终版本",也是普通读者最容易获得的版本。译者尽可能忠于容格尔原著写实、青涩、间或文体混杂的笔风,毕竟容格尔在开始战地日记写作的时候只是一位勉强完成中学学业的十九岁青年,《钢铁风暴》的文本虽然经过多次改写,但是仍旧没有失去其语言表达的底色。在翻译和研究的过程中,译者受到了国际容格尔研究和魏玛时期文学研究的权威、海德堡大学赫尔穆特·基泽尔(Helmuth Kiesel)教授的指导,承蒙北京大学法语系周莽先生提供文中有关法语翻译的帮助,与卡尔斯鲁厄理工学院历史系库尔特·莫泽尔(Kurt Möser)教授、日耳曼学系安德烈亚斯·伯恩(Andreas Böhn)教授的交流也使译者受益匪浅。在此谨向以上诸位先生致以谢意。

胡春春
2020年早春于沪上

献给战殁者

在香槟省*的白垩土堑壕里

列车停在巴赞库尔①,这是香槟省的一座小城。我们下了车。我们心怀难以置信的敬畏,倾听着前线的战争机器缓慢碾压的节拍,我们将会在漫长的年月中习惯这种音调。远方,一枚榴霰弹的白球消逝在十二月灰色的天空。战斗的呼吸飘将过来,让我们奇异地战栗。我们能够预料到我们所有人都将在远处的闷响成为无尽滚雷的日子里被吞噬吗——只不过有人早一点,有人迟一点?

我们此前离开了大学的教室、中学的课桌和车间的工作台,经过短短几周的训练,熔为一个庞大而热血沸腾的群体。我们成长于一个安全的时代,却都渴望非同寻常的经历,渴望体会巨大的危险。于是,战争令我们痴狂。我们顶着如雨的鲜花出征,玫瑰和鲜血的气氛令人沉醉。战争肯定会满足我们的渴望,那些崇高的、无法抗拒的和庄严的体验。我们把它想象成一种男性的行为,一种在鲜花盛开、挂满鲜血露水的草坪上欢快进行的交火。"世上没有更美好的死亡……"嗨,只要不待在家中,只

---

* 香槟省(Champagne),法国地名。容格尔的作品因为具有一定的第一次世界大战文献价值,所以本译本在译注里标注了所涉及的法国、比利时和德国地名的外文原名。

① 巴赞库尔(Bazancourt)。

要能够亲身经历!

"列队集合!"在香槟省泥泞的土地上行军,热血沸腾的想象逐渐平息下来。背包、弹药和枪支逐渐如铅般沉重。"原地解散!不许走远!"

我们终于抵达了奥兰维尔①村,第七十三燧发枪步兵团的驻地,这个村子是当地的一处穷窝,由五十座砖头或白垩石盖的房子组成,一座绿地环绕的地主大宅子坐落在村子中央。

村中道路上的场景让那些习惯了城市秩序的眼睛觉得陌生。能见到的平民不多,且都躲躲闪闪,衣衫褴褛;身着破旧军装的士兵无处不在,他们满脸风霜,胡子拉碴,或步履缓慢地游来荡去,或三五成群地站在房门前,用玩笑的喊声招呼着我们这些新兵。

一处门洞里的行军灶散发出豌豆粥沸腾的香味,围满了取食的士兵,饭盒叮当作响。看起来,这里的生活似乎稍微沉闷和缓慢一些,而村庄开始破败的景象更是加深了这一印象。

我们在一处巨大的草料房里度过了第一夜,然后在团副布里克森中尉的院子里——他住在大宅子里——接受分配。我被分去了九连。

我们经历的战争第一天不给我们留下决定性的印象是不会结束的。当时我们正在指派给我们的驻地——也是一所学校——坐着吃早餐,突然近处传来一系列沉闷的震动,所有的士兵都冲出房屋,奔向村头。我们也跟着做,虽然并不清楚为什么。头顶再一次响起一种独特的、从来没有听过的呼啸声,终结为物体破碎的巨响。我吃惊地发现,周围的人都在弓着身子跑,仿佛受到了可怕的威胁。这一切让我觉得有些可笑,大概类似

---

① 奥兰维尔(Orainville)。

于看到别人做着自己不太明白的事情时的反应。

接下来,村中空无一人的道路上出现了一群群黑乎乎的身影,或者用帆布,或者双手交叉拖着一团团黑色的东西。我用一种奇怪而恐惧的非真实感看着一个浑身是血的人,他的一条腿断得很奇怪,松散地从身上垂下,不停地用嘶哑的嗓子喊着"救命",仿佛离死亡只差一口气。这个人被抬进了一座门口垂着红十字旗帜的屋子。

这究竟是怎么回事?战争露出了狰狞的真面目,抛下了温柔的面具。这是如此令人不解,如此不近人情。而我们甚至还没有想到敌人,那些隐身在某处的神秘而阴险的家伙。所发生的事情彻底超出了我们经验的范围,从而给我们留下了极为深刻的印象,我们花费了很大精力才能理解事件的关联。这就好比午间阳光下的魅影。

一枚炮弹在中尉宅子的门头上爆炸,砖石、弹片轰然砸落在过道上,而屋内的人刚刚被起初的枪声惊醒,正从门道中蜂拥而出。十三人被砸死,其中包括乐师盖尔哈德,我从汉诺威露天音乐会所熟悉的一个人。一匹拴着缰绳的马比人更能预感到危险的来临,趁爆炸前几秒钟挣脱了束缚,奔进了院子,一点儿也没有受伤。

虽说随时都会再受到射击,我还是忍不住强烈的好奇,来到了事故发生处。就在炮弹击中的地方旁边,有一个小牌子荡来荡去,不知道哪个喜欢开玩笑的家伙写上了"炮弹角"几个字。大家看来知道这处宅子很危险。路面被一摊滩的鲜血染成红色,被弹片洞穿的钢盔和武装带四处散落。沉重的大铁门被炸成碎片,又被碎弹片打成筛子,门角的防撞石上溅满了血点。我的眼神仿佛被磁石吸在了所看见的场景之上,同时,内心发生了一种深刻的变化。

在与战友的交谈中,我发现这个意外事故已经严重打击了一些人的战争热情。我也深受这次事故的影响,具体表现为多次出现幻觉:每当车辆经过时,车轮的滚动声都会在我的耳中幻化成那枚带来不幸的炮弹致命的呼啸声。

还有,我们每次听到突然而意外的响声都会猛地一激灵,这种反应将在战争中自始至终伴随着我们。无论是列车飞驰而过,还是书册落地,或者夜间的喊叫——我们的心脏每次都会因为感觉到巨大而未知的危险而骤停片刻。这意味着,我们四年里始终处于清晰的死亡阴影之下。这种经历在意识背后不可知的领域影响深远,只要有任何不同寻常的情况,死神作为发出警示的看门人就跳进门来,如同每到整点就手执沙漏和镰刀在钟面上现身一般。

同一天晚间,我们终于等到了盼望已久的时刻,带着沉重的装备出发上战场。我们穿过半明半暗中形状奇异的贝特里库尔[①]村废墟,来到枞树林中一处孤零零的林业员小屋,这座名唤"野鸡房"的地方是团预备队的驻地,九连在这一夜之前也属于预备队。预备队指挥员是勃拉姆斯少尉。

欢迎仪式之后,我们被分到各个班,马上就身处一群长着大胡子、浑身泥浆结成硬壳的家伙中间,他们用某种善意的嘲讽同我们打招呼。他们问我们汉诺威什么样子,战争是否一时半会儿还结束不了,等等。然后交谈就反转了,我们如饥似渴地倾听他们单调而简短地说掩体、行军灶、堑壕、炮击和阵地战的其他一些事情。

过了一段时间,我们棚屋般的驻地门前响起喊声:"出来!"我们以班为单位列队,带着秘密的快乐,在"上膛!关保险!"的

[①] 贝特里库尔(Betricourt)。

命令下往弹匣中上了一弹夹子弹。

接下来,一个人跟着一个人,在夜色中穿过遍布黢黑树林的地段,无声地前行。时不时传来一声孤零零的枪响,又逐渐消失,或者一枚照明弹呼啸而起,短暂而诡异的光亮之后留下愈深的黑暗。枪支和工兵铲单调的撞击声被"小心铁丝网!"的警告声所打断。

突然传来摔倒的声音和咒骂声:"见鬼,前面有个坑倒是说一声啊!"有一名下士发声干涉:"安静!见鬼,你们不会以为法国佬都是聋子吧?"队伍前行速度加快了。不可预测的黑夜,忽明忽暗的信号弹,时有时无的射击的火光,这一切令人兴奋,奇异地让人保持着清醒。有时候会有流弹带着些许啸声飞过,旋即又消失在远方。在这第一次以后,我有多少次带着半是感伤、半是兴奋的心情穿过死寂的地带,冲到了最前线!

我们终于消失在某处通行堑壕里了。在黑夜里,战壕如同白蛇般扭转着通往阵地。我孤零零地站在战壕的两堵胸部掩体之间,瑟瑟发抖。我费力地盯着战壕前的一排枞树,胡乱想象着其中藏有各种阴暗人物,不时会有流弹打在树枝上,噼啪着翻转。在这无尽的等待中,唯一的调剂就是我被一位年长一些的战友带着,缓慢经过狭长的过道,抵达一处突出去的岗位——我们从这个洞穴又开始观察阵地前方地带。精疲力竭之后,我可以在一个简陋的白垩土洞穴中睡上两个小时。当天空发白的时候,我已经和其他人一样面色苍白、浑身泥泞,感觉自己仿佛已经过了几个月鼹鼠般的生活。

在勒戈达①村对面,我们团的阵地在香槟省的白垩地里转了个弯。阵地右边是一片炸烂了的林地,是石榴树林,然后曲折

---

① 勒戈达(Le Godat)。

地穿过一片巨大的甜菜地,冲锋时阵亡的战士的红色军裤①在地里闪闪发光。阵地的尽头是一片溪流地,我们在这里通过夜间巡逻与七十四团保持联络。溪水哗哗流过一处磨坊的水坝,磨坊已经毁坏,为黑黢黢的树木所环绕。几个月以来,溪水冲刷着法国殖民地团的阵亡者,他们的脸皮就像黑色的羊皮纸。夜间,月亮从破碎的云层中投下不断变幻的阴影,溪水的咕咕声和芦苇的沙沙声中仿佛掺入了奇怪的声响,在这里停留令人毛骨悚然。

上岗相当累人。每天的生活都随着天光放亮而开始,全体官兵都要站在堑壕里。每天晚间十点到第二天早上六点,每个班每次可以有两个人去休息,这样就可以享受两小时的睡眠,不过多数情况下因为被人提前叫醒、取干草和其他事情也就只能睡上短短的几分钟。

我们不是在堑壕里站岗,就是在某处洞穴式的岗位上,这些数量众多的岗位通过挖出来的长长的联络通道与阵地连在一起,但是这种防护措施不久就因为这些岗位在阵地战中所处的危险位置而被放弃了。

无尽的夜间站岗令人疲惫不堪,天晴的时候甚至是霜冻的时候还能忍受;但是一旦遇到雨天,大多是在一月,就会相当折磨人。雨水先是透过蒙在头上的帆布,然后透过雨衣和军服,然后顺着身体向下流,几个小时下来,心情就会坏到连前来换岗的动静都无法使之转好的地步。晨曦中,疲惫而沾满白垩泥水的人牙齿打战,面色苍白,在滴水的地下掩体里腐败的草铺上倒头就睡。

这些要命的地下掩体啊!这是在战壕后部白垩地里挖出的

---

① 第一次世界大战期间法军士兵的作战服上衣是灰色,裤子是红色。

大洞,顶上铺了层木板和几锹土。一旦下过雨,这里面在雨停之后还会滴水滴上好几天,因此有人用一种笑看生死的幽默给这些洞配上了相应的牌子,比如"滴水洞""男浴室"之类。要是几个人一起在里面休息,那大家就不得不把腿伸到堑壕里,所有经过的人都会绊到。在这种情况下,实际上白天也谈不上睡觉。除此之外,我们在白天还要值勤两个小时,清理堑壕,吃饭,喝咖啡,打水,等等。

大家要知道,这种不同寻常的生活对我们来说非常艰难,尤其大部分人迄今为止仅仅是听说过、而没有真正做过这些工作。而且,我们在外面也根本没有受到我们期望的热情对待。老兵们更多是抓住每一个机会好好地"逗"我们,每一项烦人的或者突如其来的工作都顺理成章地分配给"找仗打的人"。这是一种从军营带到战场上的习惯,不会让我们的情绪变得更好,不过当我们一同经历过一场战斗之后,我们也把自己看成是"老家伙"了,这种习惯也就不复存在。

即使在我们连作为预备队期间,日子也没有好过多少。我们或是住在"野鸡房",或是住在希勒小树林用枞树枝覆盖的泥棚里,至少地面的粪便发酵时散发出让人舒适的热度。有时候醒来发现自己躺在一摊几厘米深的水里。虽然我此前知道"风湿病"这个词,但是在几天浑身湿透之后,我已经感觉到浑身关节都在疼。在梦中,我仿佛感到有金属的弹头在四肢中上上下下游走。夜晚也根本不是用来休息的,而是趁机继续挖深众多进堑壕的通道。在伸手不见五指的黑暗中,如果又碰到法国佬那边没有亮光的话,我们就得像夜游神一般跟准前一个人,这样才不会掉队,以至于几个小时都走不出堑壕的迷魂阵。另外,挖地倒并不难,薄薄的一层泥土和腐殖质下面就是极厚的白垩土层,结构松软,镐尖可以很轻松地切透。白垩土中分散着拳头大小的铁矿石结晶体，钢镐凿在上面会不时冒出绿色的火星。球体的铁矿石结晶由很多小块结成，凿开后就会发出金色的光芒。

在这种单调的生活中，每晚炊事车到达希勒小树林的一角就成为亮点，炊事锅一揭开盖子，就散发出豌豆粥煮肥肉或者其他美味的香气。不过就在这亮点中也有黑斑：干蔬菜，这被失望的美食家们蔑称为"铁丝网"或"下脚料"。

我居然在一月六日的日记中发现了自己愤怒的记录："晚上，炊事车不紧不慢地晃了过来，送来的简直就是猪食，估计是把冻坏了的烂萝卜炖了炖。"而十四日的日记则是欢呼："美味的豌豆粥，连吃四份都很美味，撑坏了。我们比赛谁吃得多，争论用什么姿势能吃下去最多。我支持站着吃的观点。"

分给我们最多的是一种浅红色的烧酒，用饭盒盖子接着，酒精味十足，但是在又冷又湿的天气下也由不得我们厌恶。同样劲道十足还有各种烟草，都是大量分发。这段日子留在记忆中的士兵形象是守在岗位上的士兵：头戴蒙着灰色罩布的尖顶军盔，双手握拳埋在军大衣口袋里，站在射击孔后面，在枪托上方吞云吐雾。

在奥兰维尔，最舒服的日子当属休息日了，可以睡个懒觉、洗洗涮涮，还有出操。全连住在一个巨大的草料房里，进出口的两道楼梯很窄，仿佛是供家养的鸡爬上爬下的梯子一般。屋里虽然堆满干草，还是放置了一些炉子。有一天夜里，我滚到了一只炉子旁边，直到几个战友奋力在我身上扑火才醒过来。我在惊吓中发现军服的背后竟然已经烧焦了，所以后来我有很长时间一直穿着这套烧成燕尾服形状的军衣跑来跑去。

在团驻地短暂停留之后，我们彻底放弃了当初出征时的幻想。本来想去历险，现在得到的却是肮脏、劳作和无眠的夜晚，要想攻克这些难关也需要一些英雄气概，不过不是我们欣赏的那种。更要命的是无聊,这对士兵来说比接近死亡更令人难以忍受。

我们希望发起进攻,但是我们选择出现的时机最不合适,一切行动都停了下来。随着堑壕得以加固、防守的火力得以致命性增强,就连小型的战术行动也停了。在我们抵达之前的几个星期,还有一个连在并不强大的炮火准备之后,沿着几百米长的战线发起了一次局部进攻。法国人像在射击场一样射杀进攻的士兵,而后者也只有零星地前进到法国人的铁丝网前;为数不多的幸存者趴在坑里,等待夜晚的降临,好趁着黑暗的掩护爬回出发的阵地。

士兵始终处于过度紧张的状态,也是因为阵地战对于统帅们来说还是一种毫无准备的新现象,而阵地战的要义是用另外的方法节省力量。无数的岗位和不停地修掩体大多是没有必要的,甚至是有害的。起决定性作用的不是规模宏大的掩体,而是其后男子汉的勇敢和充沛的精力。堑壕越挖越深,也许能避免几次子弹击中头部,但是同时也让人离不开这些防守工事,以及对于安全的要求,而一旦有了安全要求就很难放弃。并且,为了维护这些工事所耗费的精力也是越来越庞杂。有可能出现的最让人不舒服的事情就是化冻,堑壕的白垩土墙壁因为上冻而开裂,化冻时就像粥一般坍塌下来。我们在堑壕里也能清楚地听到子弹的哨声,偶尔也会有几枚兰斯①要塞打出来的炮弹落下来,但是这些微不足道的战争行为远远低于我们的期待。尽管如此,我们有时还是受到警告,要小心这些看上去毫无目的的事件背后所隐藏的血淋淋的危险。于是,一月八日一枚炮弹击中"野鸡房",打死了我们的营副施密特少尉。据说,下令开炮的

---

① 兰斯(Reims),法国北部历史名城,曾是法国国王加冕之处。

法军炮兵指挥官是这座狩猎落脚处的主人。

炮兵紧靠着前方阵地,一门野战炮甚至架到了最前线,以至于只能草草地用帆布遮起来。在一次与那些"火药脑袋"聊天的时候,我吃惊地听说,子弹的哨声要远比炮弹击中目标的响声更让他们不安。这种情况到处都一样,我们总觉得自己职业的危险更有意义,也不那么可怕。

一月二十七日凌晨,午夜时分,我们大呼三声万岁为皇帝祝福,整个前线同唱《万岁,戴着桂冠的胜利者》①。法国人开枪回应。

在这些日子里,我经历了一件令人十分不快的事情,差一点就提前而且不光彩地结束军旅生涯。我们连位于左翼,而我在一夜没合眼之后,要趁清晨与另一名战友一起去溪流地上岗。因为天冷,我先是把枪靠着身体插在灌木丛中,然后违反禁令把毯子裹在头上,靠在一棵树上。突然,我听到身后有响声,我伸手去抓武器——枪不见了!原来是值班的长官悄悄地靠近我,神不知鬼不觉地把枪抓了过去。为了处罚我,他让我朝着法军岗位的方向前进了大概一百米,只带着一把镐——这个异想天开的主意几乎要了我的命。就在我稀奇古怪被罚站岗的时候,有一个三人的志愿兵小队通过溪边宽阔的芦苇带悄悄前进,不小心在高高的芦苇丛中弄出了沙沙声,法国人马上注意到了,就开枪射击。其中一个叫朗格的人中弹,从此再也没人见过他。我因为就站在附近,所以也在当时特别受欢迎的排枪齐射的范围之内,身旁柳树的枝条被打得在耳边发出哨声。我咬紧了牙

---

① 《万岁,戴着桂冠的胜利者》(*Heil dir im Siegerkranz*),原是一首十八世纪末开始流传的普鲁士民歌,在一八七一年德意志帝国建国后成为皇帝颂歌,在皇帝登基纪念日、生日或者祭日或者其他国家纪念日时演唱。

关,执拗地保持着立姿。直到天黑时分,我才被唤回去。

当我们听说要彻底离开这个阵地的时候,全体都非常高兴,于是在驻地库房里喝了一晚上啤酒,庆祝离开奥兰维尔这个地方。一九一五年二月四日,一个萨克森团前来换防,我们开拔返回巴赞库尔。

从巴赞库尔到阿通沙泰勒[*]

巴赞库尔是香槟省一处无趣的小城。我们连驻扎在一座学校里,由于我们的人惊人地追求秩序性,所以校园在极短的时间内拥有了和平时期营房的模样。每天早晨有一位下士准点叫大家起床,有卫生值勤,由下士长负责晚集合。全连每天早晨出营房,在周围荒芜的田地上狠狠地训练几个小时。几天之后,我就没有再参加连队的日常活动。我们团派我去勒库夫朗斯①参加培训。

勒库夫朗斯是一个偏远的小村子,在秀美的白垩土丘陵间若隐若现,来自我们军各个团的年轻人集中在这里,在挑选出来的军官和下士的带领下接受彻底的军事训练。在这一点上,而且不止仅仅在这一点上,我们七十三团要多多感谢霍普少尉。

在这个远离尘世的小窝中,生活很奇特地由军营的训练和学校的自由组成,这是因为绝大多数学员几个月之前还都坐在德国大学的讲堂和系所里。白天,学生被严格磨砺成士兵;晚间,他们和教官们一道围坐在从蒙科尔内②流动货摊那里弄来

---

* 阿通沙泰勒(Hattonchâtel)。
① 勒库夫朗斯(Recouvrence)。
② 蒙科尔内(Montcornet)。

的大酒桶四周,用同样彻底的方法喝酒。当清晨时分各个部门从小酒馆里涌出的时候,村中矮小的白垩土房屋看起来就很不寻常,仿佛是学生在扮女巫和魔鬼喧闹①一般。另外,我们的授课教师,一位上尉,上课有一个习惯,就是在喝酒后第二天上午加倍勤奋地上班。

我们又一次居然连续四十八小时没歇着,具体原因如下:我们有一个表达尊敬的习惯,即喝完酒要把我们的上尉稳妥地送回他的住处。有一天晚上,一个喝得天昏地暗的年轻人被委以此项重任——此人让我想起劳卡特②。他回来得很快,笑逐颜开地宣布,他没有把"老家伙"放在床上,而是放在了牛棚里。

处罚来得很快。我们刚到住处,正想躺下,驻地的哨兵就敲响了警报。我们一边咒骂,一边系上腰带,奔向警报集合处。"老家伙"已经在那里站定,情绪可想而知有多差,宣布开始一项大行动。他用高呼迎接我们:"失火了!岗哨失火了!"

在当地人惊讶的目光下,我们从消防房里推出灭火机,接上水带,然后充满艺术性地喷射水柱,把岗哨浇了个透。"老家

---

① 又称"瓦尔普尔佳之夜"(Walpurgisnacht),主要流传于德国北部和中部尤其是中部哈尔茨(Harz)山区的一个民间节日。传说女巫和魔鬼在四月与五月交替的第一夜聚会,逐冬迎春。后成为民间节日,百姓在此日扮成女巫和魔鬼的模样,通宵庆祝。节日以八世纪的英国圣女瓦尔布尔佳(Walburga,也写为 Walpurga 或 Walpurgis 等)为名,因为瓦尔布尔佳是在五月一日这一天被宣圣。歌德在《浮士德》中描绘了哈尔茨地区的节日场景,使得这一风俗更加广为人知。
② 弗里德里希·克里斯蒂安·劳卡特(Friedrich Christian Laukhard,1757—1822),德国作家。在大学期间就以酗酒著称,后入伍,经历了普鲁士军队对拿破仑在第一次反法同盟战争中的大败。其六卷本自传是当时社会风俗的真实记录。

伙"站在一处石头的台阶上指挥演练,表情越来越愤怒,从高处朝下大声呼喊,鼓动大家不停地行动。他不时地冲某个特别激起他怒火的士兵或平民狂吼,发令马上将此人带下去。那些倒霉蛋于是迅速被带到屋后,脱离了他的视线。到了天蒙蒙亮的时候,我们仍然在两膝战战地举着喷枪。终于,我们可以解散了——为了准备接下来的出操。

当我们到了操场时,"老家伙"已经到位,刮了胡子,清醒而精力充沛,以更大的热情投入了训练我们。

我们之间的交往完全是战友式的。我在这里和一些优秀的年轻人结下了深厚的友情,而且这种友情经历了多次战场的洗礼,愈来愈牢固。比如和克雷门特、油漆工泰博以及施泰因富尔特兄弟,他们分别阵亡于蒙希①、康布雷②和索姆河。我们或是三人,或是四人住在一起,共同记账。我尤其记得我们晚餐定期吃炒鸡蛋和煎土豆。每逢星期日,我们也奢侈一下,吃当地特色的兔肉或公鸡。因为我负责采办晚餐,以至于厨娘有一次给我看一堆字据,都是堂而皇之没收她食品的士兵写给她的。这些字据简直就是民间幽默集萃,大部分写的都是:燧发枪步兵某某向厨娘的女儿表达了爱意,为了增强体力,特没收鸡蛋十二枚,云云。

当地居民很惊讶于我们这些普通士兵也都多多少少能说些法语。有时候也会因此产生非常滑稽的摩擦。有一天早晨,我和克雷门特坐在村中的理发店里,正当理发师对克雷门特举起剃须刀的时候,等候的顾客中有人用含混不清的香槟省方言冲理发师喊了一句:"嗨,用来割他喉咙!"同时伸平手掌沿做了一

---

① 蒙希(Monchy)。
② 康布雷(Cambrai)。

个抹脖子的动作。

他完全没料到克雷门特坦然地用法语回答道:"要是我的话,我宁可拿着。"表现出一名战士所应有的平静。

二月中,我们这些来自七十三团的人吃惊地听说部队在佩尔特①附近遭受重大损失,而这些日子我们没能和战友们一起度过,这就更让我们难过。我们团由于在"屠场"中顽强地坚守了本团阵地,所以获得了"佩尔特雄狮"的荣誉称号,这一称号伴随我们走遍了西线的阵地。除此之外,我们还是著名的"直布罗陀团",因为我们都戴着蓝色的直布罗陀袖章,这是为了纪念我们团的英雄出身——汉诺威近卫团,他们在一七七九年到一七八三年间曾经在法国人和西班牙人的进攻下保卫了直布罗陀要塞。

我们是在夜间获知这个不幸消息的,当时我们正像往常一样在霍普少尉的率领下喝酒。有一个酒友,大个子贝伦,就是那个把"老家伙"送进牛棚的那位,想在受惊之后告辞离席,"因为啤酒已经不好喝了"。霍普留住了他,说他离席不合当兵的规矩。霍普说得有道理。他自己几个星期之后在莱塞帕尔热②附近阵亡,就倒在自己连队的阵线前。

三月二十一日,我们在一场小考之后返回了团里,我们团又回到了巴赞库尔驻扎。这些日子举行了一场大的阅兵式,封·艾米希将军发表了告别演说,然后离开了第十军团。我们在三月二十四日被转移,一直车行至布鲁塞尔一带,在那里与七十六团和一六四团一起组成第三步兵师,这个组合一直保持到战争结束。

---

① 佩尔特(Perthes)。
② 莱塞帕尔热(Les Eparges)。

我们营驻地在小城赫尔内①,坐落在充满着佛莱芒式②舒适的自然环境中。三月二十九日,我在这里很幸福地度过了我的二十岁生日。

虽然比利时人的家中都有地方,我们连还是被安置在一座巨大而透风的草料房内,在三月间的寒夜里,当地凛冽的海风会呼啸而入。除此之外,驻扎在赫尔内还是很好的休整。虽然操练很多,但是吃得很好,食物也很便宜。

当地人一半是佛莱芒人,一半是瓦隆人,对我们都非常友好。我经常和一位小酒馆主人聊天,他是一个热血的社会主义者和自由思想者,比利时有这种特别的人。他请我参加复活节星期天的大餐,甚至坚决不为所动,拒绝收饮料钱。大家都迅速结识了当地人,在可以自由活动的下午时分,去散落在乡间的农庄,在打扫得一尘不染的厨房里围坐在矮炉子旁边,炉子圆形的铁灶头上烧着一大壶咖啡。我们用佛莱芒语或下萨克森语愉快地聊天。

在我们驻扎快结束的时候,天气变好了,让人愿意去周边地区美丽的水乡散步。田野上一夜之间开满了黄色的湿地金盏花,还点缀着很多脱光了衣服的军人,美丽如画。溪流两岸长满白杨,军人们沿着岸边散落开来,膝上放着内衣,努力地捉虱子。我迄今为止没怎么受到这种折磨,但是我的战友普利普克——一名汉堡的出口商人——的羊毛背心里虱子多得就像从前痴儿西木③的官服,我帮

---

① 赫尔内(Hérinnes),比利时地名。
② 佛莱芒式指的是与佛兰德地区有关的,佛兰德地区是今天比利时和法国沿北海的地区。
③ 《痴儿西木传》(*Der abenteuerliche Simplicissimus*)是德国作家格里美尔斯豪森(Hans Jacob Christoffel von Grimmelshausen,1622—1676)创作的一部流浪汉小说,痴儿西木人如其名,心性简单,在十七世纪的"三十年战争"期间经历了各种职业和成长环境的历练,最终选择归隐。

他把背心裹住一块大石头浸入水里,从而彻底杀死虱子。由于我们接到从赫尔内开拔的命令很突然,估计那件背心可以安安静静地在水里腐烂下去。

一九一五年四月十二日,我们被转移到哈勒①,为了迷惑间谍,我们从前线北翼绕了很远抵达马尔拉图②战场一带。和往常一样,我们连又住在村中草料房里,特龙维尔③村是洛特林根地区一处极为普通无趣的地方,胡乱盖满了平顶而无窗的石头房子。为了躲飞机,我们多数时间都待在这个人满为患的小地方;不过我们也去参观了几次附近的著名城镇马尔拉图和格拉韦洛特④。村外几百米处,通往格拉韦洛特的道路与边境线交叉,法国人的界桩已经被毁,散落在地上。晚上,我们经常散步去德国,也是一种并不轻松的娱乐。

我们住的草料房已经东倒西歪,在屋里必须要保持平衡,才不会从腐朽的地板条跌落至底层的硬地面。有一天晚上,正当我们一组人在值得信赖的凯尔克霍夫下士率领下一起分餐的时候,房梁上一块巨大的橡木脱落砸了下来,发出巨响。幸运的是,木块贴着我们头顶卡在了两堵泥墙之间。我们仅仅吓了一大跳,但是可爱的肉食已经被扬起的灰土覆盖了。我们刚刚在这个凶兆笼罩下爬上草垫,门就被敲得如雷响,预备军官的警告把我们从睡处赶下来。同平时出现这些意外的时候一样,大家先是安静了片刻,然后就开始七嘴八舌,甚至吼了起来:"我的钢盔!""我的干粮袋在哪儿?""我穿不上靴子了!""你偷了我的子弹!""闭嘴,你这个小丑!"

---

① 哈勒(Hal),比利时地名。
② 马尔拉图(Mars-la-Tour)。
③ 特龙维尔(Tronville)。
④ 格拉韦洛特(Gravelotte)。

最后一切也都收拾停当，我们行军至尚贝里①火车站，上车没多久就到了摩泽尔河畔的帕尼②。清晨时分，我们登上了摩泽尔河地区的山峰，停在普雷尼③，这是一处梦幻般的山村，高处有古堡的遗迹。这一次我们住的草料房是石头盖的，堆满了散发着芳香的干草。我们可以从小气窗看到种满葡萄的摩泽尔河岸山坡，以及山谷中的小城帕尼。小城经常被炮弹和飞机炸弹攻击。有几次炮弹落进摩泽尔河，激起楼高的水柱。

温暖的春日让我们精力十足，刺激我们在自由活动时间去秀美的山间长时间漫步。我们异常兴奋，就连晚间入睡前还要找乐子。比如我们很喜欢的一个恶作剧就是，用行军水壶往打鼾的人口中灌水或者咖啡。

四月二十二日晚间，我们从普雷尼开拔，步行三十多公里至阿通沙泰勒村，虽然行李很沉，但是没有一个人行军不适。我们在著名的大道④右岸林间架帐篷安营。所有迹象都表明，我们第二天将进入战斗。我们领到了包扎袋、备用的肉罐头和为炮兵指挥目标的信号旗。

晚上，我仍旧长时间坐在一个长满蓝色银莲花的木桩上，陷于充满预感的情绪中，那是任何一个时代的战士都说得出的预感。然后我才去帐篷自己的卧铺位置就寝，一路从一排排战友

---

① 尚贝里（Chamblay）。
② 摩泽尔河畔的帕尼（Pagny-sur-Moselle）。
③ 普雷尼（Prény）。
④ "大道"（Grande Tranchée）指的是"卡隆大道"（Tranchée de Calonne），得名于负责修建道路的法国国王路易十六的财政部长查尔斯·亚历山大·德·卡隆（Charles Alexandre de Calonne），是连接阿通沙泰勒和凡尔登的笔直的交通要道，长达二十五公里。在第一次世界大战凡尔登战役期间，此路为德法两军必争之要地。

身边爬过。夜里,我做了一个混杂的怪梦,其中的主角是一副死人骷髅。我第二天早晨向普利普克说了这个梦,他说他希望那是一个法国人的脑壳。

莱塞帕尔热

早晨，树木的嫩绿闪闪发光。我们通过隐蔽的小道，向前线后面一处逼仄的峡谷蜿蜒前进。命令已经传达下来，七十六团将在短短二十分钟火力准备之后发起冲锋，我们作为预备队随时做好准备。十二点整，我们的炮兵猛烈开火，炮声多次在林间峡谷回荡。我们第一次体会到什么叫"排山倒海"的炮火。我们坐在背包上，无所事事而又跃跃欲试。一名传信兵冲向连长，上气不接下气地说："我们拿下了前三道堑壕，缴获六门大炮！"大家一片欢呼。冒进的情绪苏醒了。

盼望已久的命令终于到来了。我们排成长队前行，前方传来模模糊糊的枪声。真正考验的时刻到了。林间道路的一侧，浓密的枞树林里传来沉闷的撞击声，树枝和泥土纷纷落下。一个胆小的家伙扑倒在地，引得战友们不由得发出笑声。然后从前向后传来死亡的警示："卫生兵到前面去！"

我们不久就经过了炮弹击中的地方。伤员已经被运走了。弹坑周围的灌木上挂着沾满鲜血的零碎物件和肉块——这是一个怪诞而令人压抑的景象，让我想起红背伯劳鸟把猎物穿挂在荆棘上①。

部队在大道上急速前行。伤员弯腰坐在路边讨水喝,抬着担架的俘虏喘着粗气往后走,急于表现的人不顾一切向前奔。炮弹砸在两侧松软的土地上,沉重的枝干断裂下来。路中间躺着一匹死马,身上的伤口巨大,一旁的内脏还冒着热气。这些血淋淋的大型画面中还掺有一种疯狂而超乎想象的欢快。一个大胡子民兵靠着一棵树喊道:"小伙子们,现在跟紧啊,法国佬正在跑呢!"

我们抵达了已经被炮火掘地三尺的地盘。第一攻击点周遭的树木已经被炮弹炸光。进攻中的死者躺在被摧毁的中间地带,头朝向敌人方向,灰色的大衣几乎与泥土融为一色。一名壮汉两眼直瞪着天空,红色的鲜血浸透了络腮胡须,两手紧紧抓着松软的泥土。一个年轻人在弹坑里来回翻滚,脸色已经淡淡泛黄,离死已经不远了。我们的目光让他很不安,他用一个无所谓的动作把大衣拉上来盖住头部,就一动不动了。

我们的行军纵队解散。尖锐的呼啸声不断地由远及近,掠地而来,强光闪过,林间空地泥土飞溅。野战炮弹尖厉的哨声我在奥兰维尔就已经听过不少,在这里我也没有觉得特别危险。相反,我们连散开队形在受到炮火攻击的地段移动,这种秩序性有某种使人镇定的效果。我在想,这种初经战火洗礼的感觉没有我期待的那么危险。我很奇怪地错误估计了形势,仔细环顾四周,猜测炮击可能的目标,却没想到我们自己就是对手全力轰击的对象。

---

① 红背伯劳,德文名 Rotrückiger Würger,拉丁学名 Laniidae,生性凶猛的一种小型雀鸟,习惯把捕获的昆虫、小鸟、鼠等小动物尸体插在荆棘上撕食。容格尔中学时代在汉诺威郊区家中曾有收集昆虫标本的兴趣,此处联想估计是与这一时期的兴趣有关。

"卫生兵!"我们有了第一批阵亡者。一枚榴霰弹铅弹削开了燧发枪步兵施托尔特的颈动脉。三个包扎袋转眼就被血浸透。他几秒钟就流光了血而死。我们附近又架起了两门炮,于是吸引来更大的炮火攻击。一名炮兵少尉在前方寻找伤兵,被他面前升起的气浪甩了出去。他慢慢地站起身,异常镇静地走了回来。我们都瞪圆了眼睛看着他。

天黑时分,我们得到命令继续前进。我们穿过被炮火炸遍的灌木地段,进入长无尽头的通行堑壕,战壕内四处散落着法国人逃跑时丢弃的包裹。在莱塞帕尔热村附近,前面虽然没有敌人,我们却要在坚硬的岩石内挖一个工事。最后,我在一片灌木丛中身子一软,就此睡着。半梦半醒之间,我有时能看见不知是哪一方的炮兵射出的炮弹从我头上高高飞过,引信还在闪着火花。

"我的天,给我起来,我们要出发了!"我在挂着露水的草丛中醒来。对面用机枪扇形扫射,我们奔回战壕,在林子边缘占据了一个法国人的阵地。一股甜丝丝的味道和铁丝网上悬挂的一把东西吸引了我的注意。我趁着晨曦的雾霭跳出堑壕,站在了一具干缩的法国人尸体面前。鱼肉一样腐败的肉体从破烂的军服中发出白绿的色泽。我转过身,更是吓得退了回来;就在我身边,一个人靠着树弓身坐在地上。他身上的法国皮装闪闪发亮,背上的背包绑得很高,最上端放了一个圆形的饭盒。空空的眼窝和黑褐色脑壳上的几束头发表明,我眼前已经不是一个活人。还有另一个人坐着,上身朝前折倒在腿上,仿佛刚刚倒下一般。周围还躺着十几具尸体,或腐烂,或钙化,或干成木乃伊,或僵硬成恐怖的手舞足蹈状。法国人肯定是在阵亡的战友身边坚持了几个月,而没有埋葬他们。

上午时分,阳光穿透了雾霭,发出令人舒适的温暖。我在堑壕底部小睡了一会儿,突然有了好奇心,想看看这个前一日被我们攻下的孤零零的堑壕。地上尽是干粮、弹药、装备、枪械、书信和报纸。这场面很像遭到洗劫的旧货店。其中还有勇敢的守军的尸体,枪还卡在射击孔里。在被炸飞的木桩之间夹着一具躯干,头颈都被炸掉了,白色的软骨在红黑色的肉里发着光。这让我难以理解。旁边躺着一个很年轻的人,脸朝上,毫无表情的眼睛和拳头僵硬呈瞄准状。看着这些死亡的、询问的眼睛是一种很奇怪的感觉——这种毛骨悚然的感觉我在战争中始终没有完全摆脱。他的衣袋被翻得里朝外,身边地上丢着被洗劫过的钱包。

我在已毁坏的堑壕里徜徉,并没有受到炮火的影响。那是上午短暂的宁静,也是我未来在战场上能够经常享受到的唯一的喘息的机会。我利用这个间歇,来无忧无虑地、坦然地看待这一切。敌人的武器,黑暗的地堡,背包里五花八门的物件,对我来说一切都很新鲜,谜一样难以理解。我把法国的子弹塞进衣袋,解下一块丝绸般柔软的帆布,拿起一个用蓝布裹起来的行军水壶,然后走几步又都扔下。在一个被撕得七零八落的军官行军装备旁边,散落着一件漂亮的条纹衬衣,这引诱我赶紧脱下自己的军装,从头到脚换上新的衣服。我喜欢新鲜的亚麻布在皮肤上引起的舒服的刺痒感。

我穿着这身打扮,在堑壕里找了一处有阳光的角落,在一块条木上坐下,用刺刀打开一罐圆形的肉罐头,开始吃早餐。然后我点上烟斗,开始翻阅地上散落的法国杂志,从日期上可以看出,有些杂志是前一天刚从凡尔登送到堑壕里来的。

我还不无一丝后怕地记得,我在吃早餐休息期间试图把一个奇怪的小机器拆开,那是我在面前的地上发现的,出于无法理解的原因,我认为那是一盏"防风灯"。很久以后我才想起来,我在那儿把玩了半天的东西是一个没上保险的手榴弹。

天光越来越亮，一个德国炮兵小队从紧挨着战壕后面的树林里开始炮击。没过多久，敌人也开始回击。突然，我被身后传来的巨响吓了一大跳，看到一道烟雾直直地升起。我对于战争的种种声响还不熟悉，还不能把我方炮弹的哨声、滋滋声和爆炸声与敌方越来越密集发射的炮弹落地时震人的巨响区分开来，然后对这一切形成一个总体的认识。首先我无法解释，我们四散在一小段一小段的堑壕里，为什么这些炮弹从四面八方打来，呼啸而过，弹道看起来毫无章法，却偏偏在我们头上交错。我不明白原因，但是结果是我很不安，而且让我陷入思考。作为新兵，我还不熟悉战斗是怎么回事——我觉得那些表达求战意愿的话奇奇怪怪、没前没后，就像另一个星球发生的事情。而同时，我并没有害怕，因为觉得自己并没有被人看见，所以也不相信有人正在向我瞄准，而且可能会击中我。所以我在回到班里之后，就用非常无所谓的态度观察阵地前方。这是一种无知者的无畏。我在随身携带的记事本里记下受射击减弱或者增强的时间，这也是我未来在类似的日子里经常做的事情。

中午时分，炮声逐渐加大为疯狂的舞曲。我们周围不停地发出火光。白色、黑色和黄色的烟雾混杂在一起。尤其是那种能够升腾起黑烟的炮弹，老战士称之为"美国炮弹"或者"煤炭盒子"，爆炸威力极其惊人，能毁灭一切。其间掺杂着数十枚炮弹引信独特的哨声，令人想起金丝雀的歌唱。这些引信像铜制的玩具钟或者某种机械昆虫一般飞过炮弹爆炸后卷起的巨大泥浪，引信上的刻口造成气流发出尖厉的哨声。奇怪的是，林中的小鸟似乎一点不在乎这些高出千百倍的噪音，它们平和地蹲在炸断的枝头，烟尘之上。在间歇间，能够听见它们召唤的鸣叫声和无忧无虑的歌唱，对，它们仿佛被没顶的声浪愈发激起了热情。

在受到炮击越来越密集的时候,士兵们会短促地互相呼唤,以保持清醒。在我能够居高临下看见的堑壕里——堑壕的泥壁已经大块大块地脱落,士兵们都在时刻准备着。步枪打开了保险,架在射击孔上,射手仔细地观察阵地前方。他们也不时地左右看看,以观察旁边的人还在不在,如果看到了相识的人,双方就对视而笑。

我和一名战友坐在一个在堑壕壁里横挖出的平台上。射击孔——我们都是从射击孔观察前方——的木板响了一声,一颗步枪子弹从我们两人头中间穿过,打进背后的泥墙里。

伤员逐渐多了起来。横七竖八的战壕里的情况虽然难以看全,但是"卫生兵"的呼喊声越来越频繁,这表明炮击是有作用的。时不时冒出个把急匆匆向后奔的身影,头上、脖子上或者手上刚刚打上的干净绷带老远就能看见。他们要赶紧把造成尤其是脸部轻伤的弹头藏起来,因为按照打仗的迷信说法,轻伤是为重伤报信的。

我的战友志愿兵科尔保持了那种北德特有的冷静,仿佛就是为了对付这些局面的。他对着一根无论如何点不着的雪茄又咬又按,而且还有一副没睡醒的表情。即使我们背后噼噼啪啪仿佛千枪齐发,他也丝毫不失镇静。原来,树林因为炮击起火了。大火顺着树干向上蹿,烧得毕剥作响。

在这些事情发生的同时,我有其他的奇怪烦心事。原来我十分羡慕那些老"佩尔特雄狮"在"屠场"中的经历,我因为当时在勒库夫朗斯受训而没有体验到。所以,当"煤炭盒子"找准了朝我们这块儿飞的时候,我有时会问参加过战斗的科尔:

"嗨,**现在**这儿像佩尔特吗?"

让我失望的是,他每次都随便挥挥手回答我:

"还差得远哪!"

当炮击越来越密集,连我们插在泥巴里的凳子都在黑色怪物①的爆裂声中开始摇摆的时候,我又在他耳边大吼道:

"嗨,**现在**这儿像佩尔特吗?②"

科尔是一位非常诚实的士兵。他先是站起来,审视地环顾四周,然后令我满意地吼了回来:

"这会儿就该差不多了!"

这个回答令我欣喜若狂,毕竟这话证明我参加了第一场真正的战斗。

就在此时,我们这段战壕的角落里冒出一个人:"朝左跟上!"我们把命令传了下去,沿着烟雾弥漫的阵地前行。去取伙食的士兵刚刚回来,几百个饭盒放在堑壕胸部掩体上面,冒着热气。谁还想吃饭?大量的伤员扎着浸透鲜血的绷带从我们身边挤过去,苍白的面孔上仍留有战斗的紧张。在上方,人们把一副副担架沿着堑壕边沿匆匆向后拖。我们越来越预感到艰难时刻的临近。"小心,战友们,我的胳膊,我的胳膊!""快,快,我的天,跟上!"

我认出了桑特福斯少尉,他六神无主,大大地睁着双眼,沿着堑壕疾走。他的脖子上扎着长长的白色绷带,这使他的姿势十分别扭,大概是这个原因吧,此时的他让我想起一只鸭子。我这么看是因为这很像我做的梦,吓人的东西在梦里总戴着可笑的面具出现。接下来我们跑过封·奥鹏上校身边,他一只手插在上衣口袋里,正在给副官口授指令。"嗯,看来一切还是应该有意义的、理性的。"我的脑中闪出这句话。

---

① 此处指的是上文所述被称为"美国炮弹"或"煤炭盒子"的炮弹。
② 此处强调为原文所有。

堑壕尽头是一处林地。我们站在一片巨大的山毛榉树下，不知下一步该怎么办。我们的少尉排长从密集的灌木丛中冒了出来，朝着年纪最大的下士喊道："让大家呈分散队形，向落日方向前进，进入阵地。我在林间空地那边的地堡里，朝那里报告。"下士咒骂着接过指挥权。

我们出了堑壕，充满期待地卧倒在一排平整的浅沟里，不知哪些前辈在地里蹭出了这些沟。就在我们打趣着大呼小叫的时候，一声断肠裂肺的巨响将我们的声音打断。我们身后二十米处升起一团白烟，泥块被高高卷起，拍在树枝上。回响在林中来回激荡。大家面面相觑，把身体紧紧贴在地面上，被一种彻底无能为力的感觉击倒了。炮弹一发接一发。浓烈而令人窒息的气体在灌木丛中蔓延，烟雾遮蔽了树梢，树木的枝干轰然倒向地面，喊叫声愈来愈大。我们跳起身来，毫无目的地乱跑，不停地躲避强光和气浪，从一棵树跑到另一棵树，寻找掩护，就像被围猎的猎物，围着巨型的树干不停地绕圈，四周震耳欲聋。很多人都跑进了一个地堡，我也朝那个方向跑去，结果地堡挨了一炮，顶部被掀开，巨大的木块在空中四下乱飞。

我和下士喘着气，跳着绕过一棵巨大的山毛榉，就像两只被人扔石块追打的松鼠。我已经是下意识地机械性奔跑，被不断的爆炸逼得高度敏捷。跑在我前面的是我的上司，他有时候回头胡乱瞪我几眼，高喊："喂，这都是什么家伙？这都是什么家伙？"突然，地上盘根错节之处一道闪光，我左大腿受到重击，倒在地上。我开始以为自己被一大团泥块击中了，但是大量涌出的热乎乎的鲜血马上让我明白了：我受伤了。后来我才看到，一块极其锋利的弹片先是打在我的皮夹子上，被卸去了一些力道，然后伤了我的皮肉。在这块弹片像刮胡刀片一般切开我的肌肉之前，共打穿了皮夹子不下九层坚硬的皮革。

我扔开背包,奔向我们出发的堑壕。伤兵从受到炮击的林子各处钻出,直直地奔向堑壕。堑壕里简直无法挪步,受重伤的和垂死的战士挡住了路。一个直到腰部都被剥光了衣物的人形靠在战壕壁上,背部被炸开。另一个人的后脑勺上垂着一块三角形的东西,不断地高声惨叫。眼前的惨痛无以复加,我第一次仿佛透过魔鬼的缝隙见到了疼痛的深渊。越来越多的炮弹落下。

这时我完全没有了意识。我毫不顾忌地越过一切高低障碍,匆忙间还好几次跌回堑壕,最终才爬出这地狱般的人堆,能够走得动。我像一匹不停歇的奔马一样快速奔跑,穿过密集的灌木,越过小道和空地,直到跑回大道附近的一片林地才瘫倒在地上。

天已经黑下来,两个在阵地上搜索伤兵的担架员从旁边经过。他们把我放上担架,抬到一个用圆木作顶的地堡,我和众多的伤员挤在一起在这个用作卫生室的地堡里度过了一夜。一名筋疲力尽的医生站在一堆呻吟的人群中,包扎、注射、用平静的声音下指令。我把一位阵亡战士的大衣盖在身上沉沉睡去,因为已经开始发烧,所以做了各种奇怪的梦。我在夜间醒来一次,看见医生仍在灯光下工作。一个法国人不断地发出尖叫,我旁边一个人厌烦地嘟囔道:"这个法国佬。嗯,他们要是不能喊,就是不满意。"然后我又睡了过去。

当我第二天早晨被抬走的时候,一块弹片在我的双膝之间洞穿了担架的帆布。

我和其他伤员一起被抬上在战场和主要驻地之间来回穿梭的救护车。我们在仍旧遭到重火力攻击的大道上飞奔。在救护车灰色车篷后面,我们一无所知地穿过危险地带,而危险正迈着沉重的步伐步步紧逼。

我们是躺在担架上被人平推进车里的,就像面包被推进烤箱一样。有一副担架上躺着一名战士,他腹部中弹,痛苦万分。他把我们每个人都求了一遍,让我们用车上挂着的卫生兵的手枪给他一个了结。没有人接话。我还会体会到那种感觉,就是行车每一次震动都像在严重的伤口上再重击一下。

主要包扎场所设在一块林间空地上。地上铺着一排排的草秆,棚屋顶以树叶搭就。从伤员大量涌来不难判断,眼下正在进行一场重要的战斗。看见一位将军衔的军医在一片血光之中视察工作,我又产生了那种很难描述的感觉,就是看见有人即使处于生死攸关的恐怖景象和激烈情绪之中,仍然能用蚂蚁般的冷静扩建自己的秩序。

吃过喝过,再点上一根烟,我躺在草棚里一长排伤员中间,有一点类似于考试后的心情:虽然成绩不完美,但是毕竟及格了。我从旁边听来的短暂交谈,却让我陷入沉思。

"你什么没了,战友?"

"我膀胱挨了一枪。"

"是不是很疼?"

"嗨,这倒没什么。不过这样就再也不能打仗了……"

就在当天上午,我们被转运到圣莫里斯①村教堂的病员收容站。一列野战医院列车已经在吐着蒸汽了,我们将乘坐这列火车两天后回到德国。车行的时候,我从铺上看见田野里已是一片春光。一位话不多的哲学讲师很周到地照顾我们。他为我服务的第一项内容是用一把折叠刀把我的靴子从脚上削下来。有些人天生特别擅长照顾人;总之,我在看到他夜间在灯下读书就已经感觉很舒服了。

---

① 圣莫里斯(Saint-Maurice)。

火车把我们送到了海德堡。

看见内卡河畔为盛开的樱花树所簇拥的群山，我感到了一种强烈的故乡情怀。这是一个多么美丽的国家啊，为之而流血而牺牲都是值得的。我还从来没有这样感受过这个国家的魅力。我的脑海中浮现了积极和严肃的念头，我第一次意识到，这场战争远比一场大冒险要意味着更多。

莱塞帕尔热战役是我的第一场战役。它与我想象的完全不一样。我参加了一场大型的战斗行动，却没有看到任何一个对手。直到很久以后，我才真正经历狭路相逢，经历战斗的巅峰，就是在开阔的战场上开始浪潮般的冲锋，从而在有决定意义的、杀人无数的片刻打断战场上混乱的空虚。

杜希*和蒙希

我的伤十四天就痊愈了。我出院去了汉诺威预备营,从那里短期回家探亲,也是为了适应重新走路。

"报名走预备军官的道路吧,"这是父亲给我的建议。当时是我刚开始度假的某天上午,我们在果园里观察果树开花的情况;我也满足了他的愿望,虽然我觉得战争开始时报名参军做一名列兵、只为自己一个人负责要更为轻松一些。

团里派我去德布利茨①参加六周的培训,培训结束后我成为上士。来自德国各处的年轻人成百上千地聚集到这里,这就能看出国家还不缺优秀的战士。我在勒库夫朗斯接触的只是单兵训练,而在这里训练的是野战时指挥小分队的各种战术。

一九一五年九月,我返回团里。我在圣莱热②村下了火车,师部在村里,然后我作为军官带着一个预备小分队向杜希行军,我们团正在那里休整。我们前面,法国人的秋季攻势正在全面展开。战线是在大片开阔地带上长长的一条上下翻滚的烟尘带。在我们头顶,空军机群的机枪哒哒作响。法国人的飞机带

---

*   杜希(Douchy)。
① 德布利茨(Döberitz),今德国东北部勃兰登堡州地名。德皇威廉二世在十九世纪末在此地建立了著名的军事训练基地。
② 圣莱热(Saint-Léger)。

有彩色的圆形标志,看起来像是大眼睛的蝴蝶在搜寻地面,它们有时会低空掠过我们上方,我就带着我的小分队隐蔽在路边的树下,以防被对方发现。防空炮弹带着长长的白线升空,弹片呼啸着四处落下,打在田里。

这次短短的行军也马上给了我运用所学知识的机会。敌人可能是从某个观察气球上看到了我们,大量的黄色观察气球在西边发出闪光。就在我们拐进杜希村的时候,一枚黑色保龄瓶形状的炮弹在我们面前炸开。炮弹击中了当地紧靠着路边的小墓地入口处。我在这里第一次经历了必须对意外情况当机立断的那一刹那。

"向左散开——呈散兵队形,散开,散开!"

队伍疾速在野地上分散开来。我让大家在左侧集中,带领他们绕了一大圈后才进入村里。

杜希村是燧发枪步兵七十三团休整地,中等大小,尚未受到战争的毁坏。这个地方位于阿尔图瓦①地区丘陵地带,我们团在这一地区长达一年半的阵地战期间,村子成了我们的第二处营地,是在最前线艰苦战斗和劳作的日子之后休整和恢复的地方。有多少次,当我们经过漫漫雨夜看见村口有一盏孤零零的灯朝我们闪光时,我们会深吸一口气!又进到室内了,又在干燥的房间内有一个简单而无人打扰的床铺了。可以睡觉,不用担心在四个小时之后必须冲进黑夜,不用在梦里还被随时准备受袭的想法折磨。在第一个休息日,我们在洗过澡、把军服上沾染的堑壕污物清洁完毕之后,感觉自己就像重生了一般。大家在草地上出操和做体操运动,让生锈的关节再度灵活起来,让大家因为漫长的夜岗而变得形单影只之后再度焕发集体精神。这为

---

① 阿尔图瓦(Artois)。

将来负担繁多的日子注入了新的动力。在最开始的时候,连队还轮换着夜间前往最前线挖堑壕修工事。这种日夜的双重任务令人疲惫不堪,后来被明白事理的封·奥鹏上校下令停止了。确保阵地安全靠的是守军充沛的精力和无尽的勇气,而不是靠修建里三层外三层的联络通道和越挖越深的堑壕。

在休息时间,杜希为我们这些穿着灰色制服的居民提供了一些放松的源头。这里食堂很多,食物和饮料也还很丰富;这里有一间阅览室、一间咖啡室,后来居然还巧妙地在一座大草料房里盖了一座电影放映间。军官们有一间设施十分齐全的赌场,在牧师家的园子里还有一个九柱球道。连队经常庆祝节日,领导和普通士兵按照老德国的方式互相拼酒。我也无法忘记那些屠宰节,届时我们连队用厨余剩饭完美喂肥的猪只能丧生了。

由于居民仍在村中居住,所以一切空间都在用各种方法得以利用。有些园子里盖上了棚屋或者供起居的地堡;村子中间的一个大果园改成了教堂广场,另一个所谓的艾米希广场改成了公园。那里有两个用圆木作顶的地堡,分别作为刮胡室和牙医室。教堂边的一大块草地被用作墓地,几乎每天都有连队前来,唱着圣歌,陪伴某个或数个战友走完最后一程。

就这样,这个破败的农家小村庄在一年之内成长为一个军事小城市,宛若一只巨型的寄生虫。人们已经无法再认出如今外表之下从前平和的旧模样。在村中池塘里,龙骑兵洗刷他们的马匹,步兵在园子里练操,草坪上还躺着晒太阳的士兵。一切设施都很破败,只有与战斗有关的处于繁荣之中。于是,隔栅和树篱被推倒,或者为了交通更通畅而拆除,而表明车行方向的大指路牌到处闪光。一边是房顶坍塌,家具陈设渐渐成了取暖的柴火,一边却在建设起电话线和电线。从房屋的地下室开始挖建巷道,以便屋里人在受到炮火攻击时有安全的藏身之处;挖出来的泥土就随便地堆在园子里。整个村子里再也没有家家户户之间的界限,再也没有私人财产。

在村中去往蒙希的路边,法国老百姓被集中居住。房屋东倒西歪,儿童们在门槛前戏耍,白发苍苍的老人们弯腰走过,周遭的新世界毫无顾忌地让他们生活了一辈子的故乡成为他乡。年轻人必须每天早晨集合,由当地指挥官奥博兰德中尉分配他们耕种村里的土地。我们只有在把衣服送去清洗,或者买黄油、鸡蛋的时候才会和当地人碰到一起。

在这座兵城里,最古怪的画面当属部队收了两个小个子法国孤儿。其中一个男孩可能是八岁,另一个可能是十二岁,也都穿着灰色的军服,说着流利的德语。当他们说起自己同胞的时候,会用"法国佬"①这个词,这也是他们从我们士兵那里听来的。他们最大的愿望是可以同"他们的"连队一起进入阵地。他们操练标准,向上司致敬,点名的时候站在左翼队列,想陪帮厨去康布雷采买的时候也会申请休假。当二营要去凯昂②训练几周的时候,其中一个叫路易的孩子应该按照封·奥鹏上校的命令留在杜希;行军的时候,确实也没人看到他,但是他却在二营抵达目的地的时候高兴地从行李车里跳了下来,原来他一路都躲在车里。大一点的那个孩子据说后来被送到德国上了培养下士的学校。

离杜希村不到一小时就是蒙希欧布瓦③村,驻扎了团里的两个预备连。一九一四年秋天,这里是苦战争夺的目标,最后村子还是留在了德国人手里。战斗紧紧围绕着曾经富裕的村庄废

---

① 德语中有大量第一次世界大战期间流传下来的士兵用语,比如不同的所谓"法国佬"(Schangel、Franzmann 等)。
② 凯昂(Quéant)。
③ 蒙希欧布瓦(Monchy-au-bois)。

墟画了个半圈,逐渐陷入僵持状态。

如今,房屋已经或烧光或击毁,荒芜的园子被炮弹掀开道道深沟,果树折断。乱石之中加建了堑壕、铁丝网、路障、混凝土浇筑的据点等防御工事。从路中间被命名为"图尔高①堡垒"的混凝土堡垒可以用机枪射击所有的道路。另一处据点叫"阿尔腾堡②堡垒",是位于村庄右侧的一处工事,里面驻守着预备连的一个小分队。对于防守来说,还有一处矿井至关重要。矿井在和平时期用来开采盖房子用的白垩石,我们也是偶然发现的。我们连队的一位炊事员把水桶掉进了井里,于是让人放他下井,结果发现一处开口,里面大如洞穴。部队调查了这个地方,在打通了又一处入口之后,这处矿井就可以供大量战士躲避轰炸之用。

在通往朗萨尔③的路边一处孤零零的高地上,矗立着一座废墟,这是从前的小酒馆,如今因为能够远眺前线被称为"美景坊"——虽说这个地方位置很危险,但是我还是对它有些偏好。从这里可以继续远眺这方已经死去的土地,死去的村庄之间有道路相通,路上没有一辆车,不见一个生物。阿拉斯④的轮廓在远处影影绰绰,那也是一座无人的城市,再往右就是圣埃卢瓦⑤白垩地里巨大的弹坑在闪光。巨大的云影划过杂草丛生的荒芜田野,地里堑壕网错综交织,或黄或白的网格渐次铺开,最后都汇合在长长的拉线一般的通道里。不时地有炮弹卷起一阵烟雾,就像被无形之手推向高空,然后又在风中飘散,或者榴霰弹

---

① 图尔高(Torgau),今德国萨克森州易北河畔的一座城市。
② 阿尔腾堡(Altenburg),今德国图林根州一座城市。
③ 朗萨尔(Ransart)。
④ 阿拉斯(Arras)。
⑤ 圣埃卢瓦(Saint-Eloi)。

的火球在荒原上就像一片白色的雪花,缓缓地融化。风景如今呈现出阴森和梦幻般不真实的面貌,打仗把这个地区可爱的一面清除掉了,而刻上了自己坚硬的线条,形单影只的观察者会胆战心惊。

这种被遗弃的感觉,偶尔会被沉闷的炮声所打破的寂静,更是通过眼前所见令人悲伤的毁灭而得到强化。支离破碎的士兵背包,折断的枪支,破布头,其间还有一件儿童玩具构成令人毛骨悚然的对比,炮弹引信,炮弹炸出的深坑,瓶子,收割用的农具,书本的碎片,破碎的家具,黑乎乎的像是地窖的神秘洞穴,也许不幸的这家人的尸体正在下面被异常忙碌的老鼠啃噬。一棵小桃树失去了墙的支撑,正伸出胳膊求助,牲口棚里的家畜骨架仍旧吊在链条上,被毁的园子里有坟茔,其间也有绿色冒出,深藏在杂草中间,洋葱,艾蒿,大黄,水仙,相邻的田里有麦堆,麦堆顶上的麦粒饱满而丰硕;一条快被湮没的通行堑壕横穿这一切,烧焦和腐烂的味道四处萦绕。想到不久前还有人在这里和平地生活,战士会在这种地方不由得悲从中来。

就像我上面介绍过的,战斗的阵地紧紧围绕着村庄,呈半圆形,通过一系列的通行堑壕与村庄连为一体。阵地分为两段,即蒙希南段和西段。这两段再分成从 A 到 F 的六个连阵地分段。由于阵地呈弓形,这就给英国人提供了从侧翼进攻的可能性,而他们也很巧妙地利用了这一点,给我们造成严重的损失。除此之外,英国人还使用直接隐藏在他们阵线之后的一门炮发射小型榴霰弹,发射和击中的声音听起来重叠在一起。炮弹爆炸时好比晴天霹雳一般,无数铅弹射向整条堑壕,经常能够打掉我们一个岗位上的士兵。

让我们现在先在射击堑壕里走上一小段,看看它在这一时期是如何发展起来的,以便能够形象地说明一些一再出现的表达。

要想到达前线——简称"堑壕",我们就要进入某一条通行堑壕,这些堑壕为数众多,主要作用是让士兵能够在受掩护的状态下进入战斗阵地。堑壕经常修得很长,朝向敌人的方向,但是为了避免沿着堑壕走向受到炮火射击,堑壕都修成拐弯的折线或者弧度不大的弧线形状。前进了一刻钟之后,我们与第二道前线交叉。第二道前线与第一道平行,当第一道战斗堑壕失守之后,可以在第二道战壕里组织抵抗。

战斗堑壕第一眼看去就与战争初期修建的简单设施不同。它已经不是简单的堑壕了,而是挖成两人或者三人深,两头延展开去。防守者在堑壕里就像在巷道底部行动,要是想观察阵地前方地段或者射击,防守者就要踏着台阶或者很宽的木梯登上站立台,就是一处在土中横挖出的长形平台,人站在上面比原生的地面高出一个头。每位射手都站在一个射击岗位里,射击岗位是一处稍作加固的角落,射手的头部用沙袋或钢板作掩护。唯一的瞭望口也是狭窄的射击孔,枪管从射击孔里伸出去。从堑壕中挖出的大量泥土在堑壕后方堆成墙,也同时作为后方掩体,泥墙中修有机枪射击位。与之相反,堑壕前方的泥土会被仔细移走,以便射击面不受阻碍。

堑壕前方布满铁丝网阵,经常是好几重,由铁丝网纵横交错组成,进攻者遇到铁丝网就不得不停下来,这样防守者就可以从射击阵地从容地朝进攻者开火。

铁丝网阵地长满深深的杂草,荒芜的土地上已经长出了全新而另样的植被。平时在庄稼地里零星绽放的野花如今占据了上风,矮矮的灌木也四处疯长。道路也已经被植被湮没,但是还能清晰地辨认出来,因为原来的路面长满了圆叶的车前草。鸟类在这片荒原中自由自在,比如山鹬鸪时常在夜间奇怪地鸣叫,比如云雀多声部的歌唱时常随着堑壕上方亮起第一缕光线而响起。

为了防止战斗堑壕受到侧面火力射击,堑壕都修成蜿蜒曲折状,也就是每隔一段就突出去一处拱形。这些拱形的侧边构成肩部掩体,用来阻挡从侧面射来的子弹。这样一来,战士在后方受到背部掩体、在两侧受到肩部掩体的保护,而正面则有堑壕前壁作为胸部掩体。

供休息用的地下掩体已经从早期的简陋洞穴发展成真正的封闭式起居空间,用木料搭了顶,用木板包了墙。地下掩体约有一人高,深挖入地下,地面和堑壕的底部位于一样高度。木料做的顶上还覆盖着一层土,可以防御轻型的枪弹射击。但是要是遇到重火力射击,那么地下掩体里的人就成了瓮中之鳖,所以大家宁愿躲在更深的垂直巷道里。

垂直巷道是结实的木框结构。第一道巷道在与堑壕底部齐平处由堑壕前壁深入地下,这道巷道同时也是巷道网的入口,接下来每一级巷道都比上一级低两掌的高度,以便迅速提供掩护空间。这样一来,多级巷道就形成了一种阶梯结构。在第三十级巷道内,顶部土层厚度就有九米,如果把堑壕的深度也计算在内,那么顶部土层就厚达十二米。在这一深处,横向或者与台阶成直角的方向铺设大一些的木框结构,这就搭建出起居空间。巷道间直接连通,形成地下联络通道,朝向敌方的岔道被用来做监听巷道或者挖掘巷道。

想象一下,这一切是一处野地之中的巨型土质堡垒,从外面看起来仿佛已经废弃不用,但是在堡垒内部,人人都在有条不紊地值勤和工作,一旦警报响起,每个人都能在几秒钟内进入岗位。当然,我们也不要把气氛想象得过于浪漫,堡垒内更多是让人昏昏欲睡和反应迟滞,这是一种近距离接触泥土产生的感觉。

我被分到了六连,在入连后没几天就作为班长带队进入阵地,当时就受到了几枚英国"太妃糖苹果"①两英寸迫击炮弹的欢迎。这是一种装有炸药的带柄弹体,外壳为铁质,易破裂,不妨想象把一个一百磅的哑铃去掉其中一头的圆球体,剩下的部分就最像弹体的形状。"太妃糖苹果"发射的声音低沉而不清晰,经常被机枪的射击声掩盖。突然间,身边火光绽放照亮了战壕,巨大的气浪冲击让人头昏脑涨,爆炸突如其来,形如鬼魅。旁人赶紧把我拉进班里刚刚修好的地下掩体。在掩体里,我们还能感到五六次迫击炮弹的重击。"太妃糖苹果"其实不是入地爆炸,而是"落在地上",这种慢吞吞的毁灭方式对人的神经产生了相当的折磨效果。第二天早晨,我第一次就着天光在堑壕里穿行,看到各处地下掩体前都挂有"太妃糖苹果"被拆掉炸药的带柄弹体,用来敲击发警报用。

我们连的阵地位于 C 段,是团里最靠前的阵地。连长布莱希特少尉在战争初期从美国火速回国,他是领导防守这块地方的称职人选。他热爱冒险,后来在战斗中阵亡。

堑壕中的生活遵从严格的规矩,我在此勾勒一下堑壕中的一日生活。在十八个月中,这样的生活日复一日,除非惯常的交火行为升格为熊熊的战火。

在射击堑壕里,每一日随着暮霭开始。七点钟,班里会有人把我从下午觉中唤醒,我在值夜岗前都会睡上一觉。我于是系上武装带,把信号枪和手榴弹在武装带上挂好,走出多多少少也算比较舒服的地下掩体。在第一次巡视熟悉的排阵地时,我要

---

① "太妃糖苹果"(toffee apple)指的是英军在一战时为了应对堑壕战而开发的一种迫击炮,口径为两英寸,但是炮弹的形状看起来像"太妃糖苹果":前端为直径九英寸的球形炸弹,后端是二十二英寸长的柄。

确保所有人都在正确的位置上。大家低声交换口令。这时夜幕已然降临，第一批照明弹发着银光升向天空，大家努力盯着堑壕前方。一只老鼠在从掩体中扔出的罐头盒中间窸窸窣窣穿行。又一只老鼠尖叫着冲向第一只，不一会儿，无数只老鼠从村中废墟的地窖或者炸毁的巷道里涌出，遍地乱窜。值勤是单调而枯燥的，于是捉老鼠成为一种颇受欢迎的调剂。放置一块面包作为诱饵，用枪瞄准，或者把哑弹的炸药粉撒在鼠洞里，再点上火。老鼠皮毛着火，吱吱叫着蹿出洞来。老鼠是令人作呕的生物，我一再想到它们在村中地窖里偷偷摸摸咬噬尸体的勾当。有一次，我趁着温暖的夜间走过蒙希的废墟，多到令人难以置信的老鼠涌出藏身之地，直把地面铺成一幅活动的地毯，不时现出一两块白化症动物的毛皮图样。

连一些猫也从已成为废墟的村庄迁到了堑壕里，它们喜欢和人亲近。有一只体型很大的白色公猫被打坏了前爪，经常在无人地带神出鬼没，看来是与交战的双方都有交往。

不过我还是在说堑壕内的战斗生活。大家喜欢这类题外话，很容易就开口，用来填满漫漫的黑夜和无尽头的时间。也是出于这个原因，我也在某个认识的列兵或者下士面前停留，仔细倾听他无数的琐碎故事。当我还是上士的时候，也经常有巡查的军官好意地与我聊天，大家都一样觉得环境难以忍受。他聊天的态度甚至完全像战友一般，轻声而热烈，倾吐着秘密和愿望。我也愿意接话，因为我也觉得受到沉重的堑壕黑墙的压抑，也在这令人不安的孤独中渴望温暖，渴望任何人性的东西。夜间，野外会散发出一种独特的清冷，这是一种由脑中生出的冷。在走过战壕内无人值勤，而且只有巡逻才会经过的地段时，人们会轻轻地打颤。如果踏足铁丝网阵另一侧的无人地带，这种颤栗就会升级为浑身不适而牙齿打颤。小说作家们经常错误使用牙齿打颤的情节,它不是剧烈的,而类似于微弱的电流。人们常常会注意不到牙齿在打颤,就像注意不到梦呓一样。另外,一旦真的有事发生,这种牙齿打颤就会马上停止。

交谈逐渐变得无味起来。我们都疲倦了。我们沉沉欲睡地靠在肩部掩体上,盯着在黑暗中一闪一闪的烟头。

有霜冻的时候,我们就会一边发抖一边上下跺脚,坚硬的地面响起不停的跺脚声。寒夜中,人们会听到不断的咳嗽声传出很远。如果在无人地带匍匐前进,那么这咳嗽声经常就是敌方阵线的第一个标识。有时候,某个岗位上的士兵也会自己吹或者哼上一首歌,而此时偷偷靠近的人却怀有杀心,这种反差就十分恶劣。经常会下雨,下雨让人悲伤,人们只能竖起大衣的领子,站在巷道入口处的雨檐下,倾听雨水重复不变的滴落声。一旦听到长官在堑壕内积水地面上的脚步声,就要迅速出来,走几步,猛然转身,两脚并拢,报道:"下士在堑壕值勤。值勤段一切照常!"站在巷道入口里面是禁止的。

想法越跑越远。大家看着月亮,想着家中舒适的好辰光,或者在更远的大都市里,人们此刻正涌出咖啡厅,无数的电弧灯照亮了市中心夜晚的喧闹。这一切就像在梦中——遥不可及。

这时,堑壕前有东西窸窸窣窣地移动,两根铁丝网发出轻响。所有的美梦顷刻间烟消云散,所有的感官迅速敏锐到痛。爬上岗位站立台,向上发射出一颗照明弹:什么动静也没有。可能是一只野兔或者山鹧鸪之类。

我们经常能听见对手在修他们方面的铁丝网阵。这时我们就会朝那里一枪又一枪地快速射击,直到弹匣打完为止。这倒不只是因为开枪是命令,我们在开枪时也有某种满足感。"现在他们在那边有压力了。你也许打中了一个。"我们也是每夜都架铁丝网,也经常有人受伤。然后我们开始咒骂下流的英国猪猡。

在阵地的某些地段,比如在通向敌方阵地方向的通行堑壕尽头,岗哨之间的距离连三十步都不到。这里有时候人与人会结识起来,大家能从对方咳嗽、吹口哨或者哼歌的方式上分辨是弗里茨、威廉还是汤米①。大家简短地呼来喝去,虽然粗鄙却不乏幽默。

"喂,汤米,你还在吗?"

"在!"

"那你把头低一低,我现在要开枪了!"

有时候,大家在沉闷的发射声后会听到尖锐而颤动的啸声。"当心,迫击炮!"大家赶紧扑向最近的巷道入口,屏住呼吸。迫击炮弹爆炸的声音完全不一样,远比手榴弹惊心动魄。它带有一种狂野、阴谋以及个人仇恨的意味。迫击炮弹是阴险的东西。而枪榴弹是迫击炮弹的微缩版。它们就像箭一般从敌方的堑壕升空,头部由红褐色的金属制成,而且为了更容易碎裂,金属带有巧克力块一样的方格。夜间,远处的地平线某处一闪亮,所有在岗的士兵都跳下站立台,隐蔽起来。根据长期的经验,他们知道对方瞄准 C 段阵地的炮位在何处。

手表的夜光表盘表明,两个小时终于过去了。赶紧叫醒接岗的士兵,钻进地下掩体。也许取伙食的士兵已经取来了信件、邮包或报纸。就着低矮而粗陋的木墙上忽闪忽闪的烛光,读着家乡的种种新闻和那片安宁土地上的担忧,不免产生一种奇怪的感觉。我用一块木片把靴子上的秽物刮下来,抹在一张做工粗糙的桌子腿上,躺倒在床架上,用毯子蒙住头,准备"喘"四个小时——行话是这么说的。外面,炮弹单调而重复地在掩体上

---

① "汤米(Tommy)"在第一次世界大战时用来泛指英国普通士兵。

方爆炸,一只老鼠在脸上和手上窜来窜去,这都没有影响我的睡眠。连各种爬虫也没有出来打扰,我们几天前为了驱虫刚刚把地下掩体熏了一遍。

我两次被从睡梦中叫醒去履行职责。在最后一次值勤的时候,我们身后东方的天空泛出一抹亮色,预示了新的一天的来临。堑壕的轮廓越来越清晰,在灰蒙蒙的晨光中,堑壕看起来有一种难以言述的荒凉。一只云雀高高飞起,它的啼声让我很是恼火。我靠在肩部掩体上,带着彻底的清醒的感觉,盯着阵地前方铁丝网围绕的死寂地带。最后的二十分钟仿佛没有尽头一般!终于,通行堑壕里响起了餐具的声音,打咖啡的人回来了:已经七点了。夜间值勤结束了。

我走进地下掩体,喝了咖啡,用一个鱼罐头盒接水洗了脸,这让我清醒了一些。我也没有兴趣躺下睡觉。九点钟我还要给全班分配工作。我们真是无所不能,堑壕每天向我们提出成千上万个要求。我们要挖巷道,修地下掩体和水泥建筑,铺设铁丝网,建排水设施,钉木板,加固,找平,架高,削平,填埋粪坑,简而言之,我们自己动手,做所有的手工活。为什么不呢?难道不是所有的等级、职业都派代表加入我们队伍中间了吗?这个人干不了的,另一个人会干。不久前,我正在我们班的巷道里挖土的时候,一名矿工拿过我手中的镐,说道:"永远从下面刨,上士先生,这样上面的东西会自己掉下来!"真是奇怪,这么简单的事情我居然一直不知道。但是在这里,被放在纯粹的荒郊野外,我们突然不得不寻找掩护免受炮击,要遮风挡雨,打桌子做床铺,砌炉子修台阶,我们马上就学会了使用双手。我们懂得了手工劳动的价值。

一点钟的时候,负责食物运输的士兵用旧奶桶、果酱桶等巨大的容器从炊事房运来午餐,炊事房设在蒙希一处地窖里。伙食是部队式的单调,但是量很大,当然前提是负责食物运输的士兵在路上没有遭遇"烟雾"而泼洒掉一半。餐后有点时间可以休息或阅读。在堑壕白日值勤的两个时段也越来越近。白日值勤感觉比夜间过得快得多。我们用望远镜或者剪式望远镜观察已经十分熟悉的敌方阵地,也经常用狙击步枪瞄准敌人头部射击。不过要小心,英国人眼神同样敏锐,也有很好的望远镜。

一名士兵突然血如泉涌地倒了下来。头部中弹。战友们从他的军服上解下急救包替他包扎。"没用了,威廉。""谁说的,他还在呼吸呢。"卫生兵上来了,要把他抬到卫生处去。担架在曲里拐弯的肩部掩体上狠狠地撞来撞去。担架一走,一切又恢复了老样子。有人用几锹土盖上了地上红色的血迹,每个人都继续自己的工作。只有一个新兵仍旧面色苍白,靠在墙板上。他努力去理解这一切之间的联系。毕竟这一切来得如此突然,如此令人措手不及,而且这次偷袭又是如此难以言说的血腥。这怎么可能,这不可能是真的。倒霉蛋,那后面等着你的东西还多着呢!

气氛也常常很轻松。有的人以猎手般的激情干活。他们以行家的享受感观察敌方堑壕受到的炮击。"嘿,这一下真准!""老天爷,看啊,看这飞溅的!可怜的汤米!都哭鼻子了吧!"他们也喜欢向对面发射枪榴弹和轻型迫击炮弹,这让胆小的人非常不高兴。"喂,别胡闹了,我们吃的胡椒面已经够多了!"这些话并不能阻挡他们一直去想如何用自制的类似投射装置把手榴弹最好地投出去,或者用什么爆炸装置最大限度地杀伤阵地前沿。有一次,他们也许是在自己阵地前的障碍中剪出了一条窄窄的通道,对方的侦察兵如果因为能够直接过来而高兴,那就直接撞上他们的枪眼。还有一次,他们悄悄地溜到对面,在铁丝网上拴了一只铃铛,然后从自己的战壕中用长绳子拉响铃铛,吓英国兵一跳。对他们来说,战争也是乐子。

下午的咖啡时光偶尔会非常舒适。这时,上士经常要陪同某位连级军官。喝咖啡非常讲究形式,在用沙袋布做的桌布上,居然还摆着两套锃亮的瓷杯。喝完咖啡,勤务兵在摇摇晃晃的桌子上还放上一瓶酒和两只玻璃杯。聊天的气氛于是越来越亲热。奇怪的是,背后议论别人就连在这里也是受欢迎的谈话内容。就像在一个小军营里面一样,堑壕里也发展出一种内容丰富的闲话,大家在下午互相走动的时候起劲传播。上级长官、战友和下级都遭到彻底的批评,某个流言蜚语能够片刻间从右翼到左翼传遍全连所有六段阵地内排长的地下掩体。那些拿着望远镜和速写本仔细观察团阵地的侦察军官对此不是没有责任的。连队的阵地还没有建设完毕,堑壕里人来人往。在安静的清晨时分,参谋部的人出现了,让大家忙作一团,而前线大兵最烦这一点,他们刚刚站完最后一班岗,本想躺下睡一觉,结果被一声"师长视察堑壕!"吓得惊慌失措,赶紧按规定穿戴整齐,冲出巷道。然后来的是工兵军官、堑壕建设军官、排水军官——所有这些军官都摆出一副堑壕仅仅是为了他们所负责的专业工作而建的姿态。炮兵观察员不怎么受人欢迎,因为他是来测试防卫性火炮火力支援攻击的,像昆虫伸触角一般时而在这边、时而在那边不停把剪式望远镜伸出堑壕,经常刚一离开,英国的炮就打过来了,而步兵总是最遭罪的。来的还有先遣队和工事部门长官。他们在排长的地下掩体里一直坐到天彻底黑透,喝格洛格酒①、抽烟、玩波兰纸牌,最后还像人人喊打的过街老鼠一样做该做的事情。再往后,有一个小个子在堑壕中神出鬼没,悄悄地摸到站岗的士兵身后,在耳旁大喊一声"毒气袭击",然后开

---

① 格洛格酒(Grog),指朗姆酒或烧酒加热水和糖兑成的一种饮料。

始数这个士兵要用多少秒才能戴上防毒面具。这是一名防毒气战的军官。半夜,还有人敲响了地下掩体的木板门:"喂,睡着了吗?快给我签收二十副拒马和六副巷道木框!"这是送物资的人。就这样,堑壕里至少在安静的日子永远是人来人往,以至于不幸的巷道居民最后不得不叹气:"要是打打枪就好了,至少能消停些。"确实,来几下狠的会提高我们的舒适感,这样一来堑壕里就只剩下我们,不需要操心什么签收之类的烦人事情。

"报告少尉,我半小时后上岗,现请示离开!"外面,工事的斜坡在最后的几抹阳光中闪光,堑壕已经陷入深深的阴影。不久,第一颗照明弹升空,夜岗上岗了。

对射击堑壕里的士兵来说,新的一天开始了。

日常的阵地战

就这样,我们的日子紧张而重复,中间穿插有在杜希的短暂休整。不过阵地中也有美好的时光。我经常在自己狭小的掩体里体会到受保护的舒适感,粗糙的木板墙上挂满武器,令人想起狂野的美国西部,我坐在桌前,喝茶,抽烟,我的勤务兵在那只小小的炉子前忙碌,烤面包片的香味四溢。哪个堑壕战士不熟悉这种气氛呢?外面,在岗的士兵在站立台沉重而均匀地跺脚;要是执勤的士兵在堑壕里相遇,就会响起单调的喊声。听觉已经麻木了,几乎已经听不到从未休止的枪声,子弹击中掩体的短促的声音,或者照明弹在巷道进光口旁边滋滋地慢慢燃烧,直到熄灭。然后,我从地图袋中取出笔记本,简单地写下一天发生的事情。

这样日复一日,我日记的一部分也就成为 C 段阵地细致入微的大事记——这是漫长的前线中微不足道、曲里拐弯的一段,这里是我们的家,我们熟知这里每一处湮没在荒草之中的朝向敌方阵地的通行堑壕,每一处坍塌的地下掩体。在我们周围堆高的土墙之内,阵亡的战友在安息;在我们的脚下,每一寸土地都经历过生死;在每一段肩部掩体之后,我们成为无名牺牲者的宿命都在日夜守候。尽管如此,我们所有人对于我们阵地都有一种强烈的归属感,我们与阵地已经融为一体。这就是我们的阵地：它有如一条黑带穿越白雪皑皑的田野，它周围的野花在午间时分散发出醉人的芳香，满月为它黑暗的角落蒙上鬼魅般的白纱，其中成群的老鼠尖叫着出没，做着不可告人的勾当。漫长的夏日傍晚，我们坐在阵地的土凳上，兴致很高，煦暖的风把频繁敲打的节拍声和家乡的歌声传给敌人方向；我们被木料和破碎的铁丝绊倒，死神正朝堑壕挥舞着钢铁的大棒，土墙坍塌，尘雾缓缓升起。上校经常想从团阵地里面挑一段平静些的分配给我们，但每一次全连都众口一词地请求留在C段阵地。我在此处引用一下我在蒙希夜间写下的观察日记：

一九一五年十月七日。清晨时站在我们班阵地旁、地下掩体附近的射击站立台上，一颗步枪子弹把一名士兵的作战帽从前到后撕开，他居然没有受伤。与此同时，两名工兵在铁丝网前受伤。其中一人被流弹贯穿双腿，另一人耳朵被打穿。

上午，左翼阵地的战士双颊骨被击穿。伤口中喷射出粗粗的血线。最不幸的是，封·埃瓦尔德少尉偏偏在今天来到我们阵地，为了验收离堑壕五十米远的通向敌人方向的通行堑壕N段。就当他要转身从站立台下来的那一刻，一颗子弹打碎了他的后脑。他当即阵亡，站立台上留有大片脑骨。另外一人肩部中弹，受了轻伤。

十月十九日。中间段阵地受到十五厘米炮弹轰击。一名士兵被气压抛向堑壕木板墙的木桩。他内伤严重，另有一块弹片击穿了他上臂动脉。

晨雾中，我们在修补铁丝网时在阵地右翼发现一具法国人的尸体，估计已经死了几个月了。

夜间拉铁丝网时，我们两人受伤。古特施密特双手和大腿中弹，谢福尔膝部中弹。

十月三十日。夜间，暴雨过后，所有的肩部掩体全部倒塌，与雨水混合为黏稠的粥样,战壕变成沼泽地。唯一的安慰是,英国人那边也好不了多少,因为我们能看见他们十分卖力地从堑壕朝外舀水。由于我们的地势稍高一些,我们就朝下把多余的水倒给他们。这时我们也用上了狙击步枪。

堑壕墙壁一塌,去年秋天战斗中死亡的士兵的尸体都露了出来。

十一月九日。站在"阿尔腾堡堡垒"前,民兵魏格曼旁边,一颗从远处飞来的子弹击断了他挂在肩上的佩刀,他的骨盆部位受伤严重。英国制的子弹弹头极易碎裂,是纯粹的达姆弹。

此外,我和半个班专门守在这个小小的、藏身于田野中的泥土工事里,比在最前线有更多的活动自由。朝前线方向,我们有一道平缓走势的高地作为掩护;在我们后方,地形逐渐走高,与阿丹弗①林区连成一片。在工事后方五十步远的位置,一处战术上并不是很有利的地方,是我们的蹲坑茅房——就是一根两端支起来的木梁,下面是一条长沟。战士们特别喜欢长时间待在这里,不管是读报,还是来一场金丝雀般七嘴八舌的聚会。这里是前线流传的各种阴暗谣言的源头,号称"茅房消息"。不过,这个地方虽然不能直接看到,但是可以受到越过平缓高地的直接攻击。如果子弹紧着高地的顶端飞过,在坡底正好飞在胸部的高度,这样我们就必须全身趴在地上才安全。所以会出现我们在一次聚会中间不得不两次,甚至三次仆倒在地上的场面,衣不蔽体,让机枪子弹发出音阶一般的声音贴身飞过。这场面当然会产生各种笑料。

打猎也是在这里值勤的一种消遣,尤其是打山鹧鸪,荒芜的野地里生活着无数山鹧鸪。因为没有滑膛枪,我们不得不悄悄

---

① 阿丹弗(Adinfer)。

地接近不怎么怕人的"下锅菜",以便能够一枪击中其头部,否则就不剩什么能下锅了。不过我们一定要小心,不能因为追山鹧鸪而离开坡底,否则敌人就会从战壕开火、我们就从猎人成为猎物了。

我们在这里用力道很大的老鼠夹子捉老鼠。不过,这里的老鼠大到能把铁夹子弄得嘎嘎作响而企图脱身的地步,这时我们就会冲出地下掩体,用棒子把老鼠打死。即使对偷啃我们面包的小家鼠,我们也发明了一种特别的捕猎方法。这个方法就是步枪发射的子弹实际是空弹壳,里面只装着把几卷火药纸,子弹也没有弹头,而是用一个小纸团替代。

终于,我和另一名下士一起想出了一项令人兴奋的射击运动,虽然也不无危险。我们趁雾天把大大小小的哑弹收集起来,经常是五十公斤重的大家伙,附近倒是不缺。我们隔着一段距离把这些哑弹像九柱球一样立起来,然后躲在射击掩体墙后面瞄准开火。报靶员自然是没有必要的,因为每打中一枪也就是击中炮弹引信,就会引发巨响自动宣告中靶,而如果"九柱全中"也就是一枚哑弹引爆了其余全部哑弹的话,巨响还会进一步升级。

十一月十四日。夜里梦见自己手部中弹。所以白天特别留心一些。

十一月二十一日。我从"阿尔腾堡堡垒"把一队修工事的士兵带到了C段阵地。民兵迪讷站到堑壕壁的一块凸起上,好用锹把土扔过掩体。他刚刚站上去,一颗从敌方朝向我方的联络通道射出的子弹就穿透了他脑袋,他的尸体重重地摔在堑壕地面上。他已婚,是四个孩子的父亲。为了给他报仇,他的战友们在射击掩体墙后面等了很久。他们因为愤怒而流泪。开枪打死迪讷的英国人似乎被他们当成了自己的敌人。

十一月二十四日。机枪连的一名战士在我们阵地头部中弹,情况严重。半小时后,我们连另一名战士被步枪子弹掀去了面颊。

十一月二十九日,我们营动身前往小城凯昂,这个师部在后方的驻地,后来获得了血染的名声。我们要在这里训练十四天,享受后方的好处。就在这里,我接到晋升为少尉的任命,被调到二连。

我们经常被凯昂和周围地方的长官请去酗酒,也借机了解了一些这些乡村土豪是如何不受任何限制地统治下属和村民的。我们的上尉自称凯昂国王,众人每晚在聚众吃喝的时候都要伸右手敬礼,高呼"国王万岁!"他也像坏脾气的君主一样发号施令到天色发亮,谁要是举止有违规范,或者冒犯了他极其复杂的评论,都会被罚喝一轮啤酒。我们这些前线下来的新人当然表现不佳。第二天午饭之后,我们看见他仍旧不是十分清醒的样子,驾着单驾马车走访周边的其他国王,顺便祭奠酒神,以便为晚间出场做好准备。他把这种走访称为"偷袭"。有一次,他和安希①的国王发生了矛盾,让一名宪兵骑马前来宣战。双方交手数轮,其中包括两队养马兵从各自铁丝网阵后的小堑壕内互掷土块,后来安希国王放松了警惕,在凯昂的食堂里饱饮了巴伐利亚啤酒,没想到在走访一处孤零零的地方时被捕获。他不得不付出一大桶啤酒的代价才赎回自由身。两个有权有势的人之间的战争这才结束。

十二月十一日,我走出掩体,动身前往最前线卫铁少尉处报到。他是我的新连队连长,二连和我的老连队六连交替把守 C 段阵地。就在准备跳入堑壕的那一刻,我被吓了一大跳,阵地工

---

① 安希(Inchy)。

事在我们离开的十四天内发生了巨大的变化,坍塌成一个充满泥泞的大坑,战士不得不在里面踩着稀泥度日。我带着感伤回想起凯昂国王的圆桌聚餐,稀泥不知不觉已经没至腰部。我们这些可怜的大兵啊!几乎所有的地下掩体都塌了,巷道全部浸在水下。接下来几个星期,我们为了让脚下能踏上一点实地,必须不停干活。我暂时和卫铁少尉和伯耶少尉住在一处巷道里,巷道顶虽然挂着帆布,但是依旧像浇水壶一样漏水,勤务兵每隔半小时就要下来把接水的桶拎上去。

当我第二天早晨浑身湿透走出巷道,我简直不敢相信自己的眼睛。阵地前的开阔地迄今为止一直带有死亡的孤独印记,如今却如年货市场一般热闹。双方堑壕内的战士都被泥泞逼上了胸部掩体,在铁丝网阵之间开始热烈交流,相互交换烧酒、香烟、军服纽扣和其他的物品。从一直都难觅人影的英国堑壕里突然涌出很多穿着卡其布色服装的人,简直就像白日闹鬼。

对面突然响起一声枪响,我们的一个人倒毙在泥泞中,双方立即像鼹鼠一般消失在堑壕中。我行进到我们工事与英国朝向我方的联络通道相对的地方,高声向对方喊话,想同对方的军官讲话。我从望远镜里观察到,还真有几个英国人退了回去,不一会从他们的主堑壕带回一个年轻人,他的军帽比其他人精致一些。我们的谈判先是用英语进行,换成法语后就稍微流利一些,士兵们都在四周听着。我对他进行指责,因为我们有一个人被人开黑枪打死了,他回答道,打枪的不是他的人,而是隔壁连队的。"家里头也有混蛋!"他说。这时,我们隔壁阵地射出的几颗子弹在他头部附近打进掩体,我也赶紧准备彻底卧倒。不过,我们还是用一种表达了类似运动员式敬意的方式说了不少话,就差结束时互赠礼物了。

为了再度澄清局面,我们郑重宣布战争将于谈判中止后三分钟内开始,在他用德语喊了一声"晚上好!"我用法语喊了一声"再见!"之后,虽然我的人十分遗憾,我还是朝他的射击掩体墙开了一枪,对面马上回了一枪,几乎把我的枪从手中击落。

利用这个机会,我第一次由高向低观察了朝向对方阵地的联络通道之间的地带,平时我们在这个危险的地方连帽檐都不能露出来的。我观察到,紧贴着我们的障碍物躺着一具骸骨,白色的骨头在破烂的蓝色制服中闪着光。我们今天才从英国人的帽徽判断出,我们对面的敌人是印度斯坦-莱切斯特郡团。

对话结束没多久,我们的炮兵就向敌方阵地开了几炮。在我们眼皮底下,对方从开阔地带抬走四部担架,我很高兴我们这边没有人朝担架开枪。

在战争中,我一直努力不带仇恨去观察对手,视其为勇敢的男子汉。我努力在与对手正面交锋中杀死他,期望他对我也是如此。我从来没有把他想象成卑劣的人物。当我后来捉到俘虏的时候,我觉得自己必须为他们的安全负责,也为他们尽了自己的力量。

快到圣诞节的时候,天气越来越令人难以忍受,我们不得不在堑壕里架上水泵,这样才能多多少少控制一下积水。泥泞的日子里,我们的损失也显著增大。比如我发现自己在十二月十二日的日记中写道:"今天我们有七个人在杜希下葬,同时又有两个人受枪击阵亡。"十二月二十三日日记:"泥泞和肮脏令人难以忍受。今天凌晨三点,雷电交加,雨水从地下掩体入口处倾盆而入,有如瀑布,我不得不派三个人奋力舀水。我们战壕全部浸水,无法挽救,浮沫一直没到肚脐,令人绝望。右翼露出一个死人,目前只看见腿。"

圣诞前夜我们是在工事里度过的。我们站在泥泞中,齐唱圣诞歌曲,但是歌声被英国人的机枪声盖住了。圣诞节这一天,我们三班损失一个人,头部横贯伤。随后,英国人在胸部掩体上竖起一棵圣诞树,企图以此营造友好气氛,但是我们的人心里很难受,几枪就把圣诞树打掉了,英国佬于是回敬了枪榴弹。我们的圣诞节过得很不舒服。

十二月二十八日,我又成了"阿尔腾堡堡垒"的指挥官。在这一天,我手下最出色的士兵之一,燧发枪列兵霍恩,被弹片削去了一只胳膊。另一名士兵海德亭被流弹击中大腿受了重伤,我们的工事因为地势较低而备受流弹困扰。我忠实的勤务兵奥古斯特·凯特勒——他是我的第一名勤务兵——也在去蒙希为我打饭的路上被榴霰弹弹片打倒在地,气管被洞穿。就在他拿着我的饭盒离开的时候,我还对他说:"奥古斯特,路上小心别被人教训!""嗨,怎么会,少尉先生!"我被人喊了出去,看见他躺在地下掩体前面直喘息,每呼吸一下就有空气通过颈部的伤口被吸入胸腔。我让人把他抬下去。几天后,他死在野战医院。我对这件事以及其他几件事感到特别痛苦,因为伤者不能说话,而想提供救助的人只能像困兽般干瞪眼。

从蒙希到"阿尔腾堡堡垒"一路鲜血累累。这条路沿着一处并不重要的丘陵背面延伸,而丘陵距离我们最前线也许只有五百步远。敌人可能从航拍照片上断定这条路有人走,于是就把这条路当作目标,隔三差五地或者用机枪扫射一遍,或者扔几枚榴霰弹。虽然沿路有堑壕,而且严令必须使用堑壕,但是大家还都带着老兵习惯性的无所谓态度,不加掩护、不慌不忙地身涉险境。一般来说不会有事,但是命运每天都会抓住一两个牺牲者,长久下来损失也是巨大的。这一次,四面八方来的流弹又在厕所碰面了,我们经常不得不衣不蔽体、手里挥舞着报纸逃向野地。尽管如此,我们还是把这处不可或缺的设施放在这个偏僻的角落。

整个一月份都在辛苦劳作。每个班先是用锹、桶和泵清除地下掩体周边的淤泥,在脚下露出坚实的地面之后,再试图与相邻的班建立联系。在我们炮兵所在地阿丹弗,伐木兵部队在此地的树林中劳作,为幼树去枝,再分割为木板。堑壕壁被修成斜面,铺上结实的木板。另外还修了大量的蓄水池、渗水道和下水沟,这样我们的生活条件又逐渐让人能够接受了。其中渗水道特别有效,因为渗水道穿过地下掩体蓄满水的泥顶,这样下水能够直通透水的白垩层。

一九一六年一月二十八日,我们排一名战士受伤,一颗子弹打在他阵地的防弹盾上,碎裂的弹片击中了他的腹部。三十日,另一名战士大腿中弹。在我们二月一日换防的时候,联络通道受到密集的攻击。一枚榴霰弹落在我之前在六连时的勤务兵燧发枪列兵荣格脚前,但是没有爆炸,却蹿起高高的火苗,他被严重烧伤,不得不被抬走。

这些天里,我熟悉的一位六连下士死于他自己发现的一枚"太妃糖苹果"球形迫击炮弹。此前一些天,他的兄弟也阵亡了。这位代理中士把炮弹引信旋了下来,看见从炮弹里面倒出来的发绿的火药很容易燃烧,就把一根点着火的香烟插进了炮弹。炮弹当然就爆炸了,致使他浑身伤口达五十多处。通过这种或者类似的方式,我们因身处爆炸物之中而有失警惕,最后导致的损失并不罕见。在这个意义上,普克少尉不是一个令人愉快的近邻。他驻守在左翼纵横交错的堑壕内一处孤零零的地下掩体中,收集了一堆巨型的哑弹,先是把引信旋下来,再像拆小钟一样把引信拆成零件,整天乐此不疲。每次要经过他所在的恐怖掩体,我都会远远地绕着走。即使是试图把哑弹上的铜制刻槽弹带凿下来,去加工成开信封的刀或者手镯,也经常会发生一些事故。

二月三日夜间，我们在紧张地守了一段时间阵地之后，重新回到杜希。第二天早晨，我刚刚带着我第一个休假日的心情在艾米希广场的驻地坐下，舒舒服服地品着咖啡，突然间紧挨着我的门前发出炮弹爆炸的巨响，窗户被掀到屋内，一场对当地的炮击开始了。我连跨三大步跃入地下室，屋内的其他人也都以惊人的速度躲了进来。由于这个地下室一半建在地面以上，与花园只隔着一道薄薄的院墙，所以大家都挤在一处几天前刚刚开建的巷道内，巷道又短又窄。众人身体挤作一团，我的牧羊犬也喘着气，带着动物的直觉朝最黑暗的角落挤。人们能够听见远处隔着固定间隔隐隐传来的炮击声，当人们大概数到三十的时候，紧随着炮击声而来的是沉重的铁块由远及近的呼啸声，然后落在我们小房子四周，巨声爆炸开来。每一次都会有迫人的气流穿过地下室的窗户，四溅的土块和弹片落在屋顶，马厩里受惊的马喘着粗气，跺着地面。狗也喘着气，一位身型肥胖的军乐手每次听到炮弹呼啸声就大喊大叫，仿佛被拔了牙一般。

终于等到烟消云散，我们也终于敢重新出去呼吸新鲜空气了。被炸毁的村里大路上都是人，就像一群受惊的蚂蚁。我的驻地看上去很惨。靠着地下室外墙的地面被炸出好多坑，果树被折断，大门口还嘲讽地躺着一枚长长的哑弹。屋顶已经是千疮百孔。一大块弹片把烟囱削去了一半。旁边书房的墙壁和大衣橱被一些小弹片打成筛子，衣橱里我为了回乡休假准备的军服成了碎片。

二月八日，我们阵地段受到了强烈的炮火攻击。清晨，我们自己的炮兵就把一枚哑弹射入我右翼的地下掩体，把门砸得朝内倒下，打翻了火炉，让掩体内的人大惊失色。这件没有造成大损失的事故被人画成了漫画，画中八名军人同时越过冒烟的炉子，试图挤过一扇被打烂的门，画中一角，那枚哑弹充满恶意地眨着眼。除此之外,我们当天下午还有三个地下掩体被炸塌,幸运的是只有一个人膝部受了轻伤,因为我们除了上岗的人以外,其他人都撤进了巷道。第二天,我们排的燧发枪列兵哈特曼被人从侧翼炮兵阵地击中肋部而阵亡。

二月二十五日,我们因为失去一位杰出的战友而尤其难过。就在快下岗的时候,我在地下掩体里获知志愿兵卡尔克在旁边的巷道里阵亡。我赶过去,看到的是和此前多次看到的同样的场面,即一群面色严肃的人围着一具一动不动的躯体,双手僵硬,躺在浸透了鲜血的雪地上,空洞的眼睛盯着冬日傍晚的天空。这又是一个侧翼炮兵阵地火力的牺牲者!第一波炮弹打来时,卡尔克正在堑壕里,他迅速跳入巷道。一枚炮弹击中了对面堑壕的上边沿,结果不幸有一块大弹片飞入本来完全覆盖好的巷道。卡尔克本以为已经身处安全地带,却不幸被击中后脑勺,当即死亡,完全出乎意料。

侧翼的炮兵这些日子非常活跃。他们大概每隔一个小时就突如其来地打一波炮,炮弹都准确地将堑壕炸得七零八落。从二月三日到八日的六天中间,这些炮火共给我们造成了三人死亡、三人重伤和四人轻伤。敌人的侧翼炮兵阵地应该坐落在一处距离我们最多一千五百米远的左翼山坡上,但是我们的炮兵就是无法让它沉默下来。我们于是通过加厚加高肩部掩体,尽量使得它们仅能射击我们堑壕的一部分。那些从高处能够一览无遗的堑壕段,我们就用干草和破布烂衫遮掩起来。我们还用木方或钢筋水泥板把岗位加固。无论如何,堑壕里大量的人员走动还是能满足英国人的意图,即不时用很少的弹药就能"弄一个"。

三月初,我们终于摆脱了最狠的肮脏泥泞。天气逐渐干燥,堑壕内也因铺上木板而变得洁净。每天晚上,我都坐在地下掩体里小写字台前读书，有人来访时就聊天。加上连长，我们一共是四名军官，结成了特别铁的战友情谊。我们每天晚上不是在这个人就是那个人的掩体里一起喝咖啡，或者一起吃晚饭，经常喝掉一整瓶或者好几瓶酒，抽烟、打牌，像大兵一样聊天。气氛热烈的时候会有鲱鱼、带皮煮的土豆和猪油，大家可以美餐一顿。在到处是鲜血、肮脏和辛苦劳作的日子里，这些安逸的时光在记忆中便格外珍贵。这也仅仅在这个长期的阵地相持阶段才有可能，我们在这段时间里彻底适应了对方，也几乎养成了和平时期的习惯。让我们最为自豪的是我们的建筑作品，而且其中很少受人指手画脚。我们日夜不停，在白垩黏土里硬是修筑了一个又一个三十级的巷道，互相之间用走道衔接，这样我们就可以舒舒服服地在地下深处从我们排的右翼走到左翼。我最喜爱的作品当属一段六十步长的通道，从我的地下掩体直连连长的地下掩体，通道就像地下走廊一样，左右两侧分布着储存弹药和住人的房间。这个设施在其后的战斗中发挥了重要作用。

当我们喝完了早晨的咖啡——前线甚至几乎能定期收到报纸——而且洗漱完毕之后，就拿着折尺进入堑壕，互相比较各段的前进程度，聊天也都围绕着巷道框架、标准地下掩体、工时等类似话题展开。一个受人喜爱的聊天对象是我修的"闺房"，那是一个可以睡觉的固定床铺，从地下联络走道敲进了干燥的白垩土里，就像一个狐狸洞，可以容人躲在里面幻想世界末日。我用上好的铁丝网做床铺，专门攒了特别的沙袋布料用来覆盖墙壁。

三月一日，我和民兵伊克曼——他不久后就阵亡了——正站在帐篷后面，一枚炮弹就在我们身边爆炸。碎弹片从我们身边飞过，但没有击中我们。我们去查看了一下，发现帐篷已经被很多铁片划成碎片，铁片又长又锋利，令人作呕。我们称这些东西为"嗖儿"或"铅子儿",因为人们只能听见一大群碎片嗖嗖飞来,然后人就应声而倒。

三月十四日,一枚十五厘米口径的炮弹正中目标,落在我们右侧的阵地上,致三人重伤,三人死亡。其中一位被炸得粉身碎骨,另一位被烧成黑炭。十八日,在我地下掩体前站岗的士兵被炮弹碎片击中,脸颊被撕开,耳尖被打掉。十九日,左翼的燧发枪列兵施密特二世被击中头部,受重伤。二十三日,在我地下掩体右边,燧发枪列兵罗曼头部中弹身亡。当晚,一位站岗的士兵向我报告有敌人的巡逻兵陷在铁丝网里。我带着几个人出了堑壕,却什么也未能发现。

四月七日,燧发枪列兵克莱默在右翼被步枪子弹碎片击中头部。英国人的子弹一经碰撞就碎裂,导致这种受伤很常见。下午,我的地下掩体周围受到了数小时的炮火猛烈轰击。采光口被炸得粉碎,每次炮弹落地,坚硬的泥块便如冰雹般落进来,不过却丝毫未能打扰我们喝咖啡。

后来,我们和一个不怕死的英国人进行了一场决斗,这家伙从最多一百步之外的堑壕沿冒出头来张望,然后极其准确地从我们射击孔内打进好几枪。我和几个人开了火,但是马上就有子弹精准地打在射击孔边缘,以至于我们眼睛里溅满了沙子,我的脖子还被一小块弹片击中,不过受伤不严重。我们没有放过他,我们起身,迅速瞄准,然后又伏下身去。不久,一颗子弹在燧发枪列兵施道尔希的枪上炸开,他的脸部至少中了十块碎片,到处流血。下一枪把我们射击孔的边沿扯下一大块,再一枪打碎了我们的观察镜,不过让我们心满意足的是,我们的对手在我们几枪准确地打在他脸前的泥墙上之后,再也没有露面。然后我连发三枪,生生将这混蛋的防弹盾射烂——他一再出现在这个防弹盾后面。

四月九日,两架英国的飞机来回紧靠我们阵地上空飞行。所有人都冲出地下掩体,朝天空怒射。我正对西维斯少尉说到"要是敌人的侧翼炮兵没注意到就好了!"钢铁的碎片就已经围着我们乱飞,我们赶紧跳进最近的巷道里。西维斯站在入口处,我劝他再进来一些,只听啪的一声,一块有手掌宽、还在冒着热气的弹片就打进他脚前潮湿的泥地里。作为额外的节目,我们还得到了几枚迫击炮霰弹的光顾,迫击炮霰弹黑色的弹体带着巨大的冲击力在我们头部上空炸裂。一名士兵的肩部被一块碎片击中,虽然碎片没比针头大多少,但是却让人异常疼痛。作为回应,我给英国人的堑壕种了一些"菠萝",也就是五磅的迫击炮掷发弹,这种炮弹的形状很像美味的菠萝。步兵之间有一种心知肚明的约定,即只使用步枪,而使用爆炸物的后果将是得到双份的回报。遗憾的是我们的对手经常子弹充裕,所以能撑得更久。

受了这场惊吓,我们得去西维斯的地下掩体喝上几瓶红酒,我没想到能喝到兴致很高,居然不顾月光很亮就走出了掩体,踱步走回自己的驻所。不一会儿我就迷失了方向,陷入了一个巨大的弹坑,中听见英国人正在近处的敌方堑壕干活。我用两枚手榴弹捣了个乱,然后赶紧撤回我们的堑壕,手还按在一根我们美丽的铁蒺藜朝上的尖刺上。每枚铁蒺藜有四根锋利的铁刺,铁刺的排列方向总能保证其中的一根垂直朝上。我们在小路上布下铁蒺藜。

在这段日子里,铁丝网前一直很忙碌,有时也不缺乏某种血腥的幽默。比如说我们一名巡逻兵挨了好几个人的枪子儿,因为他是结巴,没能快速报出口令。还有一次,有个家伙在蒙希的食堂里庆祝到半夜,然后越过了障碍物,自以为是地朝我们自己的防线开了火。他开错枪之后被拖了回来,活该吃了大家一顿老拳。

索姆河会战序幕

一九一六年四月中,我受命前往我们师前线后方的小城克鲁瓦西耶①参加一个训练课程,课程由我们师指挥官桑塔格少将领导。课程的内容是一系列军事科目的理论和实践。尤其吸引人的是亚罗茨基少校率领我们骑马进行战术性出访。他是一位小个子军官,胖乎乎的身材,经常在工作中异常激动。我们都叫他"自动烧水器"。经常性的出访,参观后方那些多是从无到有的建设工程,让我们了解了在前线战斗部队背后所做出的无法衡量的工作,要知道我们可是习惯了蔑视第一道堑壕后方的一切。我们参观了位于博耶勒②的屠宰场、口粮仓库和火炮修理处,位于布尔隆③森林的水力锯厂和工兵基地,位于安希的奶制品厂、养猪场和牲畜尸体处理厂,以及位于凯昂的停机坪和面包厂。星期天,我们去周围的城市康布雷、杜埃④和瓦朗谢讷⑤,"以便能够再看到体面的女人"。

这本书记录了很多鲜血淋漓的场面,所以我要是故意隐瞒

---

① 克鲁瓦西耶(Croisilles)。
② 博耶勒(Boyelles)。
③ 布尔隆(Bourlon)。
④ 杜埃(Douai)。
⑤ 瓦朗谢讷(Valenciennes)。

一场奇遇反而不像话。我在这场奇遇中扮演了一个有些滑稽的角色。这年冬天,我们营在上尉"凯昂国王"那里做客,我作为年轻军官第一次查哨。我在当地出村的路口迷失了方向,为了问路前往火车站的一个小岗哨,我走进了一座孤零零的小屋子。屋子唯一的住户是一个十七岁的姑娘,名叫燕妮,她父亲不久之前刚过世,如今她自己独自生活。她在回答我的问题的时候笑了起来,我问她为什么笑,她说:"你这么年轻,我想拥有你的未来。"——因为这话中透露着战斗的精神,我当时就称她为贞德①。在接下来堑壕战的日子里,我有时会想起那座孤单的小屋。

有一天傍晚在克鲁瓦西耶,我突然想骑马前往那座小屋。我让人备好鞍,一会儿就出了村。那是一个五月的傍晚,简直就像为骑马探花而准备的。白色山楂花围绕的草坪上,苜蓿结成深红的草垫,进村的路口,七叶树的花朵如巨型烛台般在余晖中绽放。我一路骑过比勒库尔②和埃库斯特③,完全没有想到我两年后会在一片彻底改变的地貌里向这些村庄的丑陋废墟发起冲锋,而眼下,它们还和平地处于众多的池塘和山包中间。在我那时候查哨的小火车站,老百姓还在卸气瓶。我跟他们打了个招呼,看着他们卸。没过多久,那座小屋就在我前面出现了,棕红色的屋顶上点缀着圆形的苔藓斑块。我敲了敲已经关上的遮阳窗。

"是谁啊?"

"晚上好,贞德!"

---

① 圣女贞德(Jeanne d'Arc)汉语译名中的"贞"就是"燕妮"(Jeanne)的早年译名。
② 比勒库尔(Bullecourt)。
③ 埃库斯特(Ecoust)。

"啊,晚上好,我的小直布罗陀团军官!"

我受到了我希望的热情接待。我拴好马,进了屋,不得不一起吃晚饭:鸡蛋、白面包和黄油令人垂涎欲滴地摆放在绿菜叶上。在这种情况下我就不一再推辞了,而是马上开吃。

到此为止的一切都很美好——如果我没有在出门后被手电筒照到、被宪兵喝问身份的话。我与百姓交谈、专注地观察气瓶、我在这一片没怎么被轰炸过的地区无人相识等等,让人怀疑我在从事间谍活动。自然,我忘了携带士兵证,只能被人带去由"凯昂国王"发落,后者如往常一样还坐在圆桌前。

那里的人是理解这些猎奇故事的。我的说法得以确认,又被欢迎加入了吃喝的阵营。这一次,我对"国王"产生了另样的印象。当时已经很晚了,他又说起了自己在热带原始森林长期负责修筑铁道的故事。

六月十六日,将军再度把我们下放至部队,我们在将军短暂的讲话中了解到,敌人在西线正在准备一次总攻,其左翼大概正对我们阵地。这就是已经逐渐投下阴影的索姆河会战。这场会战应该是结束战争的第一阶段、也是最轻松的阶段,我们将立即进入一场新的战争。我们当时自然并没有理解,我们迄今为止所经历的一切,都是企图使用旧式的野战手段赢得战争,以及这种企图陷入了堑壕战的泥淖。现在我们面临的是规模空前的物资战。而这场物资战又在一九一七年底被机械战所取代,不过后者没能完全展开。

我们回到团里之后,马上就明白要有大战发生,因为战友们都在说阵地前面动静越来越大。英国人已经针对 C 段阵地进行了两次战斗巡逻,不过没有成功。我们在重火力准备下,由三个军官带领的巡逻队发起进攻,对所谓的"三角堑壕"实施了报复,而且抓了俘虏。在我不在连队的这段时间,卫铁被榴霰弹弹片击中胳膊负伤,但是在我回来之后马上就重新开始指挥连队。我的地下掩体也发生了变化,在挨了一手榴弹之后只剩下原先的一半大小。这是英国人在我之前提到的武装巡逻中用手榴弹为我的掩体烟熏驱虫的结果。而我的副手硬是成功地从开向进光巷道的窗户脱身而出,但是他的勤务兵阵亡了。护墙木板上的大片棕色斑迹还能看出是喷溅的血迹。

六月二十日,我接到任务,去敌方阵地前偷听敌人是否在挖巷道。午夜时分,我和上士福格穆特、二等兵施密特和燧发枪列兵帕尔滕费尔德爬过我们自己高高的铁丝网阵。第一段距离,我们弯腰前进,然后并排匍匐穿过阵前地段密集的灌木丛。我一边在沾满露珠的青草和蓟丛中匍匐向前爬行,一边小心翼翼地避免发出沙沙的声响,因为英国人的堑壕就在眼前五十步之外,像一条黑线凸显在半明半暗中,这时,我脑中闪过高中时对于卡尔·迈①传奇小说的记忆。远处机枪打出的子弹几乎是垂直地噼啪落在我们身边,不时升空的照明弹在这片丑陋的土地上投下冷光。

我们身后传来一阵沙沙声。两个影子在堑壕间快速前行。正在我们准备扑上去的时候,他们已经消失得无影无踪。紧接着英国人的堑壕里响起两声手榴弹爆炸的巨响,这说明之前相遇的影子是我们自己人。我们继续缓慢朝前爬行。

突然,上士用手抓紧了我的胳膊:"注意右边,很近的地方,小点声,小点声!"我紧接着听见十步以外的右方草丛中传来一片沙沙声。我们之前偏离了方向,沿着英国人的铁丝网匍匐而

---

① 卡尔·迈(Karl May,1842—1912),德国探险小说作家。迈是拥有最多读者以及被译介最多的德语作家,作品全球总发行量达两亿册,其中以北美印第安人温内图(Winnetou)为主人公的小说最为著名。

行。敌人大概听见了我们的声音,所以现在爬出堑壕,搜查阵地前方地带。

在黑夜里缓缓移动的这些瞬间最令人难忘。眼睛和耳朵都紧张到极致,陌生人的脚步在茂密的草丛中逐渐接近的沙沙声几乎达到了预示即将发生不幸的程度。人们只能是一股一股地呼吸,必须强迫地压低自己吸气呼气的声音。手枪的保险打开时发出轻微而清脆的金属声,声声如利刃般切割着人们的神经。牙齿在手榴弹的引线上咬得咯吱作响。落地爆炸的声音将是短暂而血腥的。我们在两种剧烈的情感激荡下颤抖:猎人逐渐加剧的紧张感和猎物的恐惧感。每个人的内心都无比复杂,充盈着这片荒芜的地段上所承载的黑暗而恐惧的情绪。

一排模糊的身影紧靠着我们冒了出来,低声的话语传了过来。我们朝他们转过头去,我听见来自巴伐利亚的帕尔滕费尔德咬紧匕首刀刃的声音。

他们又朝我们走近了几步,然后开始拉铁丝网,并没有发现我们。我们慢慢地匍匐退了回去,始终留意着他们。死神原本在双方之间跃跃欲试,现在只能不情愿地偃旗息鼓。过了一会儿,我们直起身来,毫发无损地一直走回自己的阵地。

我们受到这次出行良好收尾的鼓励,产生了去抓个俘虏的念头,然后决定第二天晚上再次出去。第二天下午,我特地为此先躺下休息,却被掩体附近一声惊雷般的巨响吓得跳了起来。英国人向我们发射了"太妃糖苹果"迫击炮弹,虽然发射声不大,但是威力惊人,弹片把整棵树粗细的护墙桩齐头削去。我一边咒骂,一边爬下"床"①奔向堑壕,一旦看见又一枚带柄的黑铁球沿弧线轨道飞来,我就大喊:"左侧有炮弹!"冲进最近的巷

---

① 原文戏用法文(coucher)。

道。在接下来的几周内,我们被各式各样、各种大小的迫击炮弹喂了个饱,最后我们都养成了在堑壕里行走时两眼观察的习惯:一只眼观察上空,另一只眼观察地下最近的巷道入口。

那天晚上,我再次带着三个人在双方的堑壕之间游荡。我们以脚尖和胳膊肘并用,一直匍匐前进到英国人的障碍前,藏在丛生的杂草后面。过了一阵子,出现了数名英国人,拖着一盘铁丝网。他们就在我们眼前站住,放下铁丝网,拿老虎钳剪来剪去,互相低声交谈。我们挤到一起,匆忙轻声交流了一下:"扔个手榴弹过去,再扑上去抓他!""天哪,那边是四个人!""他这是吓尿了吧!"①"别瞎扯!""小点声,小点声!"我的警告发出得太迟了。我抬头一看,英国人正像蜥蜴一般从铁丝网下方爬了回去,消失在堑壕里。现在轮到我们这边的情绪变得压抑起来。"他们马上就要准备机枪扫射"的念头让我的口中变得苦涩,其他人也有同样的担心。我们伏身向后滑行,身上的武器撞得叮当作响。英国人的堑壕里热闹了起来,脚步落地的声音,压低嗓门说话的声音,跑来跑去的声音。扑哧……一颗照明弹,四周亮如白昼。我们努力把头藏在草丛里。又一颗照明弹。无所适从的时刻。我真想钻到土里去,宁愿在任何地方,也不愿在离敌人的岗哨十米远的地方。再一颗照明弹。嘭!嘭!几声枪响震耳欲聋,开枪处近在咫尺。"啊!他们发现我们了!"

我们不再顾忌,大声互相鼓气为了逃命而开跑,然后跃身而起,冒着噼啪作响的子弹奔向自己的阵地。我刚跑了几大步就绊倒了,摔进一个又小又浅的弹坑,其他三人以为我已经完了,从我旁边急匆匆跑了过去。我紧紧地贴在地上,缩起头和腿,任由子弹扫过我上方深深的草丛。从空中掉落的照明弹残片同样

---

① 原文用的是低地德语方言,表明该士兵来自北德。

令我局促不安,有些燃烧的镁块就落在我身边,我只能试图用帽子挡一挡。射击渐渐稀落下去,我又等了一刻钟,这才先是缓慢地、然后再迅速手脚并用竭尽全力地离开藏身之地。这时月亮已经不见了身影,我不久就失去了方向,不知道究竟哪边是英军、哪边是我军阵地。四周就连最具特色的蒙希磨坊遗址也不见踪影。间或有一颗子弹从这边或那边射来,贴地呼啸而过,令人胆战心惊。我最终还是卧身草丛中,决定等到天亮。突然,我身边传来低语声。我马上做好战斗准备,先是小心翼翼地做出一些自然的响动,让人猜不出我究竟是德国人还是英国人。如果是英国人呼唤,我决定用手榴弹回应。我非常高兴地发现上来的是我的人,他们正准备解下腰带拖我的尸体。我们在一处弹坑里又坐了一会儿,庆祝我们幸运的重逢。然后我们起身返回我方堑壕,从离开到回到堑壕,前后共耗时三个小时。

早晨五点,我已经又上岗执勤了。在一排的地段,我发现预备军官霍克站在地下掩体前。我很惊讶这么早就看到他,他告诉我他正在守株待鼠,那只大老鼠夜间又咬又啃,窸窸窣窣,让他无法入睡。同时,他也时不时地打量着自己小得可笑的地下掩体,他将之命名为"小母鸡安居别墅"。

当我们并肩站在一起的时候,我们听到一声沉闷的开炮声,这一般来说没什么大不了的。但是霍克前一天差点就被一枚巨大的"太妃糖苹果"迫击炮弹炸死,所以已经是吓破了胆,只见他如一道闪电奔入最近的巷道,慌不择路地一屁股径直滑下十五级阶梯,剩下的十五级阶梯则是连翻三滚。我还站在上面巷道入口处,忍不住笑出声来,把迫击炮弹和巷道忘到了脑后,然后才听到这个可怜的受害者中断捕鼠是何等痛苦,他小心翼翼地揉这儿揉那儿,又伸胳膊又踢腿,发现一只大拇指关节戳伤了。这个不走运的家伙还向我承认,他昨天是刚刚坐下吃晚饭的时候被迫击炮弹吓到的。先是他的晚餐被撒满了沙土，然后他又摔下阶梯，浑身疼痛。他刚刚从家乡来到前线，还没能适应我们的粗俗腔调。

这一出意外之后，我回到自己的掩体，看来今天也睡不成好觉了。我们堑壕从清晨开始就受到越来越密集的迫击炮轰炸。

接近中午的时候，我觉得局面有点令人难以忍受。我带上几个人架好兰茨式①迫击炮，开始对敌方堑壕开火——不过相对于我们受到的重火力炮击而言，我们的回应是软弱无力的。我们浑身冒汗，蹲在一小块堑壕低处被六月烈日灼热的泥地上，把一枚又一枚炮弹送去对面。

由于英国人完全不受干扰，我和卫铁经过彻底的考虑，去通过电话机传递了如下紧急信号："海伦朝我们堑壕吐痰，都是大块头，我们需要土豆，大小都要！"如果存在敌人窃听风险，我们就经常使用这种天书般的语言。不一会儿，戴希曼中尉就安慰地答复道，长着硬挺挺一字胡的胖子准尉马上就会带着一群小子上来，而我们的第一枚一百公斤炮弹不久就呼啸而过，惊天动地地落在敌方的堑壕里，还伴有数轮野战炮齐射，于是我们在当天剩下的时间里得以清闲了。

第二日午间的交手却更加猛烈了。第一炮响过之后，我就通过地下通道来到第二道堑壕，再由之进入通行堑壕，我们把迫击炮架在通行堑壕里。我们用你来我往的方式开火，也就是敌人每射来一枚"太妃糖苹果"两英寸迫击炮弹，我们就回敬一枚兰茨式迫击炮弹。在我们大概交替射击了四十炮之后，敌方的基准炮似乎是瞄着我们打。不一会儿，一些炮弹落在我们右边，

---

① 这里指的是海因里希·兰茨（Heinrich Lanz）公司制造的兰茨 9.15 厘米口径迫击炮，一战中装备于德意志帝国和奥匈帝国军队。

又有一些落在左边,但都没有打断我们继续开炮,直到有一炮直直地冲着我们来了。我们在最后一刻还拉响了发炮绳,然后用最快的速度跑开。我刚进入一个遍布铁丝网的泥泞堑壕,那家伙就在我背后爆炸了。巨大的冲击力把我抛过一堆铁丝网,落在一处满是绿油油淤泥的弹坑里,同时一阵坚硬的泥团如雨点般砸在我身上。我直起身来,只感到几乎没有知觉,浑身上下不成人样。我的裤子和皮靴被铁丝网扯碎,脸部、手部和军服上沾满了黏土,膝部一处大口子里流着血。我筋疲力尽地挪步回到自己的掩体去休息。

除此之外,"太妃糖苹果"迫击炮弹并没有造成特别大的破坏。堑壕塌了几处,一门迫击炮被毁,"小母鸡安居别墅"正中一弹,彻底报销。不过,不幸的别墅主人当时已经坐在巷道里了,否则他可能会就此展示他的第三次摔下阶梯。

整个下午射击都没有停止,临近傍晚时分升级为无数枚圆柱形炸弹的攒射。我们把这种碾子形状的炸弹称为"洗衣篮弹",因为它发射的时候给人一种天上下篮子的感觉。要说它的形状,最好是设想一个带两个短手柄的花卷儿。敌人看起来是用一种特别的、左轮枪形状的发射器发射这种炸弹,炸弹在空中粗声粗气地翻滚,隔着一些距离看来就像是一段长长的香肠。炸弹发射得非常密集,落地爆炸就像烟花火药燃烧一般。"太妃糖苹果"迫击炮弹的效果是锤击,而这种炸弹对于神经的效果则更具撕裂性。

我们都坐在巷道口,紧张地充满期盼,时刻准备着用枪和手榴弹招呼来犯者,但是射击在半小时后逐渐稀落下来。夜里,我们还将经受两场火力袭击,其间我们的在岗士兵不可撼动地坚守在岗位上。射击一减弱,数颗照明弹升空,照亮了从巷道中冲出来的守卫者,猛烈的火力也让敌人明白我们的堑壕里还有人。

虽然敌方猛烈轰击,我们仅损失了一个人,燧发枪列兵迪尔斯曼,一枚炸弹落在他的防弹盾上,炸碎了他的脑壳。另一人背部受伤。

这个不平静的夜晚之后,白天继续有很多次炮击,这让我们准备应对即将到来的进攻。这期间,我们的堑壕被炸得粉碎,护墙木块被炸碎,堑壕里几乎无法迈步,相当数量的地下掩体被炸塌。

我们这段阵地的指挥官向前线送来了一份消息单:"截获的英军电报:英国人精准描述了我方铁丝网的缺口,申请'钢盔'支援。'钢盔'是否为重炮尚不清楚。做好准备!"

我们决定第二天夜间留守岗位,约定口令以"哈啰"为问、以自己的名字为答,一旦有人不报自己的名字,就立即开枪击毙。每个军官都给自己的照明枪装上了红色的照明弹,用来迅速通知炮兵。

第二夜比前一夜更为疯狂,尤其是两点十五分的炮火袭击远超之前的所有力度。重型炮弹在我的掩体周围如冰雹般落下。我们全副武装站在巷道台阶上,蜡烛头的光线忽闪忽闪,在潮湿而发霉的墙壁上反着光。入口处涌来蓝色的烟雾,巷道顶部的泥土纷纷剥落。嘭!"我的天哪!""火柴,火柴!""全给我解决掉!"心脏简直跳到了嗓子眼儿。手颤抖着拧开手榴弹的引信盖。"这是最后一枚了!""扔出去!"我们向出口冲去,一枚延时起爆的炮弹爆炸了,冲击力把我们抛了回去。虽然最后一些铁鸟仍旧在呼啸着下落,战士们已经进入了所有的岗位。照明弹如烟花般把浓烟密布的阵前地段照得如同白昼。全体战士高度紧张地站在护墙后的瞬间有一种魔力,让人想起至关重要的演出之前众人屏住呼吸的那一秒钟,那时音乐中止,华灯大放。

这一夜，我有好几个小时靠墙站在地下掩体的入口处，掩体朝向敌方，这本不合规范。我不时地看表，记录射击情况。我也观察我们岗位上的士兵，这是一位年纪稍大、家里有孩子的士兵，站在比我高的地方，在枪后一动不动，偶尔被爆炸的强光照亮。

我们在交火声沉寂下来之后又损失一个人。燧发枪列兵尼恩许泽尔突然从岗位上倒下，咕咚地沿着巷道台阶翻滚下去，一直摔到站在下面的战友中间。他们检查了一下这位吓人的不速之客，发现他额头有一处小伤口，右胸上部的创伤在流血。说不清究竟是创伤还是剧烈的摔倒导致他死亡。

惊魂之夜结束后，我们被六连轮岗替了下来。彻夜不眠之后看到朝阳，会让人生出奇特的沮丧心情，我们就怀着这样的心情穿过一条条通行堑壕，前往蒙希，然后从蒙希继续前进，一直推进到阿丹弗森林边缘的第二道阵地，这让我们大大领略到了索姆河会战的前奏。我们左侧的阵地笼罩在白色和黑色的烟云中，巨型的弹着点土堆高耸，一个连一个。土堆上方，千百枚榴霰弹爆炸开来，发出道道短促的闪光。只有乱糟糟的信号、嘶哑地向炮兵呼救的声音才透露出阵地里还是有活人的。在这里，我生平第一次见到了与大自然的威力可以相提并论的炮火。

晚间，我们正准备好好睡上一觉的时候，却接到命令去蒙希卸重型炮弹，结果白等了一夜，车不知道堵在了哪里。英国人在一旁用机枪大角度射击，发射榴霰弹扫荡道路，向我们的生命发起一次又一次的攻击，幸运的是都没有成功。有一个机枪神射手尤其让我们恼火，他把子弹直挺挺朝天上打，子弹被重力加速后垂直下落。这样一来，我们躲在墙后就毫无意义。

当夜，敌人向我们展示了什么叫极其仔细的观察。在大概距离敌方两千米远的第二道阵地，一座正在修建的弹药巷道前有一堆白垩土。令人遗憾的是,英国人由此得出了正确的结论,即这座小山包在夜间会被伪装起来。他们于是朝它打出一群榴霰弹,还果真重伤了我方三名士兵。

第二天早晨,一道要我率全排前往 C 段阵地修堑壕的命令将我从睡梦中惊醒。我的几个班被分到六连各处。我带着一些人回到阿丹弗森林,让他们砍树。在回到堑壕后,我钻进自己的地下掩体去小睡半个小时。但是就连这个企图也是妄想,这些天就别想不受干扰地睡觉。我刚刚脱下皮靴,就听到我们的炮兵从森林边缘异常频繁地开火。与此同时,我的勤务兵保里克出现在巷道入口,朝下大声喊道:"毒气进攻!"

我拽出防毒面具,穿上皮靴,系上腰带,朝外跑去。我在外面看见蒙希上空悬浮着一片巨型的烟云,烟雾浓密,泛着白色,在一股微风的推动下朝处于低地的一二四阵地碾去。

因为我的排大部分都在前线阵地上,而且敌人可能会发动进攻,所以我没时间考虑。我跃过第二道阵地的障碍向前方跑,马上就进入了毒烟里。一股刺鼻的氯气味道让我明白这不是我最初以为的人造烟雾,而是实实在在的毒气武器。我戴上防毒面具,但是马上就又摘了下来,因为跑得太快,戴着防毒面具就无法呼吸了,而且面具的镜片立即被水汽覆盖,完全看不见东西。我的所有做法都不符合我自己经常讲授的"毒气进攻课"。因为感觉到胸口痛,所以我只能尽可能快速穿过毒烟。快到村庄边缘的时候,我还必须突破一片火力压制区,四处遍布弹着点的土堆,在榴霰弹爆炸的烟云中越堆越高,在这片从来无人涉足的荒地上形成一条长长的、有规律的链条。

在这种人们可以自由运动的开阔地界进行炮火打击,既不能达到像对村镇或阵地进行打击的真正效果,也起不到打击敌方士气的作用。我很快就把火线抛在了身后,到达了正在经受冰雹般榴霰弹袭击的蒙希。子弹、燃烧的哑弹、引信有如阵雨呼啸着四下横飞,扫过杂草丛生的园子里果树的枝叶,或者打在墙上噼啪作响。

在一处园子内的地下掩体里,我看到了同连的战友西维斯和福格尔。他们坐在地上,用木头烧起了明火,俯身在火焰上,借火焰的净化功能使自己免受氯气伤害。我也加入了他们的行动,一直到火焰渐渐弱下去,然后起身经由六号通行堑壕继续向前。

我一边漫步,一边观察堑壕地面为数不少的小动物尸体,这都是氯气毒杀的。我想到的是:"压制火力马上又要开始了,你要是再继续这么溜达下去,也会像捕鼠器里面的老鼠一样陷在这儿,而且毫无掩护。"尽管如此,我无可救药按部就班的个性还是让我继续走了下去。

我担心的情况还真就发生了。在离连队的掩体五十米远的时候,我陷入了一场突如其来的猛烈火力攻击,这让我既想越过这段短短的堑壕又想不中弹几乎成为不可能的事情。幸运的是,我发现身边通行堑壕的墙壁上有一处洞穴,这是为传信兵挖的。就是三重巷道木框,很简陋,不过总比什么都没有强。我硬是钻了进去,任由外面枪林弹雨。

我似乎偏偏选了一个最倒霉的藏身处。大大小小的"太妃糖苹果"迫击炮弹、"瓶状炸弹"、榴霰弹、"嘶嘶叫"、各种炮弹——我简直分不清这些呜呜、嗡嗡、砰砰的究竟都是什么。我不由自主地想起在莱塞帕尔热森林里我的下士的惊呼声:"啊,这都是些什么玩意儿?"

有一段时间,我的耳朵被伴着火光的一声巨响完全震聋了。然后,无休止的尖啸声又让人仿佛感觉到成百上千枚的碎弹片正以惊人的速度先后破空而来。间或会传来短促而沉重的砸地声,那是哑弹,震得周围的土地摇摇晃晃。榴霰弹则是几十枚一起爆炸,看起来像是优美的手拉花炮,密集如烟雾般散出铅珠,空弹桶呼哧呼哧紧随其后。要是炮弹在附近着地,就会有脏东西哧哧落下,伴以弹片横飞,噼啪地击中目标。

这么描写声响比忍受起来要简单很多,因为每块铁块破空呼啸而至都会让人产生死亡的念头,我于是蹲在地洞里,用手遮着双眼,脑海里闪过各种被击中的可能性。我觉得自己找到了一种比喻的说法,能够特别贴切地形容自己和这场战争中的每一位战士经常陷入的境地。不妨设想一下,你被人紧紧地绑在木桩上,一个家伙还不停地挥舞大锤威胁你。大锤一会儿挥开去,一会儿嚯地几乎贴着你的头皮挥过来,一会儿砸中木桩,木屑四溅——在没有任何掩护的情况下陷入重火力射击就好比这种境地。幸好我还有那么一点直觉地坚信"最后没事的",人在赌博时也会有同样的感觉,虽然没什么道理,但是能让人安下心来。射击最终停了下来,我也以最快的可能继续赶路。

前线人人忙个不停。枪管已经被氯气完全熏黑,按照经常练习的"毒气攻击时的行为规范",枪要重新上油。一位上士不无惋惜地让我看他的新剑穗①,剑穗已经不见了银色。而变成了黑绿色的模样。

鉴于敌方悄无声息,我带着我的几个班回撤。在蒙希,我们在病号站前看到一群被毒气攻击的伤员,他们坐在地上,用手压肋,呻吟着,眼缝中不停流水。这根本不是小伤,有些人几天后就痛苦万分地死了。我们经受的是释放纯氯气的攻击,这种军用毒气会刺激和腐蚀肺部。从这一天起,我决定务必带上防毒

---

① 剑穗或刀穗(德文使用法语借词 Portepee)是德意志帝国军队军官的标志,最初从刀剑的腕带演化而来,多用金线或银线编结而成。

面具才出门。而迄今为止，我经常令人难以置信地大大咧咧地把防毒面具留在掩体内，而用装面具的盒子——就像装植物标本的铁皮罐子一样——装涂了黄油的面包。如今亲眼所见的场面教育了我。

在往回撤的路上，我去二营的食堂买东西，发现炊事班的新兵正在一堆被炸烂的物资中间愁眉苦脸。一枚炮弹穿过屋顶在店里炸了，把他的宝贝变成了果酱、漏出来的罐头和绿色肥皂的混合物。他带着普鲁士的认真精神，列出了共计八十二马克五十八芬尼的损失清单。

我们排一直驻扎在偏僻的第二道阵地，这天晚间因为战斗局势不安全被转往村里，并分到矿场作为驻地。我们在一个个洞穴里搭好了床铺，然后点起一堆大火，让烟通过井道向上排出，这差点儿呛死正在用水桶汲水的连队炊事员，让他非常生气。由于分到了高度数的格洛格酒，我们围着火堆在石灰石上坐成一圈，唱歌，喝酒，抽烟。

午夜，蒙希的战斗区域爆发了一场地狱般的奇观。几十处警报响起，千百条枪开火，绿色和白色的照明弹不停地升空。紧接着我们进行火力压制射击，重型迫击炮弹发出巨响，后面带着火星从空中划过。废墟中只要有人，就会有拖长音的叫喊："毒气袭击！毒气袭击！毒气！毒——气！毒——毒——气！"

照明弹的光线照亮了毒气，气流碾过墙体的黑色间隙扩散。矿场里面也有明显的氯气味道，刺鼻的烟雾几乎要把我们赶出藏身之所，我们被迫挥舞大衣和帐篷来洁净空气。

第二天早晨，我们在村里看到了毒气留下的痕迹。大部分植物都已经枯萎，四处都是死蜗牛和鼹鼠，驻扎在蒙希的骑兵传令兵的军马口角和眼角都在流水。四处可见的弹壳和弹片都结上了一层漂亮的绿锈。毒气云的痕迹甚至在杜希也能看到。当地的老百姓十分害怕,聚集在封·奥鹏上校的驻地前,要求得到防毒面具。部队用货车把老百姓拉到距前线很远的地方。

这天夜里,我们又回到矿场过夜。我晚间得到消息,四点十五分发放咖啡,因为一个英国的投诚者说他们准备五点发起进攻。果然如此,取来咖啡的士兵刚刚把我们从睡梦中叫醒,我们已经不再陌生的"毒气袭击!"喊声就已经响起来了。外面的空气是甜丝丝的。我们后来才知道,对方这次用碳酰氯气对付我们。蒙希地段炮声隆隆,不过很快就停歇了。

在这段不安的时光之后,迎来了一个清新的早晨。布莱希特少尉从六号通行堑壕走到村里的街道上,手上缠着沾满血迹的绷带,旁边的士兵上着刺刀,押了一个英国俘虏。布莱希特在西部参谋部驻地受到了凯旋般的接待,他讲了下面的故事:

英国人五点整开始施放毒气和毒烟,然后猛烈轰炸堑壕。我方仍旧像往常一样,一受轰炸时就从藏身处跳出来,一下子就损失了三十多人。接着,两支为数众多的英国巡逻队趁着烟雾出现了,一支侵入了我们的堑壕,抓走了一名受伤的下士。另一支巡逻队还没到铁丝网前就被打垮了。唯一一名突破了障碍的英国士兵被布莱希特按住脖子,大喊一声"朝这儿来,你这个婊子养的"给抓住了——布莱希特战前在美国做农场主。这个唯一的俘虏受到了一杯葡萄酒的款待,带着半是受到惊吓、半是受到震惊的眼神看到刚刚还是不见人影的村里街道转眼间就挤满了取伙食的、抬担架的、传令的士兵和看热闹的人。俘虏人高马大,非常年轻,有着金黄色的头发和一副孩子般的面庞。"非要打死这样的小伙子,真是让人遗憾。"我看见他时如此想到。

不久,长长的一队担架抵达卫生站。蒙希南部也送来很多伤员,因为敌人在 E 段阵地也曾经一度突破了防线。这些闯入者中间定然有一名特别出色的家伙。他悄无声息地跳入了我方堑壕,在岗哨——在岗的士兵是站在哨台上观察阵地前沿地段的——身后一路狂奔,挨个儿跳到因戴防毒面具而视线受限的守兵背后,用大棒之类的工具击倒了数人,然后又悄无声息地返回了英国人的防线。我们在清理堑壕的时候发现共有八名士兵被击碎了后脑勺。

瓦楞铁皮板围成的拱形棚子前放着大概五十部担架,担架上的人都在呻吟,白色绷带浸透了鲜血,医生在棚下卷着袖子尽职尽责。

有个小伙子脸色煞白,嘴唇已经乌青闪亮,这一般都是很严重的征兆,断断续续地发出声音:"我受了重……我不会再……我——肯定——要死了。"一个胖胖的卫生兵下士怜惜地看着他,安慰地嘟囔了好几遍:"不,不,我的战友!"

英国人的这次小进攻为我们准备索姆河会战聚集了能量,虽然他们为此事先进行了多次炮火和毒气袭击,但也仅仅抓获了一名战俘,而且是伤兵,还在我们的铁丝网前留下了多具尸体。不过,我方也蒙受了巨大损失:一上午全团阵亡四十人,其中三名军官,另有伤员多名。

第二天上午,我们终于撤回亲爱的杜希休整几天。当晚我们就开始喝酒庆祝这次行动成功,我们是配得上这些瓶庆功酒的。

七月一日,我们接到了令人悲伤的任务,在教堂园子里安葬我方部分阵亡士兵。三十九具木头棺材,木板都没有刨平,上面用铅笔写着名字,就这样并排下葬。牧师悼词的题目是"你们曾经英勇战斗",以这几句话开场:"直布罗陀团,这是你们的标志,你们矗立如磐石,无惧波涛汹涌的大海!"

在这些日子里,我逐渐开始欣赏身边的弟兄们,我们还将一起度过两年的战斗时光。起因是一次英国人的行动,但是在我们的陆军战报里几乎没有提到，而且这次行动针对我们的阵地段，本来这也并不属于总攻计划的一部分。对于士兵们而言，真正的危险就在于从巷道入口走到岗位的那几步。但是，这几步恰恰要在发起进攻前火力最猛的那一刻去走，那一刻的长短只能用体会来形容。一夜又一夜，黑压压的人潮多次在连传达命令都不可能的情况下，穿过铺天盖地的炮火涌到胸部掩体后面，这在我心中悄悄成为人性可靠的象征。

我的脑海里对一个刚刚受到轰炸还冒着烟的阵地印象尤其之深——我在攻击开始后不久穿过了这个阵地。白天值勤的士兵已经上岗，但是堑壕还没有清理。随处可见战士的遗体覆盖了岗位，而持枪的新战士已经在他们的遗体之间，不，是从他们的身躯中再度成长起来。看到这组群像，会让人奇怪地固定不动——生与死的界限仿佛在这一刻消失了。

七月三日晚，我们再度开拔上前线。四周还算寂静，但是一些小迹象表明马上肯定要发生什么事情。水磨没完没了地低声咕咚咕咚地敲击，就像有人在打铁。我们经常会截听给一名英国最前线工兵军官的电话，神秘地说到毒气瓶和爆破等。英国的飞机从天蒙蒙亮开始从空中严格封锁后方，直到最后一丝天光暗淡下去。对我方堑壕的射击明显强于以往，而且目标也可疑地发生了变化，仿佛新的炮兵在按步骤进入状态一般。尽管如此，我们并没有经历什么苦难，七月十二日轮岗撤回蒙希进入预备队序列。

十三日晚，我们位于花园内的地下掩体遭到一门二十四厘米船炮的射击，巨大的弹头呜咽着平飞而来，爆炸的巨响令人恐惧。夜里，密集的枪炮声和毒气进攻把我们惊醒。我们头戴防毒面具，在地下掩体里围着炉子坐着，只有福格尔没找到自己的防毒面具，四下到处看，来来回回跑，一些被他在训练时练惨了的小伙子则幸灾乐祸地报告毒气味道越来越重。最后,我把我的防毒面具备用滤芯给了他,他一个多小时就蹲在冒着浓烟的炉子后面,捏着鼻子,凑着滤芯吸气。

同一天,我们排减员两人,都是在村里受伤:哈瑟尔曼的胳膊中枪,马施迈耶的颈部被榴霰弹铅弹击中。

这天夜里敌人没有发起攻击,尽管如此,我们团还是有二十五人阵亡,多人受伤。十五日和十七日,我们不得不经受另两场毒气进攻。十七日,我们换岗,但是在杜希经历了两次严重的炮击。其中一次完全出乎意料,封·亚罗茨基少校当时正领着我们这些军官在果园里开会。虽然危险万分,但是看到大家的表现还是觉得十分好笑:所有人四射出去,又走投无路,用不可思议的速度钻过灌木丛,然后又如闪电般消失在各种掩体里。一枚炮弹在我们驻地花园里炸死一个当时正在坑里捡垃圾的小姑娘。

七月二十日,我们进入阵地。二十八日,我同上士福格穆特、二等兵巴尔特斯和比尔克纳约好一同去巡逻。我们没有什么特别的目标,只想在双方的铁丝网之间来回遛遛,看看这个无人地带有没有什么新情况,因为阵地里渐渐有些无聊了。下午,即将接替我的六连军官布朗斯少尉前来掩体拜访我,带来了一瓶上好的勃艮第红酒。午夜时分,我们中断了会议,我进入堑壕,其他三名战友已经站在肩部掩体处黑暗的角落里。我只找了几枚手榴弹,心情很好地爬过了铁丝网,布朗斯在我身后朝我喊了一声"祝脖子和肚子中弹!"[①]祝福我。

[①] 欧洲不少国家有一种习俗,即在别人做一件大事之前以反话祝愿和保佑对方成功。德国人多用的祝福语是:"祝你断脖子断腿!"意为:"祝你成功!祝你一切顺利!"军人会在上战场之前互相祝愿"祝你头部和腹部中弹"之类。对这种习俗的来源有不同的解释。

我们很快就悄悄潜到了敌方障碍前。在紧靠着障碍的草丛中，我们发现一根很粗的、绝缘做得很好的电线。我认为观察到这一点很重要，就让福格穆特剪一段带回去。他没有其他的工具，只能用雪茄剪费力地剪。就在此时，我们面前的电线上传来了响动，几个英国人冒了出来，开始干活，但是并没有发现我们这些钻在草丛中的人。

因为有上次巡逻时的可怕经验，我几乎是无声地呼吸："福格穆特，手榴弹准备！"

"少尉先生，我认为还是应该让他们干一会儿活！"

"这是命令，上士！"

这句话即使在这种荒无人烟的地方也有作用。我当时感觉自己就是一个不知结果的冒险者，马上就要面临可怕的事情，我听见身边拔出手榴弹引信的嚓嚓声，看到福格穆特让手榴弹沿着地面滚过去，以防止暴露。手榴弹在草丛中停了下来，几乎就是停在毫无知觉的英国人中间。接下来的片刻紧张异常。"轰！"一道闪光照亮了摇摇晃晃的英国人。"你们被俘了！"我们用英语大喊着这句话发起了攻击，如下山猛虎般扑进白烟中。一场混战瞬间展开。我用手枪抵住一张苍白的脸，它就像面具般在黑暗中朝我闪着微光。有个身影大声喊叫，背朝后摔到铁丝网上。这叫喊声令人惊悚，大概是：呜唉——可能只有活见鬼时才会发出这种声音。在我左侧，福格穆特已经用手枪开了火，巴尔特斯异常紧张，没头没脑地把一枚手榴弹扔到我们中间。

我在开第一枪的时候，弹夹从手枪弹仓跳了出来。我站在一名英国人面前大喊，他吓得身体朝后紧压着铁丝网，一再无望地往后按扳机的护圈。没有开枪的声音——这一场景仿佛是令人窒息的梦境。我们眼前的堑壕内传出了声音。有人在呼唤，一挺机枪哒哒地开了火。我们跳了回去。我在一个弹坑中再一次站立,用手枪朝紧跟着我的一个身影开枪。这次没打中却是幸运,因为那是比尔克纳,而我以为他早就跑回去了。

现在要做的就是狂奔回我方的堑壕。子弹已经打在我方铁丝网前,逼得我不得不跳进一个积满了水、又被铁丝网缠绕的弹坑。我一边在水面上方摇摆的铁丝网上荡来荡去,一边听见子弹如大群蜜蜂一般从头上嗡嗡掠过,铁丝的碎段和金属残片打进弹坑的斜坡里。过了半个多小时,射击渐渐停了下来,我费力通过了我方障碍,跳入堑壕,大家兴高采烈地欢迎我。福格穆特和巴尔特斯已经到了,又过了半个小时,比尔克纳也回来了。大家都很高兴能够毫发未损地回来,只是为未能如愿抓获俘虏而觉得很遗憾。这次历险经历实际令我高度紧张,这是我在回到地下掩体后才发现的。我当时牙齿直打冷战,躺在铺上,虽然浑身脱力,却怎么也睡不着。我更多有一种高度紧张的清醒,就好像身体内有一处电铃始终在打铃一样。第二天早晨,我几乎不能行走,因为我多次留下伤疤的膝盖上方被铁丝网划开一道大口子,而另一个膝盖插着一小块巴尔特斯扔的手榴弹弹片。

这些提心吊胆的巡逻行动是一种锻炼勇气的很好方式,也能打破堑壕生活的单调无聊。战士们最不能忍受的就是无聊。

八月十一日,有一匹黑马在贝尔勒欧布瓦村前转悠,一名民兵连开三枪把马打死了。这是一匹脱缰的英国军马,他的军官主人要是看到这个场面估计脸色好看不了。夜里,一颗步枪子弹壳飞进燧发枪列兵舒尔茨的眼睛。蒙希的人员损失也在增加,炮击削去了防护墙,越来越无法保护大家免受机枪胡乱射击的伤害。我们开始在村里到处挖堑壕,把最危险的地段重新砌墙实施保护。抛荒的园子里,莓子已经熟透,在流弹横飞的间隙能够吃上一口就会觉得格外香甜。

八月十二日是大家盼望已久的日子,我可以在战争期间第二次休假。我在家里还没热过身来,一份电报就接踵而至:"迅速归队,详情询问康布雷地方指挥部。"三个小时以后,我已经坐在火车里。在去火车站的路上,三个穿着浅色连衣裙的姑娘从我身边漫步走过,胳膊下夹着网球拍——生活以这种闪光的方式告别,我在外还会久久想起这一幕。

二十一日,我又回到了熟悉的地带,街道上到处都是行军的部队,第三师撤走,新的师到来。一营驻扎在埃库斯特圣曼①村,我们在两年后将会再度冲锋占领这个成为废墟的村子。

保里克对我的到来表示欢迎,不过他也时日无多了。他告诉我,我们排里的小伙子们已经问了他十几次我有没有回来。这个消息让我很受感动,浑身充满了力量。我从中发现,我在未来鏖战的日子里不仅仅将因为军衔而受人拥戴,而且个人也拥有了威信。

那天夜里,我和其他八名军官一起被安排在一幢空屋子的顶层就寝。晚上,我们还坐在一起聊了很久,没有烈酒,就喝隔壁屋里两位法国女人给我们煮的咖啡。我们知道,这次等待我们的将是一场前所未有的恶战。和两年前跨过边界的部队相比,我们进攻的欲望只高不低,而且比他们更具威胁性,因为我们都有战斗经验。我们的情绪激昂而高涨,例如"避让"之类的话对于我们则是闻所未闻。谁要是见过参加了这场欢乐聚会的人,肯定会说,这些人奉命坚守的阵地只有可能在拼完了最后一个人的情况下才会失守。

事实也确实如此。

---

① 埃库斯特圣曼(Ecoust-Saint-Mein)。

吉耶蒙①

一九一六年八月二十三日,我们乘坐货车抵达勒梅斯尼②。虽然我们已经知道自己将在索姆河会战的传奇焦点吉耶蒙村投入战斗,但是我们的情绪依然好之又好。笑话从前车传到后车,大家不时发出阵阵笑声。

一次停车休息后,司机在启动汽车时把大拇指挤得裂成两块。我对于鲜血淋漓的场面一向敏感,看到这个伤口我几乎要吐出来。我之所以特别提到这个细节,是因为我在接下来的日子里居然能够看得下去更为惨烈的血肉横飞。这也说明了生活中的种种观感都是由整体感决定的。

傍晚时分,我们从勒梅斯尼开始行军至萨伊萨伊塞勒③,全营在一大片草地上解下行军包,准备好冲锋装备。

我们前面,前所未见的炮火打击如雷鸣般滚滚而来,万千条闪电把西方的地平线裹入一片火海。不断有伤员挣扎着回来,面孔苍白而瘦削,经常为了躲避呼啸而过的炮弹或成梭子的子弹而一下子趴进路边的壕沟。

---

① 吉耶蒙(Guillemont)。
② 勒梅斯尼(Le Mesnil)。
③ 萨伊萨伊塞勒(Sailly-Saillisel)。

符腾堡团的一名传信兵来我这里报到,以带领我们排前往著名的小城孔布勒①,我们暂时作为预备队准备。他是我见到的第一个戴钢盔的德国士兵,这使他看起来仿佛来自一个陌生而更为艰苦的世界。我在路边壕沟里坐在他身边,饥渴地询问阵地的态势,听到的却是非常单调的内容:在弹坑里连续数天蹲守,无法联络外界,没有道路能够接近,忍受无休止的攻击,尸首四处倒伏,干渴欲狂,伤兵无法得到救助而死去,等等。他那钢盔沿围绕下的面庞一动不动,嗓音单调而且伴有前线的噪音,使我们觉得如见鬼魅。前线的几日已给他打上了深深的烙印,仿佛以言语无法形容的方式将他与我们区别开来,就是他将引导我们进入火光熊熊的王国。

"阵亡的人就倒在地上。没人能帮忙。没人知道自己能不能活着回来。敌人每天都发动攻击,但是他们就是突破不了。每个人都知道,这场战斗是生死之战。"

这个声音中唯一留下的就是平静,这是一种历经火炼的平静。同这样的人并肩战斗令人放心。

我们行进在一条大道上,月光下道路就像一条白带在黑暗的大地上延伸,前方炮声隆隆,吞噬一切的巨响越来越无法形容。不要再妄想了!这片土地的面孔之所以如此晦暗,是因为月色下所有的道路都像浅色的血管一般一览无余,而路上却不见一个活物。我们继续行军,仿佛午夜时分穿行在闪着幽光的墓地小道。

没隔多久,就开始有炮弹落在我们道路的左右两侧。我们聊天的声音越来越低,随后彻底哑了下去。所有人都在紧张地

---

① 孔布勒(Combles)。

聆听拉长的炮弹呼啸声,听觉变得极度敏感。穿过弗雷吉库尔①农庄——那是孔布勒一处墓地前的一群小房子——是对我们的第一次考验。围绕着孔布勒地方形成的包围圈在这里收得最紧。这也是进城或者出城的必经之路,所以不间断的重火力射击都集中在这条生命线上,就像所有的光线通过透镜汇集于焦点。向导此前已经提醒我们注意这处出名的隘口。我们于是冒着四下乱飞的碎片快速跑步通过。

废墟之上悬浮着一层浓浓的尸体气味,这个地区所有的危险地段都是如此。原因是火力太过猛烈,以至于无人能够去清理阵亡的战士。每个人每一步都是非生即死,我在奔跑中闻到这股气味,一点儿也没有吃惊——这股气味就是属于这种地方。此外,这种又浓厚又甜丝丝的味道也不只是难闻,它和火药的刺鼻烟雾不分彼此地混合在一起,令人产生一种几乎能够看穿未来的兴奋,这是一种紧临死亡才会产生的感觉。

我在这里——而且在整个大战中我也仅仅在这场战役中——观察到,世上存在一种像未经探索的未知之地那么陌生的恐怖。我在这些时刻体会到的不是害怕,而是一种极度的、几乎是魔鬼般的轻灵,并且会无法抑制地突然发笑。

根据我在黑暗中能够观察到的情况,孔布勒这个地方现在只能说仅剩居民区的骨架。废墟中能看到大量木头,家用器具四散在路上,这说明轰炸刚刚过去没多少日子。在越过不少废墟堆之后,而且速度因一阵榴霰弹的射击加快了不少,我们抵达了驻地,这幢大房子已经被打得千疮百孔,我带着三个班扎了营,其他的两个班在对面的废墟地窖里安顿了下来。

刚刚四点,我们就被从营地、也就是床铺上唤醒,开始发钢

---

① 弗雷吉库尔(Frégicourt)。

盔。这时候,我们在地窖的一角发现了一袋咖啡豆,这一发现紧接着带来的就是大家忙着煮摩卡咖啡。

吃完早餐,我去当地四下看看。几天之内,重炮轰击把一座和平的后方小镇变成一幅恐怖的画面。炮弹击中的房屋或者整幢粉碎坍塌,或者一劈两半,房间和其中的陈设如舞台布景般悬浮在一片混乱之上。有些废墟中散出尸体的气味,因为第一波突如其来的攻击让房中的居民毫无准备,很多人来不及冲出屋外就被埋在了废墟里。在一处门槛前,一个小姑娘伸着四肢倒在一摊血水中。

教堂已经成为废墟,教堂前广场受到的炮击尤其剧烈。教堂对面是地下墓室的入口,原来是一处非常古老的地下洞穴,里面用爆破的方法开出一个个小间,现在全体战斗部队的几乎所有参谋部都挤在里面。据说,当地居民在炮击开始的时候用锄头刨开了原本砌上的入口,而德国人在整个占领期间都不知道这个入口的存在。

街道只剩下踩出来的狭窄小道,弯弯曲曲,或穿过或越过大堆的房梁和残垣断壁。园子已经炸得底朝天,蔬菜和果树也都被毁了。

我们用富富有余的配给食品做了顿午餐,当然以浓厚的咖啡收尾,然后我到楼上躺椅上休息片刻。我从四散的信件里了解到,这座房子以前属于酒坊的所有者勒萨热。房间里的衣柜和衣橱都敞开着,洗脸台翻倒在地上,还有一台缝纫机、一辆童车。墙上的画和镜子都是残缺的。地上,抽出来的抽屉、换洗衣物、女士的胸衣、书、报纸、床头柜、碗盘的碎片、瓶子、记事本、椅子腿、裙子、大衣、灯、窗帘、百叶窗、拆下来的门扇、尖锐的物体、照片、油画、相册、扯碎的枕头、女士的帽子、花盆和地毯等等堆成小山,乱作一团。

从破碎的百叶窗中朝外看，可以看到一个炸得掘地三尺的四边形广场，光秃秃，椴树的残枝洒落一地。这些杂乱的印象在周遭不间断的炮击下变得更加晦暗。偶尔，三十八厘米的炮弹落地爆炸的巨响能盖过这些噪音。碎片的烟云卷过孔布勒，打在树枝上或者仅存的几处屋顶上，屋顶的石瓦片纷纷滚落。

下午，火力愈发猛烈，甚至让人只能感觉到一种吞噬了所有单独声音的巨响。从七点开始，广场和周边的房屋以每半分钟的间隔受到十五厘米炮弹的攻击。炮弹中有很多哑弹，它们落地时发出短促而令人难受的撞击，连墙基在内的整座房屋都被震得摇摇晃晃。我们从头到尾都在地窖里，围着桌子，坐在丝绸绷面的沙发椅里，用手撑着头，默默地数着炮击的间隔时间。开的玩笑越来越少，最后连最冒失的家伙也没了声响。八点，邻屋在两次中炮之后坍塌了，一大朵烟云随着坍塌而升起。

从九点到十点，炮击已经达到了疯狂的程度。大地在摇晃，天空仿佛成了一锅沸腾的开水。千百门重炮在孔布勒以及周边开炮，来自四面八方的无数炮弹呼啸着飞过我们头顶。所有的东西都裹在浓浓的烟雾里，在彩色的照明弹的照耀下预示着不幸将至。头耳剧痛，我们只能够通过断断续续的喊话互相交流。逻辑性的思维能力和重力的感觉似乎都不存在了。我觉得无可逃避，感到了最根本的需求，就像面对基本元素爆发般。三排的一名下士疯了。

十点，这场地狱的狂欢逐渐停息，变成平静的开火，然而我们还是无法清晰地辨别每次炮击声。

十一点，有人跑来传达命令：率领各班进入教堂前广场。我们于是和其他两个排联合在一起，开拔进入阵地。西维斯少尉率领的四排没有加入，他们要向前线运补给。我们一边匆匆相互呼唤，在危险的地方集合，一边被四排的人团团围住，装上面包、烟草和肉罐头。西维斯塞给我一饭盒黄油,同我握手告别,祝我好运。

然后我们就开拔了,前后纵向排成一列。每个人都接到命令,必须跟在前面的人身后。我们刚刚出城,向导就发现走错路了。我们被迫冒着激烈的榴霰弹轰击转身往回走。我们多是一路小跑,沿着作为路标的白布带——不过白布带已经被打成了碎片——通过开阔地带。当向导不辨方向的时候,我们经常不得不在最恶劣的地方停下来。而为了维持联络,我们又不允许卧倒。

尽管如此小心,一排和三排还是突然不见了。继续前进!我们几个班在峡谷般的路段遭受猛烈射击,挤作一团。卧倒!一种恶心而刺鼻的味道告诉我们,很多人已经为了通过这一路段而倒下。冒死跑过这一段之后,我们到达下一个峡谷般的路段,战斗部队指挥官的掩体就在地下。我们再次迷失了方向,只能在紧张而高度拥挤的状态下往回返。在离福格尔和我最多五米的地方,一枚中型炮弹随着一声闷响落入后面的斜坡,带起大块的泥土砸在我们身上,我们当时脊背发冷,以为必死无疑。最终,我们的向导重新认出了路,标记是一堆非常显眼的尸体。其中一名阵亡的士兵像被钉在十字架上一样倒在白垩土山坡上——什么样的想象力才能想象出一个符合如此场景的路标呢?

继续前进!继续前进!不断有人在跑动中崩溃,我们恶言恐吓,好让他们能从筋疲力尽的身体中挖掘出最后一份潜能。受伤的人摔进两侧的弹坑,大声呼救,然而无人回应。大家继续前进,眼睛死死地盯住前一个人,穿过由齐膝深的大弹坑组成的壕沟,脚下的尸体一具接着一具。我们很不情愿下脚,踩中的身体还是软的,而且会陷下去,只是在黑暗中不辨其形状。那些倒在路中间的伤员也不免承受被继续匆忙前行者的皮靴踩踏的命运。

而且这种甜丝丝的味道始终阴魂不散！我的勤杂兵施密特，那个在危险的巡逻中陪着我的小个子，突然开始趔趄。我抢下他的步枪，他一开始还很不愿意。

我们最终到达了前线。前线的士兵都紧紧地缩在洞里，当他们听到换防的人到来之后，高兴得嘶哑的声音都颤抖起来。一名巴伐利亚的预备军官没说几句话就把这段阵地交给了我，还给了我一把信号枪。

我们排的阵地段是团阵地的右翼，由一段平坦、但是被炸出道道沟壑的峡谷般路段构成，从吉耶蒙左侧、更近是从特罗纳森林①右侧深入开阔地带几百步。右侧的部队是步兵第七十六团，我们之间隔着一块五百步宽的地带，因为火力过于猛烈而无人驻守。

那位巴伐利亚的预备军官突然就不见了，我于是手里拿着信号枪，孤零零地站在这块不知底细的地带中间，遍布弹坑的地面被笼罩在贴地而不消散的烟雾中，恐怖而神秘。在我身后响起了某种微弱而令人不安的声音，我奇特地保持了清醒，发现声音来自一具巨大的、正在腐烂的尸体。

由于我连敌人大概在什么方位都不清楚，所以我让我的人做好最坏的准备。所有人都保持着警觉，我整夜都和保里克以及两个勤杂兵缩在一个狐狸窝大小的洞里，空间大概有一立方米。

当天空逐渐泛白的时候，周围陌生的环境才逐渐显示了真容，让人吃惊不已。

---

① 特罗纳森林（Bois de Trônes）。

那道峡谷般的路段看起来只是一排巨型的弹坑,填满了军服的碎片、武器和尸体,目力所及的周边地带都被重炮掀了个底朝天。眼睛再仔细看,也找不到哪怕一根草秆。翻腾过的战斗场地令人毛骨悚然。活着的战士和尸体混在一起。我们在挖洞作掩体的时候发现尸体是一层一层堆起来的。一个连又一个连挤在一起,经受炮火攻击,死去,尸体被炮弹掀起的泥土掩盖,然后换防部队接替了阵亡将士的阵地。现在轮到我们了。

峡谷般的道路以及后面的地带遍布着德国人的尸体,英国人的尸体则四散在道路前面的地带。斜坡上,僵硬的胳膊、腿和头颈伸向空中;我们藏身的地洞前,扯断的肢体和尸体散落一地。为了避免一直看到变形的面庞,我们用大衣或帐篷遮住了一些尸体。虽然天气很热,但是没有人想到用土把尸体掩埋起来。

吉耶蒙村似乎消失得无影无踪,弹坑遍布的土地上,只有一块泛白的地方示意着曾经是白垩石房屋所在、如今却化为齑粉的地方。我们前方的火车站扭曲成一件儿童玩具的样子,再往后,德尔维尔[①]的森林已经变成木屑。

天刚刚放亮,就有一架英国人的飞机低空飞来,像秃鹫猎食一般围着我们转,而我们只能逃进自己的洞穴,窝成一团。但是观察者敏锐的眼睛肯定还是看见了我们,一会儿上面就传来间隔很短的拖长而低沉的警笛声,仿佛是某种悬浮在荒漠上空的神话动物的无情叫喊。

没过多少时间,一组炮兵似乎收到了信号。于是一枚接一枚重型炮弹呼啸着平射而来,打击力度令人难以置信。我们什

---

① 德尔维尔(Delville)。

么也做不了，只能蹲在藏身之处，偶尔点根雪茄，然后又扔掉，准备着随时被埋起来。施密特外衣袖子被一块大弹片割开了。

第三发炮弹落地威力惊人，直接把我们旁边洞里的人埋了起来。我们赶紧把他挖了出来，尽管如此，他也被土块压了个半死，脸颊陷了进去，看上去像个死人。他是二等兵西蒙。吃了这次亏以后，他变聪明了，这一天后来只要有人在敌方飞机侦察的时候离开隐蔽处，就会听到他的叫骂声，看见他从蒙着帐篷的狐狸洞缝隙伸出拳头做威胁状。

下午三点，我左边岗上的士兵过来说守不住了，因为他们的洞穴被炸塌了。我只能下死命令，让他们回到自己的位置上去。不过，我自己就身处最危险的地方，置身如此险境的人也就拥有最高的威信。

快到晚上十点的时候，我团左翼受到猛烈攻击，过了二十分钟炮火也转到了我们头上。我们马上就全部被烟尘覆盖，不过大部分炮弹都紧挨着落在堑壕的前方或后方，如果我们这条压出来的土沟也能称作堑壕的话。就在钢铁风暴席卷我们的时候，我去视察我们排负责的这段阵地。士兵们都已经上了刺刀。他们如石像般一动不动，手中握枪，伏在峡谷般通道的前壁，眼睛紧盯着阵地前方地带。偶尔，趁着照明弹的亮光，我能看见钢盔挨着钢盔，刺刀挨着刺刀，闪闪发亮，我会充满坚不可摧的感觉。我们可能会被碾碎，但是我们不可战胜。

在防守左侧的那个排，预备军官霍克——就是蒙希不走运的捕鼠人——想发射一颗白色的信号弹，却发错了，只见一颗让我方火力覆盖、阻止敌方进攻的红色信号弹咻咻冲天而起，四散开去。旋即，我方的炮兵开火了，真让人高兴。迫击炮弹一枚接一枚呼啸着由空中落下，在阵前地带炸得星星点点。尘土、令人窒息的气体和被炸起的尸体的气味混合在一起，从弹坑中散将出来。

在这一轮毁灭的狂潮退潮后,火力强度也退回了往常的水平。仅仅因为一个人出于紧张开了枪,庞大的战争机器就被激发。

霍克以前是、现在仍旧是个倒霉蛋。他在当天晚上还在上子弹的时候失手把一颗信号弹打进了自己的靴筒,因为严重烧伤只能被抬了下去。

第二天大雨倾盆。这对我们倒是好事,因为灰尘被雨水带走,嘴里的干涩感也就没那么难受,而且巨大的绿头苍蝇原本像深色的丝绒枕头一般成堆聚集在有阳光的地方,现在也被赶走了。我几乎一整天坐在我的狐狸洞前的地上,抽着烟,不顾环境恶劣而胃口大开。

第二天上午,我排的燧发枪列兵柯尼可胸部中弹,不知从哪里射出的子弹也擦伤了他的脊柱,结果他的腿也动不了了。我去看他的时候,他正躺在地洞里,镇静得就像已经和死神算清了账一样。晚上,担架员冒着炮火把他抬了下去,而担架员不得不突然隐蔽的时候,他的腿又摔断了。他死在卫生站。

下午,我排的一名士兵喊我过去观察吉耶蒙火车站方向,视线恰好越过一条英国人的断腿。千百名英国士兵正通过一条浅浅的通行堑壕急行向前,我立即命令开火,但是并不猛烈的火力未能特别引起英国人的担心。这种局面典型说明了我们双方作战手段的不对等。我们要是做同样的尝试,阵地早在几分钟之内就被炸塌了。我方连一个观测气球都没有放飞,而对面已经用三十多个明黄色的气球拴成葡萄样的一大串,把我们在这片已经化为齑粉的地带上的一举一动看得清清楚楚,立刻就能让钢雹打过来。

晚上,在我公布了口令之后,一大块弹片还嗡的一声打在我的腹部,幸运的是,这块弹片飞行已经乏力,猛地一下击中我的腰带带头,掉落在地上。我被吓了一大跳,旁边的人正把水壶递给我喝水,担心地大声喊出来,我才意识到究竟怎么回事。

天色将黑时分,两名英国取伙食的士兵出现在一排的阵地段前,显然是走错了路。他们走来时十分放松,其中一人手里拿着圆形的饭盒,另一人拎着长形的茶壶,装满了茶。两人在近距离被射杀,其中一人上半身栽进峡谷般的路里,腿还留在斜坡上。这种炼狱般的环境里,抓俘虏是几乎不可能的,怎么可能带着俘虏穿过炮火覆盖区域呢?

夜里一点钟左右,我糊里糊涂地被施密特从梦中摇醒。我一激灵,起身就抓起枪。换防的部队到了。我们把能交接的交接了一下,能多快就多快地离开了这个鬼地方。

我们还没有到达那条浅浅的通行堑壕,第一波榴霰弹就在我们中间爆炸了。一颗铅弹打穿了我前面士兵的手腕,鲜血大股喷射而出。他开始摇摇晃晃,想侧身下躺。我抓住他的胳膊,不顾他的叫喊把他拉起来,一直到战斗部队指挥官地下掩体旁边,才把他交给卫生站。

两条峡谷般的道路上情况都十分危急。我们几乎喘息不过来。我们陷入的一处谷底是最要命的角落,榴霰弹和小型炮弹此起彼伏,无休无止。钢铁风暴在我们周围"嘣!嘣!"作响,黑暗中火花闪烁如雨点般密集。呜!又是一组炮弹!我简直无法呼吸了,因为我在这之前的刹那间从越来越尖厉的啸声中判断出,炮弹下落的弹道肯定就直接终止于我身边。马上就有一枚炮弹重重地落在我的脚边,松软的土块被高高抛起。幸运的是,这枚炮弹碰巧是哑弹!

前来换防和下撤的部队在黑夜和战火中行色匆匆,有些人彻底失去了方向,因为紧张和筋疲力尽而呻吟着,中间夹杂着呼喊声、命令声,以及弹坑地带毫无希望的伤员发出的单调而拉长的救命声。我在快速经过失去方向的战士身边时给他们指路,拉出躲在弹洞里的人,呵斥想趴倒的人,不停地喊我自己的名字以集中队伍,就这样,我把我的排奇迹般地带回了孔布勒。

我们还要穿过萨伊①和当地辖区的农庄,到埃努瓦②森林里去露天扎营。这时候我们完全显现出精疲力竭的样子了。我们垂着头昏昏沉沉地沿着路前行,经常被汽车或者运输弹药的部队挤到一边。我敏感到病态地坚持认为,疾驰而过的车辆就是为了激怒我们才这么沿着路边开,不止一次下意识伸手去摸手枪。

行军抵达目的地之后,我们还要支帐篷,然后才能在硬邦邦的地上躺下。我们在林间宿营的这段时间,雨水异常充沛。帐篷里的干草开始霉烂,很多人病倒。我们五名连级军官倒是不在意潮湿,每晚都坐在行李箱上,聚在一起喝不知道从哪里找来的大肚瓶装的葡萄酒。在这样的情况下,红酒就能治病。

就在这么一天晚上,我们的尖刀兵在反进攻中攻下了莫勒帕③村。双方炮兵在广阔地带上对轰的时候突遭雷雨,简直就像荷马笔下的神人大战,天怨地怒。

三天后,我们又撤向孔布勒,我和全排分到四间地下室。地下室是用白垩石块修建的,狭窄,细长,穹顶呈桶形,这让人觉得很安全。地下室的前主人似乎是葡萄酒农,至少我可以用这种

---

① 萨伊(Sailly)。
② 埃努瓦(Hennois)。
③ 莫勒帕(Maurepas)。

原因解释地下室墙体内为什么会砌一些小壁炉。我先派好岗哨，然后才躺在床垫上舒展身体——前面的人给我们留下了很多床垫。

第一个早晨比较平静，我于是在毁坏了的园子里稍稍转了转，在果架上偷采了很多可口的杏子。我穿来穿去，走进一幢四周种满高高树篱的屋子，屋主肯定是一个美丽的旧物爱好者。室内墙上挂满了绘着图案的碟子、圣水盘、铜蚀画和木刻的圣人像。巨大的橱柜里堆着旧的瓷器，考究的皮面精装书被扔在地上，其中有一本珍贵的旧版《堂吉诃德》。所有的这些财富都在破败下去。我很想拿一件东西作为纪念，只不过这就像鲁滨孙拿着金块一样，这些东西在这里是毫无价值的。比如在一家作坊里，精美的丝绸一大捆一大捆地烂掉，无人过问。一想到弗雷吉库尔农庄附近的战线阻断了这片土地，就没有人会想拿这些多余的行李。

我回到驻地的时候，大家也已经在园中探寻完毕，用肉罐头、土豆、豌豆、胡萝卜、洋蓟以及多种蔬菜烧了一锅汤，汤勺居然能够立着插在汤里。吃饭的时候，一枚炮弹打进屋里，三枚落在附近，没有更多地打扰我们。经历过这么多场面之后，我们已经十分麻木了。屋内肯定发生过血肉横飞的事情，就在居中的房间里，堆成山的垃圾上立着一具草草刻就的木十字架，上面刻着一列人名。第二天中午，我从瓷器收藏者的屋内找来一本法语《小报》①的插图增刊，然后我坐在一间完好无损的房间，用家具在壁炉里生了一个小火，开始看报。我很多次不得不摇头，因

---

① 《小报》(*Le Petit Journal*)是出版于1863年至1944年的法国主要日报之一，也是十九世纪末法国最早发行量突破百万份的报纸和当时世界最有影响的媒介之一。

为我拿到手的几期都是在法绍达事件①时期出的。在我读报期间,我们的房屋共遭受了四次炮击,而且间隔时间是固定的。大概在七点钟,我翻过最后一页报纸,走进地窖入口前的房间,我的人正在一个小炉子上做晚餐。

我还没在他们中间站稳脚跟,屋门前就传来一种尖锐的响声,同一时间,我感到左侧小腿受到了重击。我发出一声古老的战士呼喊:"我喝高了!"嘴里还衔着烟斗,就顺着地窖的台阶跳了下去。

马上有人点了灯,查看我的伤情。我如同往常遇到这种局面一样,让别人向我报告情况,我自己盯着屋顶,而不愿意看自己的伤口。绑腿上绽开一个豁口,一股很细的血线射出,落到地面。另一面,皮肤下鼓起一块圆乎乎的榴霰弹铅弹。

诊断结果很简单:这是一个典型的可以回家休养的枪伤,不轻也不重。不过如果谁要是想及时赶上回德国的车的话,这也是最后的"擦破皮"的机会。这颗铅弹打中我可真是巧妙,因为那枚榴霰弹是在我们院子砖砌的围墙外面地上爆炸的。一枚炮弹还把围墙炸出一个圆形的洞,洞前有一盆夹竹桃。也就是说,打中我的铅弹先是从炮弹炸出的洞飞进来,然后穿过夹竹桃的枝叶,飞过院子,飞进屋门,在门廊里站着的那么多条腿里找到了我的腿。

战友们给我草草地打上了绷带,抬着我穿过枪弹乱飞的街

---

① 法绍达(Faschoda)如今是南苏丹地方科多克(Kodok)的旧称,在十九世纪末曾经是英法在非洲殖民政策的冲突点。英国企图打通非洲的南北交通和势力范围,而法国企图控制从西非到东非的地区。1898年,法军和英军在法绍达对峙,两国舆论沸腾,但双方最终通过外交手段解决了争端。法绍达事件也可以被看做一战前英法结为协约国的前奏。德国当时在非洲的主要对手是法国,因而在法绍达事件中支持英国的立场。

道,直接把我放在收尸房的手术台上。赶紧跑过来的卫铁少尉扶着我的头,我们的少校医官用手术刀和剪子取出了铅弹,还向我表示祝贺,因为铅弹正从我胫骨和腓骨之间穿过,而居然没有伤到骨头。"书和子弹有它们自己的命运"①,这位老的大学生社团成员用拉丁文戏谑道,伤口包扎他交给了卫生兵。

我在停尸房一角的担架上一直躺到天黑,然后来了很多我手下的人,这让我很高兴。他们来和我告别。还有艰苦的战斗等着他们。我很尊敬的封·奥鹏上校也来看望了我。

晚间,我和其他伤员被抬到出城的路口,在那里被转到救护车上。司机根本不顾乘员的叫喊,不顾弹坑和其他障碍,在弗雷吉库尔农庄附近始终处于重火力射击下的道路上一路狂奔,最终把我们交给下一辆车,由后者把我们运到莱凡②村中教堂。我们半夜里在一群孤零零的房子旁换车,一名医生检查我们的包扎情况,决定我们的去留。我发着烧,迷迷糊糊的印象中有一个还算年轻、但是满头白发的人非常小心地处理着伤口。

---

① 原文似拉丁文("Habent sua fata libelli et balli"),前半句出自公元二世纪古典语法学家 Terentianus Maurus 的一首诗,原句为"Pro captu lectoris habent sua fata libelli"(按照读者的理解能力,书有它们自己的命运),后简化成为常为人引用的警句:"Habent sua fata libelli"(书有自己的命运),1888年成立的德国书业协会即以此作为箴言。在小说中,军医在句后加了"et balli"即连词"和"与一个主格名词复数"balli",按拉丁语规则推断其主格单数应为 ballum 或 ballus,但是拉丁文并没有这些词。所以,这里的 balli 可能是军医根据"Ballistik"(掷弹)或法语的"balle"(子弹)——毕竟当时战争是在法国境内——用排比、押韵的结构仿造前面 libelli 的词形造出来的玩笑话。本书的英文译本也采用了"子弹"的说法("Books and bullets have their own destinies"),见:Ernst Jünger, *Storm of Steel*, translated with an introduction by Michael Hofmann, Penguin Books, 2004。
② 莱凡(Fins)。

莱凡的教堂安置了数百名伤员。一名护士告诉我,这个地方在过去几个星期一共护理和包扎了三万多名伤员。在这个数字面前,我这个可怜的腿部中弹实在不值一提。

我和其他四位受伤的军官被从莱凡村送到了一处野战医院,设在圣康坦①的一处市民家庭房屋内。当我们被抬下车的时候,全城所有的窗玻璃都在颤抖。就在此刻,英国人在投入全部炮兵最大限度的火力攻击下夺取了吉耶蒙村。

旁边的担架被抬下车的时候,我听见一个毫无声调变化的声音,令我难以忘怀:

"请马上去医生那儿——我病得很重——我得了毒气炎。"

这个词指的是一种非常恐怖的血液中毒,受伤之后发病会致命。

我被抬进了一间有十二张病床的房间,病床一张接一张,以至于房间里好像充斥着雪白的枕头。多数人都是重伤员,房间里人来人往,我发着烧,对周遭的一切感觉如堕云里雾里。比如我刚到没多久,一个头部绷带裹得像缠头一样的年轻人就从床上跳起来,开始演说。我以为这是一个奇特的玩笑,因为他在众人眼前崩溃得就如同他跳起来一样突然。在一片压抑的沉默中,他的床通过一道暗色的小门被推了出去。

我旁边躺着一位工兵军官。他在堑壕里踩到了一个爆炸物,爆炸物一经接触就喷出一条长长的火焰。他的脚被火焰烧残,罩在一个透明的纱布罩子下面。他的心情还很好,也很高兴我乐意听他唠叨。我的左侧,一名年纪很小的上士正在被喂食红酒和蛋黄,他已经虚弱到了能够想象的最后程度。护士要是给他铺床,就把他像羽毛般拿起来,透过他的皮肤能够看见人

---

① 圣康坦(Saint-Quentin)。

体内的所有骨头。护士晚上问他想不想给父母写一封亲切的信,我就预感到会发生的事情了。果然,他的床当天夜里就从那道暗色的门被推去了停尸房。

第二天中午,我已经躺在野战医院军列里前往格拉①。在格拉军营野战医院,我受到了极佳的护理。一个星期以后,我就能趁着晚间溜出去,但是必须注意不能碰到主治医生。

在这里,我把我当时仅有的三千马克认购了战争债券,此后再也没见过它们。当我把表格拿在手里的时候,我想起了当时打错了的信号弹引起的美丽焰火,这个壮观的景象肯定不是少于一百万就能得到的。

我们再次回到令人恐惧的峡谷般的道路,去看一下这场大戏收尾的最后一幕。我们的根据是为数不多的幸存伤员的叙述,尤其是我的勤杂兵奥托·施密特的叙述。

我受伤后,我的副手预备军官海斯特曼接替我出任排长,就职后没几分钟就带领全排进入吉耶蒙遍布弹坑的地带。最后全排几乎在火光冲天的厮杀迷宫中消失得无影无踪,只有少数人在未进入阵地前就中弹或者竭尽所能回到了孔布勒。

在换防下来之后,我们排又重新入驻了熟悉的狐狸洞。在此期间,我们右翼的漏洞已经被不间断的毁灭性炮火扩大到无法忽视的地步了,左翼也出现了漏洞,以至于整个阵地就像一个被凶猛的炮火洪流包围的孤岛。这么看来,我们负责的这段阵地更像是由一个个类似的或大或小的、逐渐消失的岛屿组成。进攻方会发现我们防守网的经纬线已经过于稀疏,无法再抵挡进攻了。

---

① 格拉(Gera),今德国图林根州城市。

这一夜就在这种不断滋长的不安中过去了。黎明时分,七十六团的一支两人巡逻小分队经过无尽的努力后,终于摸到我们阵地。他们马上就在火海中再度消失,我们与外界的联络也随之中断。攻击阵地右翼的炮火越来越猛烈地蔓延到我们这里,慢慢地把缺口越扯越大,抵抗的据点一个接一个被消灭。

早晨六点钟左右,施密特想吃早餐,就去拿我们储藏在旧狐狸洞前的炊具,但是只找一块被碾平、又被打成筛子的铝皮。不一会儿炮击又开始了,而且越来越猛烈,这只能是马上要发动进攻的绝对前兆。天上出现了飞机,就像俯冲的秃鹫一般,开始低空绕圈。

海斯特曼和施密特两人挤在一个小得可怜的地洞里,这个地洞有如奇迹般一直坚持到现在。他们知道,做好准备的时刻到来了。当他们迈入满是烟尘的峡谷般路段时,发现自己孤立无援。夜里的炮火已经把他们和右翼之间仅存的可怜工事全部夷平,里面的守兵都被埋在了坍塌的土堆下面。在他们的左手方向,峡谷般路段的边缘也没有了守军。包括一个机枪位士兵在内的残存守军挤在一处狭窄的地下掩体内,大概位于峡谷般路段的中部,掩体顶上只有木板和薄薄的土层覆盖,有两个入口,整体挖在后方的斜坡之下。海斯特曼和施密特也试图进入这个最后的藏身地。还在半路上,海斯特曼就消失了,他这一天正好过生日。他落在一个拐弯后面,再也没人见过他。

唯一一个成功从右侧接近掩体的人,是一名脸部缠着绷带的二等兵,他突然扯下绷带,鲜血喷涌在别人身上和武器上面,接着就倒下死去了。与此同时,火力的猛烈程度仍旧在不断加大,人满为患的掩体内早已无人说话,每时每刻都有被击中的可能。

再往左,三排还有几个人硬是窝在弹坑里,而阵地正从右侧——也就是此前的缺口、现在早已扩大为显而易见的溃堤口——被彻底碾碎。这些士兵也是最早与英国突击队接战的人，后者在最后一波炮火集中打击之后突破进来。无论如何，他们首先听到了左侧发出的叫喊声，提醒他们敌人已经到来。

最后一个进入地下掩体的施密特因为坐得离出口最近，所以第一个冲了出去，进入峡谷般的路段。他一脚踩进一颗正在喷射的炮弹弹筒。透过四散的硝烟，他马上就看见右侧在我们过去的狐狸洞——那个曾经忠诚地庇护了我们的狐狸洞——前蹲着几个卡其色的人。就在同一时间，敌人以密集队形突入了我方阵地左部。因为峡谷般路段太深，所以看不到前面斜坡之外发生了什么事情。

在这个令人绝望的局面下，掩体内又冲出几个人，最前面的是预备军官西维斯，拿着一挺还完整无缺的机枪，随后冲出的是机枪瞄准手。两人瞬间把武器架在峡谷般路段的地面上，瞄准了右侧的敌人。就在瞄准手握住弹链、手指放在装弹机柄上的刹那，从前面斜坡上翻滚下来几颗英国人的手雷。两名射手还没来得及从枪管里发射出一颗子弹，就在机枪边倒下了。从掩体里接着出来的士兵都被枪弹射倒。片刻之间，阵亡士兵的尸体在两个出口前堆成了两个环形。

施密特在第一波手榴弹爆炸中就倒地了。一块弹片击中了他的头部，另外一块弹片削掉他三根手指，他脸朝地倒在掩体附近。掩体还被枪弹和手榴弹激烈地攻击了好一会儿。

最后终于安静了下来，英国人把这一部分阵地也占领了。施密特，这个峡谷般路段上也许最后一个活人，听见了脚步声，这意味着进攻者靠近了。紧接着响起了枪声、炸弹和毒气炸弹的爆炸声，贴着地面回响，掩体也随之化为齑粉。尽管如此，还有几个幸存者晚上从掩体里爬了出来，他们躲在了一个受到遮挡的角落。英国人的突击队抓的俘虏大概就是这几个人。英国的担架员把他们集合起来,带了回去。

接下来,当包围圈在弗雷吉库尔农庄附近收紧之后,孔布勒也失陷了。最后的守军在炮火攻击时藏身在地下墓穴里,然后在争夺教堂废墟的战斗中阵亡。

这一地区就此安静下来,直到被我们在一九一八年春天再度攻占。

在圣皮埃尔瓦斯特*森林

我在野战医院住了十四天,又休了一个同样长的假,然后才回团报到。团阵地在德努①附近,离我们熟悉的大道不远。我抵达之后,我们团只在当地停留了两天,又去古老的阿通沙泰勒山村待了同样的时间。然后我们从马尔拉图火车站坐车再度前往索姆河地区方向。

我们在博安②下车,下榻在布朗库尔③。这个地区的居民都是农民,不过几乎每户人家都有一台织布机。我们以后还会经常接触这个地区的。

我被分到一对夫妇家里住宿,他们有一个相当漂亮的女儿。屋子有两个房间,我们共用,晚上我必须穿过这家人的卧室。

这家的父亲在我入住的第一天就请我替他给当地的指挥官写一封控诉书,因为一个邻居掐着他脖子,一边揍他,一边还大喊:"求我原谅!"以死亡威胁他。

一天早晨,我正要出门上岗,这家的女儿从外把我的门关上了。我以为她这是在开玩笑,所以就从我那面用力顶门,结果我

---

*   圣皮埃尔瓦斯特(Saint-Pierre-Vaast)。
①   德努(Deuxnouds)。
②   博安(Bohain)。
③   布朗库尔(Brancourt)。

们一起用力的结果就是门从轴里脱了出来,我们俩还顶着门在屋里走来走去。突然,两间房间之间的隔墙也倒了,这位漂亮姑娘原来像夏娃一样没穿衣服,这让我们两人非常尴尬,但是姑娘的母亲却乐不可支。

我还从来没有听到其他人能像布朗库尔的罗丝女士这么灵巧地骂人,她在回应女邻居指责她曾经在圣康坦的某条街上过班时说:"啊,这个李子,这个烂土豆,扔在屎上,就是烂土豆中最烂的那一颗!"①她一边言辞喷涌,一边像伸爪子一般举着双手在房间里来回奔走,却没能找到发泄怒火的对象。

这个小地方的风格有点像雇佣兵的生活。有一天晚上,我想去找一位战友,他住在之前提到的女邻居家里,那是一位举止鄙俗的佛莱芒美女,名唤露易丝夫人。我直接穿过园子,透过一扇小窗户看见露易丝夫人正坐在桌前,还享受着一大壶咖啡。室门突然打开,寄居在这户舒适居所的房客就像夜游者一般踏进室内,而且让我惊讶的是,他的穿着也不是应有的体面。他没有说话,拿起咖啡壶,直接把壶嘴对着自己的嘴,准确地灌了一大口咖啡。然后他还是一言不发地转身走出了房间。我感到自己不应该打扰这个田园牧歌的场面,于是悄悄地离开了。

当地的民风很是开放,这与此地的乡土气质形成奇异的反差。这可能同当地的纺织作坊有关,因为无论在城里还是在乡间,有纺机的地方就会有不同的气质,不同于打铁之类的地方。

我们按连队分散住在不同的地方,晚上能聚在一起的人就不多。我们这个小圈子一般是由二连连长博耶少尉、海尔曼少尉——他是一名阴阳怪气的战士,战斗中被打出一只眼珠子、上士格尔尼克——他后来加入了所谓的"巴黎轰炸队",还有我组

---

① 原文为法文,文风近乎乡间俚语。

成。每天的晚餐都是盐水煮土豆加牛肉罐头,饭后围坐在桌前打牌,再来几瓶"波兰骑士"或者"绿橙"酒。在这里,一般是海尔曼开头说话。他属于那种什么都不服的人,他住的房子只有第二好,受的伤只有第二重,或者参加过的葬礼规模也只有第二大。只有他的家乡上西里西亚诗歌例外,那里有世上最大的村庄、最大的火车货运站,以及最深的矿井。

在即将开始的战斗中,我的作用是侦察指挥员,手下能指挥两名下士和四名师里的侦察兵。我并不喜欢这种特别的任务,因为我在自己的连队就像在一家人中间一样,所以我不喜欢在大战到来之前离开连队。

十一月八日,我营冒着倾盆大雨前往贡内略①村,居民早已弃村而逃。侦察队在村中受命前往利耶拉蒙②,接受师情报军官博科尔曼上尉的领导。上尉带着我们四名侦察指挥员、两名观察军官以及自己的副官住进了敞阔的牧师宅邸,大家分配了房间。在刚开始的一天晚上,我们在书房里就刚刚公布的德国的和平建议展开了长谈。最后博科尔曼说,战争期间必须禁止士兵哪怕仅仅提一下"和平"这个词。他以此结束了谈话。

我们的前任带我们熟悉师的阵地。我们每夜都必须向前进。我们的任务是,了解各处形势、检查电话线、到处拍照,以便紧急时刻能够迅速给部队下达指令,以及执行特殊任务。分给我的工作区域是位于圣皮埃尔瓦斯特森林左侧、"无名林"之前的地段。

夜间的大地泥泞而荒芜,经常已被猛烈的炮火彻底翻透。时常会有黄色的火箭升空,在空中炸开,下起一阵火雨,颜色让

---

① 贡内略(Gonelieu)。
② 利耶拉蒙(Lieramont)。

我想起中提琴的声音。

就在第一天夜里,我在伸手不见五指的黑暗中迷失了方向,几乎淹死在托提耶①河的沼泽里。这里有很多未知的角落。就在前一天夜里,一辆蒙着车篷的弹药车还在沼泽里消失得无影无踪,沼泽面之下有一处巨型的弹坑。

在逃脱了这荒郊野外之后,我试着进入无名林,林子四周不停地受到炮击,虽然并不猛烈。我几乎是毫不担心地朝无名林方向走去,因为我从炮弹落地的低沉声中判断,英国人是在问这里发射过期的炮弹。突然,一小股风送来了洋葱的甜味,同时我听到林中传来一阵声音:"毒气,毒气,毒气!"这种从远方传来的呼声听起来很奇怪,又细微又尖厉,就像听蟋蟀叫一样。

第二天早晨,我听说就在我昨天在林子里的时候,较重的碳酰氯烟顽固地附着在地面灌木里,毒死我们很多人。

我眼中流着泪,防毒面具的镜片模糊一片,什么也看不见,我踉踉跄跄朝沃②的林子方向往回跑,从一个弹坑跌入下一个弹坑。这一夜如鬼魅一般孤独,住处的空旷和拒人千里又加重了孤独感。当我在黑暗中遇到岗哨或者走散迷路的士兵时,我会产生一种不是和人,而是和鬼说话的冰冷感觉。人们在一个巨大的垃圾场上游荡,远在已知的世界边缘之外。

十一月十二日,我第二次去前方执行任务,检查弹坑阵地间的电话线,希望自己走好运。我沿着隐藏在地洞里的一连串继电站,摸向我的目标。

弹坑阵地果然名副其实。朗库尔③村前的山背上分布着无

---

① 托提耶(Tortille)。
② 沃(Vaux),比利时地名。
③ 朗库尔(Rancourt)。

数弹坑,零零星星有人占据,子弹呼啸着在上空横飞,荒凉而令人恐惧。

过了一阵子,我找不到成串的弹坑了,就往回返,以防在法国人那里自投罗网。其间我遇到一位认识的人,这位一六四团的军官提醒我不要在天快黑的时候继续在外面停留。所以我急忙穿过无名林,在深深的弹坑、连根拔起的树干、掉落的树枝迷魂阵之间跌跌撞撞。

走出林子边缘,天光也比之前亮。遍布弹坑的地带在我眼前展开,没有丝毫生气。我停顿了一下,因为无人地带在战争中始终是令人怀疑的。

突然,一名射手从暗处开枪,击中了我的双腿。我卧进就近的弹坑,用手帕扎住伤口,因为我又忘记带卫生包。一颗子弹穿透我右腿小腿肚,擦伤了左腿。

我异常小心地爬回林子里,从那里一瘸一拐地穿过被炮火摧毁的地带,奔向卫生站。

就在这之前,我又经历了一件事,说明小事情如何在战争中决定运气好坏。大概离我要去的交叉路口一百米远的地方,正在挖掩体的部队的指挥官喊住了我,我们曾经一起在九连共事。我们还没说一分钟话,一枚炮弹就落在路口正中间,如果我不是因为这次偶遇,很有可能就被炸死了。这些事情我们不认为是意外。

天黑后,我被人用担架抬到努尔卢①,博科尔曼上尉驱车来接我。乡间道路位于敌方的探照灯照射之下,司机突然刹住车。道路被一堆黑乎乎的障碍物挡住了。"不要看!"博科尔曼一边用胳膊抱着我,一边对我说。路中间是一个班的步兵,刚刚和班

---

① 努尔卢(Nurlu)。

长一起被炮弹击中,全体阵亡。这些战友们就像平静地入睡了一般,死也死在一起。

我还在牧师屋里加入了晚餐,我的参与至少体现在被放在公共房间的沙发上,享受了一杯红酒。这种舒适的状态马上就被打断了,因为利耶拉蒙接到了每晚的炮火祝福。对于整个地方的覆盖性轰炸令人尤其不快,我们在听到几次钢铁信使的呼啸声以及随后在园子里或房梁上的爆炸声后,急忙挪身进入地窖。

我是第一个被裹在被子里拖到下面去的人。当夜,我就被送进维勒雷①战地医院,然后又转送进瓦朗谢讷野战医院。

野战医院设在火车站附近的中学里面,一共接收了四百多名重伤员。每天都会有一列尸体在低沉的鼓声陪伴下离开宽阔的门厅。战争的所有伤痛都集中在宽大的手术室内。手术台摆成一排,医生从事他们血淋淋的工作。这边锯掉一个肢节,那边凿开一个头颅,或者硬行解开已经血肉相连的绷带。在毫无同情之心的灯光覆盖下,全屋呻吟和痛苦的叫喊响成一片,穿着白衣的护士忙碌地拿着器械或包扎材料从一个手术台跑向另一个手术台。

我的邻床是一名预备军官,他少了一条腿,而且在战斗中血液严重中毒。他忽冷忽热,体温烧得如脱缰野马。医生试图用香槟酒和樟脑来维持他的性命,但是生死的天平还是越来越明显地倾向于死亡。奇怪的是,他虽然已经不省人事好几天了,但是在死亡的那一刻居然彻底清醒过来,最后还做了一些安排。比如,他请护士给他念《圣经》中他最喜欢的章节,然后他用道歉向我们所有人告别,他为自己经常在夜间因高烧发作打扰了

---

① 维勒雷(Villeret)。

大家休息而请求大家原谅。最后,他还想让腔调听得好笑一些地念念有词:"还有点面包吗,弗里茨?"然后没几分钟就死了。最后这句话说的弗里茨是我们一个上了点年纪的护工,我们经常学他的方言说话。这句话之所以让我们无法平静,是因为这是一句将死之人还试图逗我们开心的话。

在野战医院的这一段时间,我有些抑郁,也许是因为我回想起了那种寒冷,那片泥泞,我在那里中弹倒下。每天下午,我都沿着河岸一瘸一拐地走,荒凉的运河两岸,杨树已经落光了叶子。我尤其郁闷的是没能参加我们团对圣皮埃尔瓦斯特森林发起的冲锋——这是一次极其漂亮的战斗,我们抓了几百名俘虏。

过了十四天,伤口差不多已经愈合了,我马上回到了部队。我们师的阵地没变,还在我受伤后离开的地方。我们的列车进入埃佩伊①的时候,外面传来一阵炸弹落地的声音。变形的货车车厢废墟四散在铁轨边,说明这里曾经有过一场鏖战。

"这儿怎么了?"我对面坐着的上尉问道,看起来他刚刚离家来到前线。我没有回答他的问题,而是猛地打开了车厢门,跳到火车沿线的防护坝后面隐蔽起来,我们的车还继续朝前行驶了一段。幸运的是,这次炮击也是最后一次。我们一行人无人受伤,只有从运牲口的车厢中拖出一些流血的马匹。

由于我还不能很好地行军,所以得到了一个观察指挥员的岗位。观察哨位于努尔卢和穆瓦兰②之间山的下坡。哨位上安有一个剪式望远镜,我可以用来观察我熟悉的前沿阵地。如果出现火力猛烈、发射了彩色照明弹或者特殊情况,我们需要用电话通知师里。很多天里,我就这么冒着十一月的浓雾,在望远镜

---

① 埃佩伊(Epéhy)。
② 穆瓦兰(Moislains)。

后面缩在小凳子上瑟瑟发抖,最多的调剂也就是试试电话线路通畅与否。如果电话线被打断了,我就必须让清障部队去接好。清障部队的工作我此前在战场上几乎都没有注意过,现在我发现这些不为人知的人是一种在死亡地带工作的特殊工人。其他人一般都急着避开受轰炸的地带,但是清障部队却立即前往展开工作。无论白天还是黑夜,他们总是寻找冒着热气的弹坑,把两根线头重新接在一起。这份工作看起来好像没什么大不了,实际却十分危险。

观察哨与周遭环境相比并不显眼。外面只能看见一个狭长的开口,而且半藏在长满草的土包下面。偶尔才有炮弹落在近处,我于是可以在安全的藏身处清楚地观察每个人和小分队的行动,要是我自己穿过受轰炸的区域,可能就很少会观察这些。尤其在晨曦时分或者夕阳西下的时候,周遭环境有时就像动物繁多的大草原。每看到按固定间隔受轰炸的地方又有新的炮弹飞来,然后突然坠地,再以高速四散开来,我就不由自主地想起和险恶的大自然进行比较。这种印象之所以特别强烈,是因为我是作为指挥人员向前方伸出的触角得以安静地观察一切行动。实际上,我除了等待进攻发起的时刻之外什么也没做。

每隔二十四小时有另一位军官来换岗,我就可以去附近的努尔卢休息一下,驻地设在一处很大的酒窖里,还算比较舒服。有时候,我还会回忆起这年十一月在圆筒状的地窖拱顶下度过的漫漫长夜。我一个人在壁炉前抽着烟斗,思绪万千,而室外一片废墟的公园内,深秋的浓雾在光秃秃的栗树上凝结成水滴,偶尔有一滴落下,回声打破周遭的宁静。

十二月十八日,我们师解散,我又回到驻扎在大弗雷努瓦①

---

① 大弗雷努瓦(Fresnoy-le-Grand)。

村的团里。我接替去休假的博耶少尉指挥二连。我们团在弗雷努瓦①有四周的清闲时间,所有人都努力享受这难得的时光。圣诞节和新年我们是在连队组织的庆祝活动中度过的,大家痛饮啤酒和格洛格酒。二连里只剩五个人曾经和我在蒙希的战壕里共同庆祝过去年的圣诞节。

我、格尔尼克上士和我弟弟弗里茨三人占据了一间大的起居室和两间卧室,房子本属于一位法国普通的退休老人,而弗里茨是作为预备军官来团里六周。我在这里再度可以放松,经常天亮才回屋。

一天早晨,我还在床上睡得昏昏沉沉,一名战友进来唤我去上岗。我们一边闲聊,他一边随手拨弄我一般都放在床头柜上的手枪,结果一发子弹擦着我的脑袋而过。我在战场上见过很多因为不小心走火而导致的致命伤,这种意外尤其令人恼火。

第一周,桑塔格将军前来视察,他表彰了我们团在攻克圣皮埃尔瓦斯特森林中的战绩,颁发了很多荣誉勋章。当我率领二连以阅兵正步接受检阅时,我觉得看到封·奥鹏上校向将军报告我的情况。几个小时以后,我奉命前往司令部,将军亲自授予我一等铁十字勋章。这令我喜出望外,因为我本来是怀着被教训一顿的准备奉命来到司令部的。"您习惯性地受伤,"将军向我致意道,"所以我想到给您带点补偿。"

一九一七年一月十七日,我从弗雷努瓦被派到拉昂②附近的锡索讷③部队训练场,参加四周连级指挥员培训课程。我们部门的领导冯克上尉把培训组织得让人十分舒服。这也是他的

---

① 弗雷努瓦(Fresnoy)。
② 拉昂(Laon)。
③ 锡索讷(Sissone)。

长处,他擅长从一大堆繁文缛节中抽出简要的基本原则,这种方法不管在哪个领域使用都始终有效。

培训期间的伙食却相当差劲。土豆很难见到,每天当我们在巨大的餐厅打开碗盖的时候,都只能看到水汪汪的煮黄心萝卜。没过多久,我们就实在没法再看这个地里长的果实一眼。而这种萝卜的味道实际比它的名声好——当然前提是要和一大块猪肉一起炖,胡椒也不能少。而这些东西自然是没有的。

索姆河大撤退

一九一七年二月底,我又回到团里接掌八连,当时我们团已经于几天前在维莱尔①和卡博内勒②一带的废墟附近进入了阵地。

进入战壕的路在索姆河流经的低地蜿蜒,满眼荒芜,令人不寒而栗。河上本有一座老桥,但是已经基本被毁。其他接近的小路都是在低地中的沼泽里垒出来的小土坝,在这些路上走就必须人跟人,穿过广阔而沙沙作响的芦苇带,越过无声而闪光的黑色水面。要是在这些地方有炮弹落下,淤泥呈柱状四溅,或者机枪的子弹飞过沼泽地来,那么我们只能咬紧牙关,因为我们就像踩着绳子向前走,两侧全无遮拦。所以,当我们每次看到对面高高的河岸上还有一些被炸得奇形怪状的火车头停在铁轨上——这标志着我们道路的终点,都会感到一阵轻松。

在河边低地有两个村庄,布里③村和圣克里斯特④村。塔楼仅残存一堵窄墙,月光从窗户射入,黑乎乎的废墟成堆,上面木梁横七竖八,开阔的雪地布满黑色的弹着点,间或有些完全没有了枝叶的树木点缀在路两边,就像僵硬的金属色泽的布景。

---

① 维莱尔(Villers)。
② 卡博内勒(Carbonnel)。
③ 布里(Brie)。
④ 圣克里斯特(Saint-Christ)。

布景背后,这块土地上令人不安的东西似乎正在伺机而动。

在经过一段非常泥泞的时期之后,战壕刚刚临时修好。班长们告诉我,有一段时间他们只能靠发信号弹来完成换岗,以便不冒被淹死的危险。从战壕斜射出的信号弹意味着"我要换岗",另一颗从反方向发出的信号弹意味着"我来接岗"。

我的地下掩体大概位于最前线之后五十米的一个纵向堑壕里,我、人数不多的连指挥部以及由我亲自指挥的一个小分队都住在掩体里。掩体内很干燥,修建得很宽敞。两个出口都挂着帆布帘,放有小铁炉子,炉子的烟道很长,受到剧烈炮击时经常会有土块沿着烟道滚落,发出惊人的巨响。从巷道呈直角分出去很多死胡同,都是一个一个小房间。其中一间是我的寝室,里面除了一张很窄的床铺、一张桌子和几箱手榴弹之外,其余的设施都是熟悉的老东西:便携酒壶、烛台、饭盒和个人装备。

每晚,我们都在这里舒舒服服地聊上个把小时,每个人都蹲在二十五枚能爆炸的手榴弹上。经常和我在一起的是两位连级军官哈姆布洛克和艾森。我想,我们几个人在离敌人三百米远的地下聚会已经是够奇怪的了。

哈姆布洛克实际是个天文爱好者和霍夫曼①迷,经常就观测金星发表长篇大论。他声称,从地球上永远无法观察到金星最纯洁的光辉。他身材矮小,蜘蛛一样瘦,红头发,长了一脸或黄或青的雀斑,于是我们私下给他起了个绰号"古冈左拉侯爵"②。他在战争期间逐渐养成了一些古怪习惯,比如他习惯白天睡觉,而一到晚上则精神抖擞,时不时地一个人在自己人或英国人的堑壕前逡巡。而

---

① 霍夫曼(Ernst Theodor Amadeus Hoffmann,1776—1822),德国浪漫派作家,以志怪小说出名。
② 古冈左拉(Gorgonzola)是北意大利出产的一种奶酪,长有蓝绿色霉斑。

且,他还有一种做法令人不安,就是悄悄地接近在岗的士兵,然后突然擦着后者的耳朵发一颗信号弹,"来试试胆量"。遗憾的是,他糟糕的健康状况不适合打仗,所以他不久在弗雷努瓦附近受的伤虽然很普通,但是他就没能挺过去。

艾森的个头也不大,但是有点胖。他的父亲早年移居国外,因而他是在里斯本的温暖气候下成长起来的,所以他的问题就是永远冻得瑟瑟发抖。因为这个原因,他总是用一块红格子的大毛巾包着头取暖,毛巾从上包住钢盔,在下巴下打了个结。除此之外,他还有一个把所有武器都挂在身上的习惯——除了始终背着步枪,他还在腰带上挂着刀、手枪、手榴弹和一盏灯。一般人在堑壕里碰到他,一开始都会以为大概是遇到了亚美尼亚人之类。有一段时间,他还在裤兜里揣着几个球形的手雷,直到这个习惯带来了十分严重的后果,让我们有一天晚上笑翻了天。他那天本来在裤兜里摸来摸去是要摸烟斗,结果手指头别在一个手雷的引信拉环里,而且拉动了。突然,裤兜里发出一声不容误解的闷响吓了他一跳,这意味着引信即将滋滋燃烧三秒钟。他惊恐万状地试图把手雷拽出裤兜、扔过掩体,但是裤兜里的物件缠作一团,要不是神话般地走运——偏偏这颗手雷是哑弹,估计他早已粉身碎骨了。他吓得几乎动弹不得,汗流浃背,发现自己捡回了一条命。

不过,他实际上也只是赢得了短暂的时间,因为几个月以后他就在朗格马克①的战斗中阵亡了。而且他也必须靠意志弥补

---

① 朗格马克(Langemarck),比利时佛兰德地区地名,第一次世界大战的著名战场。1914年10月和11月第一次佛兰德战役中,德军士兵以青年志愿军为主,成就了德军战史上的"朗格马克神话";1917年8月规模空前的第三次佛兰德战役中,英军和法军在朗格马克进攻德军。1940年秋季法国投降后,德国曾经在第一次世界大战的著名战场凡尔登和朗格马克士兵公墓举行军事仪式,象征性地宣告一战结束。

身体的不足,他既近视又弱听,我们不久后在一次小战斗中发现,他必须要自己人把他对准敌人的方向,才能够参加战斗。

不管怎么说,体质弱的人要比体质强的胆小鬼好多了。在这个阵地的几个星期之内,我们一再发现这一点。

如果可以把这段前线称作安静的话,那么时不时重重砸到堑壕上的猛烈火力还是会提醒我们,这里不缺炮火。英国人的好奇心也相当重,所以他们没有一个星期不派小型侦察队或使诡计或硬碰硬地试图一探我方究竟。我们有时会说起大型的"超物资战",我们在春天的体验,将会让我们去年所经历的索姆河会战看起来就像闲庭信步。为了对第一波冲击形成缓冲,我们准备进行大幅度撤退。我来讲讲在此期间我的几件亲身经历:

一九一七年三月一日。下午,因为天气晴朗,所以交火频繁。对手尤其在侦察气球的配合下,一轮重炮把三排的阵地段完全碾为平地。为了补全阵地形势图,我在下午蹚水穿过完全被水淹没的"无名堑壕"前去观察。路上,我看见前方一个巨大的黄色太阳落向地面,垂直拖着一条长长的黑烟。原来是一架德国飞机接近了那只拴在地面的侦察气球,这个讨厌的东西在射击下起了火,地面的防空炮火如影随形,我们的飞机急转弯,幸运地躲开了。

晚上,二等兵施瑙来向我报告,他们四天以来一直听到他们班的掩体下面有凿地的声音。我把这个情况报告上去,上面派来一个工兵队,带有监听器材,但是他们没能发现任何可疑的情况。后来听说,当时我们所有阵地下方已经被挖空埋上了地雷。

三月五日,一个英国巡逻队在清晨时分接近我们堑壕,开始剪铁丝网。在听到一个在岗士兵的报告后,艾森赶紧带着几个人跑了过来,扔了几枚手榴弹,进攻者赶紧掉头逃跑,丢下两个人。其中一名年轻的少尉马上就死了,另一名中士胳膊和腿受了重伤。死者的军官证表明他姓斯托克斯,隶属皇家蒙斯特①燧发枪二团。他衣着十分体面,因死亡而变形的面庞聪明而充满能量。在他的笔记簿里,我看到很多伦敦姑娘的地址,这触动了我。我们把他葬在堑壕后方,给他立了一个简易的十字架,我让人用鞋钉在十字架上钉出他的名字。从这个经历中,我发现不是每次巡逻都像我迄今为止所经历的一般能够善始善终。

第二天早晨,英国人在短暂的炮火准备之后以五十人进攻隔壁连队的阵地,该段阵地的指挥官是莱因哈特少尉。进攻者先是悄声前进到铁丝网前,一个人用衣袖上固定的擦火片擦出亮光作为信号,让英国人停止机枪射击,同时他们朝我方堑壕扔出了所有的手雷,冲将过来。所有人都涂黑了脸,以尽量隐身在黑暗中。

但是我们的人招呼敌人可谓极其出色,最后只有一个敌人进入我方堑壕。这个人直接跑到第二道防线,但是不听从投降的喊话,被当场击毙。另外只有一名少尉和中士跳过了铁丝网。少尉阵亡,尽管他在军服下面还穿了一层铠甲,但是莱因哈特近距离用手枪射击,子弹将一块铁片打入了少尉体内。中士几乎被手榴弹弹片割断双腿,但是他异常镇定,咬紧牙关,只发出短促的嘶嘶声,直到断气。无论在哪里与英国人交手,他们都给我们留下了英勇大胆、充满男子气概的良好印象,这里又是如此。

在这个颇有战果的上午,我在堑壕里散步,看到普法芬道夫少尉在岗位上用剪式望远镜引导迫击炮开火。我贴着他踏上岗

---

① 蒙斯特(Munster),爱尔兰一处地名。皇家蒙斯特燧发枪步兵团是英军八个爱尔兰团之一,成立于1881年,在爱尔兰独立后于1922年解散。

位,马上看到一个英国人在敌方第三道防线后钻出隐蔽处,卡其色军装的身影在地平线上清晰可见。我从旁边岗位上的士兵手里夺过步枪,把瞄准器定到六百,三点一线对准这个人,瞄准头部前面一点,扣动扳机。他还朝前走了三步,然后仰身倒下,仿佛腿被扯走了一般,胳膊还甩了几下,滚进一个弹坑。我们通过望远镜很久都能看到他褐色的衣袖在闪光。

三月九日,英国人再度对我们阵地段用尽各种射击手段进行火力覆盖。清晨,我就被猛烈的炮火攻击惊醒,我抓起手枪,睡眼惺忪地就往外冲。当我把巷道入口的帆布帘扯到一边时,外面还是漆黑一片。炮弹的耀眼火光和呼啸而来的脏东西马上让我清醒过来。我沿着堑壕跑,什么人也没有碰到,直到发现一群人像落汤鸡一样紧挨着蹲在一处巷道台阶上,无人指挥。我带上他们,而且让堑壕里的人动起来。不知道什么时候,我高兴地听见了小个子哈姆布洛克尖厉的声音,他也在用类似的方式清理堑壕。

炮火弱下去之后,我很恼火地走回巷道,而上级指挥部的电话让我更是火冒三丈:

"老天,您到底是怎么回事?怎么现在才接电话?"

早餐后,炮击又继续开始。这次英国人放慢了节奏,但是有计划地用重型炮弹攻击我方阵地。最后我终于觉得无聊了,于是我通过一条地下通道去看小个子哈姆布洛克,去看看他那里有什么酒可以喝,又和他一起打十七加四①的纸牌。其间,我们被一次巨响干扰了一下,大块的土块从门和烟道里滚落。巷道的狭窄处被堵住,木板护墙七歪八倒如火柴盒一般。有时候,坑

---

① 十七加四,又叫二十一点,是一种发源于法国十八世纪的纸牌游戏,后来在美国发展出著名的赌博纸牌游戏"Black Jack"(二十一点)。

道里会飘来浓厚的苦杏仁的味道,难道这帮家伙发射水素酸①了?去他的,干一小杯!这期间我也要五谷轮回一下,因为重炮轰击不断干扰,我必须动作迅速解决问题。没过多久勤务兵冲进来报告:厕所被炸成碎木屑!哈姆布洛克于是对我的狗屎运有话可说了。我说:"我要是还待在外面的话,现在脸上的麻子不就和您一样多了嘛!"

傍晚时分,炮火停止了。我又出去巡视堑壕,这种心情只要猛烈的炮击过后总会出现,我只能将其比作暴风雨过后的豁然开朗。堑壕内一片狼藉,整段地被炸平,五处巷道的窄处垮塌。很多人受伤,我去看望了伤员,觉得他们基本安全。一名阵亡士兵倒在堑壕里,用他的帐篷帆布盖着。他当时正站在深处的巷道台阶上,一块长形的弹片削掉了他的左胯。

晚上,我们换防下撤。

三月十三日,封·奥鹏上校交给我一项任务,带着两个班的巡逻队坚守连的阵地段,直到全团撤至索姆河对岸为止。最前线的四段阵地都要由军官率领巡逻队负责。从右翼开始,这四段阵地分别由莱因哈特、费舍尔、罗来克和我等四名少尉指挥。

我们在前进中经过的村庄看起来都像是大型疯人院。成连的人正在推墙、拉墙,或者坐在屋顶上砸瓦片。树都砍倒,窗户砸掉,垃圾堆周围烟尘四起。这些人穿着当地居民留下的西服和女人的连衣裙,头上戴着礼帽,四处乱窜。他们用精准的破坏理解力找出房屋的大梁,系上绳索,有节奏地喊着号子一直把屋架拉倒。其他人挥舞着大锤,遇到什么砸什么,从花盆到窗台到

---

① 水素酸(德语 Blausäure,英语 hydrocyanic acid),1782 年发明于德国,有时也称"普鲁士酸",无色或浅黄色液体,挥发性强,溶于水,有类似苦杏仁味,剧毒。

艺术性的玻璃暖房。

直到齐格弗里德阵地①,所有的村庄都是一片废墟,所有的树都被砍倒,所有的道路都埋上了地雷,所有的水井都投了毒,所有的河流都被水坝阻拦,所有的地窖都炸掉或者暗暗布有炸弹,所有的铁轨都拆掉了螺栓,所有的电话线都收了起来,所有能烧的都烧掉。简单说来,我们把敌人突进后到达的地方变为焦土。

正如已经说过的,这些画面看起来像疯人院,也起到了类似的效果——半是可笑,半是令人反胃。我们马上就能看到,这也不利于士兵遵守纪律。我第一次看到有计划的摧毁行动,此后的生涯中则多到不胜其烦。很不幸,这种行为和我们时代的经济思想是密切相关的,对于实施摧毁的人也是弊多于利,士兵们也毫无荣誉感。

在为我们的后来人准备的"惊喜"中间,有一些是不乏恶意的创造性的。比如房屋和巷道入口都拉起了几乎肉眼看不到的、马鬃一般细的引爆线,只要轻轻一碰就会引爆隐蔽处的炸弹。道路上有些地方挖了细长的洞,里面放上一枚炮弹,上面盖上橡木板,最后再用土层覆盖。用一颗钉子钉穿橡木板,直接位于炮弹引信上方。橡木板的厚度是如此计算的:普通的步兵行军可以安全通过,但是只要第一辆军车或者大炮开过来的时候,木板就会弯折,于是炮弹就会爆炸。最令人厌恶的发明要数埋在完好无损的房屋地窖里的延时炸弹了。延时炸弹用金属隔板分隔成两个仓,一个仓内装的是弹药,另一个仓内装的是酸液。

---

① 齐格弗里德阵地(Siegfriedstellung),又称齐格弗里德防线(Siegfriedlinie),是德军1917年在西线为了收缩战线而修建的北起北海、南至凡尔登的大型防御工事。协约国称其为"兴登堡防线"(Hindenburg Line)。

这种邪恶的东西被放置在隐蔽处,酸液就开始腐蚀金属隔板,几个星期就可以穿透,于是引发爆炸。其中一枚延时炸弹炸塌了巴波姆①的市政厅,当时主要官员们正在里面一起庆祝胜利。

三月十三日,二连离开阵地,我带着两个班接防。夜间,一名叫基尔希霍夫的士兵头部中弹身亡。奇怪的是,这次致命一击是敌人在几个小时之内开的唯一一枪。

我下令,应用一切可能的手段造成我方强大的假象。不一会儿,我们换着地方铲几大锹土甩过掩体,唯一的一挺机枪一会儿从右翼、一会儿从左翼开上几枪。尽管如此,当低空飞过的侦察机横穿阵地或者某一队工兵直插敌后的话,我们的火力听起来还是十分单薄。因此,在我们堑壕前方不同的地方每夜都有敌人的巡逻队出没,来破坏我们的铁丝网。

在倒数第二天,我差点儿不明不白地死掉。防侦探气球炮打了一炮未中,从高空呼啸而下,落在肩部掩体上爆炸,而我正毫无防备地靠在肩部掩体上。强大的气压把我甩进对面巷道的入口,摔得我天旋地转。

十七日早晨,我们发现敌人肯定要发动进攻。英国人的最前方堑壕平时无人,而且满是泥泞,现在传出很多靴子踩在泥泞里的吧唧吧唧声。人多势众的笑声和呼喊声表明,这些人的内心定然也已经做好了准备。黑暗的人影接近了我们的铁丝网,又被枪声驱散,其中一个人惨叫着倒下,躺在地上。我把手下的几个班呈刺猬形收缩布防在一处通行堑壕的入口处,这时突然炮弹和迫击炮齐发,我努力发射照明弹照亮阵前地带。不一会儿白色照明弹打完了,我们就朝空中放烟花般发射彩色的照明弹。五点钟,撤退的时刻到了,我们赶紧用手榴弹炸毁那些没有

---

① 巴波姆(Bapaume)。

放置爆炸装置的地下掩体——有的爆炸装置简直是天才般设计的地狱武器,而我们把剩余的弹药都做成了地狱武器。在最后的时刻,我根本不想碰任何箱子、门和水桶,因为担心突然就被炸上天。

巡逻队按照规定时间朝索姆河方向撤退,有些已经卷入用手榴弹进行的战斗。在我们作为最后撤退的部队穿过河畔低地之后,工兵把河上的桥梁全部炸毁。我们的阵地上还经受着轮番轰炸。直到几个小时以后,第一批敌人的部队才出现在索姆河岸边。我们撤回仍在修筑的齐格弗里德阵地后面,我们营驻扎在圣康坦运河边的勒欧库尔①村。我和勤务兵住进了一处舒适的小房子,箱子和橱柜里居然还有储备。忠诚的科尼格无论怎么说也不愿意睡在温暖的起居室,而是要睡在冷冰冰的厨房——这是我们下萨克森人所特有的矜持表现出的典型特点。

在第一个安静的夜晚,我请朋友们来喝烧热的红酒,用上了房主留下的全部香料,这是因为我们巡逻队除了为我们赢得了其他荣誉之外,还为我们挣来了十四天的假期。

---

① 勒欧库尔(Lehaucourt)。

弗雷努瓦村

我几天后开始的休假没有再被打断。我在自己的日记中发现了一处言简意赅的记录:"休假休得很好,死后无须抱怨了。"一九一七年四月九日,我再次回到二连,当时二连驻扎在离杜埃不远的梅里尼①村。我们还沉浸在重逢的喜悦当中,却被警报声打断,这在我接到率领后勤弹药车队去博蒙②的任务之后尤其令我不快。我骑马走在缓缓移动的车队最前端,冒着阵雨和暴雪,夜里一点到达了目的地。

人员和马匹都草草安顿下来之后,我去给自己找一处栖身之地,但是发现连最小的地方都已经被人占了。最后,一名后勤部军官想出了一个好主意,把自己的床铺让给了我,因为他必须守在电话前。我没脱靴子、戴着马刺就倒在铺上,他在一旁告诉我,英国人从巴伐利亚部队手中夺下了维米③高地和另一大块地盘。虽然他十分热情,但是我还是听出来他对于后方的小村庄变成战斗部队的聚集点感到十分不快。

第二天早晨,全营迎着隆隆炮声行军至弗雷努瓦村。我在

---

① 梅里尼(Merignies)。
② 博蒙(Beaumont)。
③ 维米(Vimy)。

村中得到命令设立一个观察哨。我带着几个人,在村子的西沿找到一幢小屋,我让人在屋顶上朝前线方向开了一个瞭望哨。我们居住的地方移入地窖,在整理地窖的时候,极度缺乏补给的我们居然发现了一袋土豆,这真是一个令人愉悦的奖赏。这样一来,科尼格每晚都给我做加盐的带皮煮土豆。格尔尼克也托人捎来战友式的礼物,他正带着一个侦察小分队坚守在已经被放弃的维莱尔瓦尔①村,从一个被匆匆放弃的军粮仓库的储备里找出了几瓶红酒和一大听猪肝肠罐头。我马上组织一支备有童车以及其他类似运输工具的队伍去发掘这些宝藏,可惜未果,只能掉头返回,因为英国人密集的火力线已经推进到村庄边缘。格尔尼克后来告诉我,他们在发现储存的红酒之后马上不顾一切地开始痛饮,虽然当时村子已经处于炮火攻击之下,而他花了很大力气才制止住大家。后来,我们习惯于遇到类似情况就用手枪把大肚子酒瓶或者其他类似装酒的容器打烂。

四月十四日,我受命在村中建一个情报中转站。为此,有传信兵、自行车交通兵、电话机、灯光信号站、地下电报线、信鸽和一串照明信号点可供我调配。晚间,我给自己找了一个带巷道的地窖,最后一次进入我在村庄西部边缘旧的住处。这一天干的活很多,我回来的时候十分疲倦。

夜间,我觉得自己好几次听见一种闷响,以及科尼格的叫声,但是我睡得迷迷糊糊,只是嘟囔道:"给我开枪啊!"然后就翻过身去,虽然屋里灰尘多到好比石灰磨坊。第二天早晨,我被封·奥鹏上校的侄子、小个子舒尔茨喊醒了:"老天爷,您还不知道您的房子已经被炸塌了吗?"我起来看了看损失情况,发现有一枚重磅炮弹在屋顶上爆炸,把观察岗旁边所有的房间都炸

---

① 维莱尔瓦尔(Villerwal)。

塌了。炮弹的引信只要稍微粗壮一点，大家就可以把我们"用勺子刮、用饭盒埋"了——这是前线的美妙说法。舒尔茨告诉我，他的勤杂兵在看到被摧毁的房屋时说："昨天还有一个少尉住在里头呢，让我们看看他是不是还活着。"科尼格对于我不可思议地沉睡钦佩不已。

上午，我们搬入新的地窖。路上，我们差点儿被教堂尖塔倒下来砸死，这是工兵不费吹灰之力实施的爆破，以加大敌方炮兵确定射击方位的难度。在邻村，一个设在教堂尖塔里的两人观察哨居然也没有接到爆破通知。但是他们居然奇迹般地被人从断垣残壁中拉了出来。在这个上午，附近十几个村庄的教堂尖塔灰飞烟灭。

我们凑合着在地窖里安下身来，从四处的房屋里随便搜集了一些家具。我们看不上眼的家具都做了柴火。

这些日子里，空战在我们头顶上激烈进行，最后的结果总是英国人落败，因为里希特霍芬的战斗机组在这一地段盘旋。经常有五六架飞机被压向地面，或者燃烧着坠地。有一次，我们甚至看见飞机驾驶员划了一个巨大的弧线飞了出来，像一个黑点脱离了自己的飞机，坠落在地上。伸着脖子看热闹自然也是有危险的，比如四连就有一个人被下坠的碎片击中脖子身亡。

四月十八日，我去走访二连，其阵地所在的前线绕阿尔勒①村形成一道弧形。博耶告诉我，他手下目前仅有一名伤兵，因为英国人射击的方式很僵化，每次都给受攻击的阵地留下了足够的时间隐蔽。

我祝他一切顺利，然后赶紧离开了村子，因为重型炮弹不断落地。离开了阿尔勒村三百米，我停下脚步，看见炮弹落地后激

---

① 阿尔勒（Arleux）。

起烟云飞溅,颜色或红或黑——色彩取决于是砖头炸得粉碎还是泥土被高高掀起,还掺杂着榴霰弹爆炸发出的嫩白。但是轻型炮弹成群落在这条踩出来的小道上,这是把阿尔勒和弗雷努瓦两个村子联系在一起的小道。我于是放弃了继续观察,赶紧离开了危险地带,以免被"开始击毙"——这是二连当时刚刚开始流行的专业术语。

我经常这样散步,有时会一直走到小城埃南-利埃塔尔①,因为我虽然人手众多,但是在开头的十四天内没有得到任何情报可以传递。

从四月二十日开始,弗雷努瓦受到了舰炮的轰炸,炮弹挟地狱般的轰鸣飞来。每次炮弹落地,整个村庄就被大片苦味酸的烟尘笼罩,棕红色的烟尘如蘑菇状四散开来。连哑弹都能引起一场小型地震。当地的宫殿庭院就这么挨了一炮,当时九连的一名战士被抛过园子的树梢,重重摔在地上,浑身上下骨头全部摔断。

有一天晚上,我骑着自行车从一个小山头朝村里去,路上看见熟悉的棕红色烟尘升起。我下了车,不慌不忙地在一处空地上站好,等炮击过去。大概在炮弹落地三秒后能听见一声巨响,接下来伴以多种哨音和嘈杂声,仿佛黑压压的鸟群飞来一般。然后千百块弹片落地,周遭干燥的农田掀起阵阵烟尘。这个游戏一再重复,而我每次都又是害怕又是好奇,兴奋地迎接弹片慢慢飞来。

下午,村子一般会受到各种炮火的攻击。虽然很危险,但是我不舍得从屋顶天窗下来,因为这个场面实在很紧张:一个个小分队和传信兵疾速,有时甚至是冒着炮火匍匐而来,身体两侧泥

---

① 埃南-利埃塔尔(Henin-Lietard)。

土四溅。当我似乎能看见别人的命运的时候,很容易就忽视了自身的安全。

有一次在经历了炮火考验之后——这也确实可以称为考验,我进了村,发现有一处地窖被炸塌了。我们只从冒着烟的房间里挖出三具尸体。地窖入口处,一名士兵脸朝下倒在地上,军服已经成为碎片,脑袋断开,血流入一摊积水。当卫生兵把他翻过身来,去取下值钱物件的时候,我看见他胳膊残片上只剩下一根大拇指,简直就像噩梦一般。

一天又一天,炮击也越来越猛烈,没有人再怀疑敌人即将开始进攻。二十七日,我在午夜时分接到电报:"上午五点六七",按照我们的密码,这意味着"从上午五点开始提高警戒"。

为了能够对付即将到来的体力消耗,我们马上躺下休息,不过我刚刚要睡着的时候,房子就被炮弹击中,炸倒了地窖台阶处的墙壁,房子的墙体朝内倒塌。我们跳起来奔入巷道。

我们又心烦又疲倦地就着烛光蹲在台阶上,灯光信号员队长冲进来报告:"少尉先生,十一号屋地窖中弹!有几个人被埋在废墟下!"就在之前的下午,灯光信号站以及两盏宝贵的信号灯已经化为灰烬。而我在十一号屋还有两名自行车交通兵和三名电话员,所以我赶紧带上帮手去救人。

我们在十一号屋巷道里发现一名二等兵和一名伤员,他们报告如下:第一波炮弹在附近落地后,屋里五人中有四人决定进入巷道。这两个人中的一个当即就跳了进去,另外一个还不慌不忙躺在床上,其他几个人则开始穿靴子。就像战争中经常出现的结果,最小心谨慎的人和最无所谓的人都活了下来,其中一个居然毫发无损,那个躺在床上的大腿被弹片击中。另外三个人被击穿地窖墙壁后在对面角落爆炸的炮弹炸成碎片。

听完报告,我先是点上一根烟,然后踏入烟雾缭绕的地窖。

地窖正中央乱糟糟地堆着草袋、毁坏的床铺和家具,几乎顶到了天花板。我们在墙缝里插上几根蜡烛,然后开始令人悲伤的工作。我们先是收拾起从废墟里冒出来的断肢,然后把尸首拖出来。其中一个人脑袋被打掉了,躯干上的脖子就像一截血淋淋的海绵。第二个人胳膊还剩一点,骨头的碎片从肉里插出来,胸口有个巨大的伤口,流的血浸透了军服。第三个人肚子被炸开,内脏流了出来。我们拖他的尸首的时候,还有一块床铺的碎片插进他可怕的伤口,发出恶心的声音。一名勤杂兵嘟囔了几句,科尼格来了一句:"给我闭嘴,这种事情说废话有什么用!"让他保持安静。

我对在他们身上找到的值钱物件进行了统计。这么做真让人浑身不自在。发红的烛光在重重的烟尘中闪烁,我手下的人把钱包和银制的物件递给我,就像在执行某种不可告人的行动一般。死者的面庞上落了一层黄色的砖粉,让他们看起来像僵硬的蜡像。我们用毯子盖在他们身上,把伤员放上担架,然后赶紧跑出地窖。我们劝伤员不要太在意:"咬紧牙关,战友!"然后冒着猛烈的榴霰弹炮火把他拖到了设在地下掩体里的卫生站。

我回到自己的窝里,先是借樱桃白兰地恢复平静。不久我们又受到更为猛烈的炮击,于是迅速全体进入巷道,因为我们刚刚已经见识到了炮弹在地窖里爆炸的威力,一切都历历在目。

五点十四分,炮击在几秒钟之内上升到闻所未闻的烈度。我们的情报部门预报得完全正确。巷道来回摇晃,如同海上风暴中的一叶扁舟,周围墙体炸裂,旁边的房屋被炮弹击中而倒塌。

七点,我截获了旅部给二营下达的灯光指令:"战况速报旅部。"一个小时后,一名筋疲力尽的传信兵带来消息:"敌人占领阿尔勒村和阿尔勒公园。投入八连进行反攻,尚无消息。罗赫尔,上尉。"

这是我带着这么一大批人在弗雷努瓦三个星期内传递下去的唯一信息,但是也是极其重要的信息。由于我的工作具有无比的重要性,所以敌方炮火几乎把我们所有设备都炸毁了。我自己在炮火围困中就像笼中的老鼠。这座情报中转站设计得不合理,任务过度集中于一个点了。

想通了这一点,我才突然明白,为什么近来有很多步枪近距离射出的子弹在墙上打得啪啪作响。

我们刚刚弄清楚团里的重大伤亡,猛烈射击又再度开始。科尼格是最后一个人,站在巷道台阶的最上面一级,这时传来一声雷鸣般的巨响,宣布英国人终于成功地对准了我们地窖进行射击。科尼格傻乎乎地被一块条石击中背部,不过其他地方倒也没受伤。地面上一切都被炸毁。光线穿过两辆被塞入巷道入口的自行车,照射到下面。我们闷头缩在台阶的最低一级,沉闷的震动和乱飞的石块宣告了我们藏身之地并不安全。

电话奇迹般居然还通电,我向师情报部门负责人报告了我们的情况,他下令我带队撤回最近的卫生巷道。

我们带上必需的东西,开始通过巷道的第二个、也是仅存的出口离开。虽然我对手下这群没什么战争经验的通话连士兵又是下令、又是恐吓,但是他们还是畏缩不前,不敢离开巷道的保护而投身炮火,直到这处入口被一发重型炮弹击碎而轰然倒塌。幸运的是,我们无人中弹,只有我们的小狗先是可怜地叫了一声,然后从这一刻起就消失不见了。

我们只好把堵住地窖出口的自行车推开,手脚并用地爬过废墟,穿过一个墙缝,到了地面。我们没时间观察周围令人难以置信的变化,赶紧奔向村庄出口。我们刚刚跨出院门,身后的房子就被狠狠击中,轰然解体。

村庄边缘和卫生巷道之间的地带被火力覆盖。带有触发引信、燃发引信、延时引信的轻型和重型炮弹,还有哑弹和种种榴霰弹等,让人耳晕目眩。支援部队则见缝插针、左闪右躲,一边躲避村中的炮火,一边向前冲。

弗雷努瓦村里,有教堂尖塔高的土柱此起彼伏,仿佛每一秒钟都想超越前一秒。就像魔力作法一般,房屋一座接一座地被地面吞噬,墙壁坍塌,山形墙倾覆,光秃秃的房椽在空中乱飞,击打着旁边的房顶。一团团白气之上,弹片的云烟起舞。眼睛和耳朵着魔一般片刻不离这毁灭的诱惑。

我们在卫生巷道里躲了两天,地下异常拥挤,因为除了我们之外,巷道还装进了两个营部、换防部队和无法避免的被"打散"的士兵。巷道入口处人来人往,就像蜂箱的出入口一般嗡嗡不止,当然也会引起对手的注意。没过多久,炮弹以分钟为间隔精准地落在巷道前的路上,炸死了不少人,呼唤卫生兵的声音此起彼伏。在令人难受的炮击中,我损失了四辆放在巷道入口边的自行车。这些自行车被扭成奇怪的形状,炸得四下乱飞。

巷道入口处用帆布裹着八连连长勒米埃尔少尉的遗体,僵硬,无声无息,很大的塑胶眼镜还挂在脸上,他的士兵把他抬到了这里。一颗子弹射入他口中。几个月之后,他的弟弟在同样的部位中弹阵亡。

四月三十日,来自二十五团的继任者接替了我的任务,我们撤往弗莱尔①,一营在此地集结。我们置石灰矿"好时光"及遍布的大弹坑于不顾,而是在温暖的下午慰藉心灵,在通往博蒙的道路上徜徉。两眼望去遍是美丽的田野,巷道地洞般的逼仄恍如隔世,春天的温柔气息令人陶醉。摆脱了隆隆炮声,我们可

---

① 弗莱尔(Flers)。

以说：

> 这一日，由上帝，世界的主，
> 化为比战斗更为甜蜜之物。①

在弗莱尔，我发现分配给我的驻地被几名后方来的预备军官占了，他们声称是在为某某男爵看守房间，因而拒绝出让，但是他们没想到一个又累又容易受刺激的前线士兵脾气很大。我很干脆地让手下人砸开门，房里的住户吃了一惊，穿着睡衣赶紧跑过来，看到我们和那几位先生一阵推搡，然后他们就顺着楼梯滚了下去。科尼格表现得尤其礼貌，还把他们的长靴扔给了他们。进攻战斗结束后，我跨上已经被焙热的床，还把一半让给了我的朋友基乌斯，他因为没有驻地正在四下逡巡。很久以来都没能在真正的床上睡过觉了，第二天早晨醒来，我们已经恢复了"一贯的风采"。

一营在过去的战斗中损失很小，所以一直到我们行军至杜埃火车站，气氛都不错。我们的目的地是瑟兰②村，可供我们休整数日。我们在友好的居民处找到了很好的落脚处，第一天晚上就从很多屋子里传出战友重逢的欢声笑语。

在幸运地挺过厮杀后，打酒祭可能属于老战士最美好的回忆。即使十二个人中阵亡了十个，剩下的那两个人也肯定在第一个能休息的晚上就聚在酒桌前，先不发一言地为死去的战友敬上一杯酒，然后互相打趣，聊共同的经历。这些男人身上始终

---

① 文学爱好者容格尔此处引用德国作家克莱斯特（Heinrich von Kleist, 1777—1811）的剧作《洪堡亲王》（*Der Prinz von Homburg*）。剧中内容是在1675年瑞典和勃兰登堡战争期间决定性战役之前，勃兰登堡骑兵上校科特威茨（Kottwitz）登高远望战场，有感而发，说出了上面这句话。

② 瑟兰（Sérain）。

存在一个特点,既能说明战争的非人性,又能使之升华到精神的层次:冷静客观地喜好危险,骑士般渴望赢得战斗。在这四年期间,战火锤炼出一种越来越纯粹、越来越勇敢的战士品质。

第二天早晨,科尼格来向我宣布命令,我直到中午时分才明白过来,原来是让我接管四连。一九一四年秋天,来自下萨克森的诗人赫尔曼·隆思作为四连的志愿兵在到达兰斯之前阵亡,殁年未满五十岁。

与印度人作战

一九一七年五月六日,我们再度向已经很熟悉的布朗库尔进发,第二天,我们经过了齐格弗里德阵地的蒙布勒安①、拉米库尔②和容库尔③等地,而我们一个月之前才刚刚离开防线。

第一晚风雨交加,倾盆阵雨浇在已经被淹没的土地上。但是马上接下来连续数天晴朗温暖的日子让我们与新的阵地重新获得了和解。大好的田园风光尽收眼底,榴霰弹爆炸散出的白色球体和跳起的锥形炮弹已经不再令我担心,我甚至几乎都注意不到这些。每个春天的到来,也就意味着新的一年战斗的开始,而敌人即将发起大进攻的种种迹象也随之而来,有如报春花和一抹新绿。

我们的阵地在圣康坦运河前,呈半月形向前突出,运河后方就是著名的齐格弗里德阵地。我始终不明白,为什么我们一方面背靠着坚不可摧的堡垒,另一方面却要趴在狭窄而草草修建的白垩土堑壕里。

前线沿着一片草地蜿蜒,草地呈现出早春的嫩色,少许几棵

---

① 蒙布勒安(Montbréhain)。
② 拉米库尔(Ramicourt)。
③ 容库尔(Joncourt)。

树投下绿荫。我们可以在堑壕前后活动,也不会有什么后果,因为大量士兵在非常靠前的岗位上保证了阵地的安全。敌人视这些岗位为眼中钉,有几个星期每夜都或在这儿或在那儿或用计或开火驱赶我们的侦察兵。

我们守阵地的第一阶段日子过得十分平静,甚至是风和日丽,我们都能躺在草丛里度过温和的夜晚。五月十四日,八连来换防,我们撤往休整地蒙布勒安——右边的圣康坦战火正在熊熊燃烧,而蒙布勒安是一个还没有怎么受到战争影响的大村庄,驻地也相当舒适。二十日,我们作为预备连进入齐格弗里德阵地。当时能感到夏日的清爽。白天,我们坐在修在斜坡里的凉亭下,或者在运河里游泳和划船。我在这段时间躺在草丛里读完了阿里奥斯托①的全部作品,十分享受。

这种模范阵地的缺点在于会有上司频繁造访,而频繁的造访又会严重干扰堑壕里的舒适生活。不过我负责的左翼阵地倒是丝毫不缺火力的照顾——阵地已经与受"抓挠"相当严重的贝朗格利斯②村接壤。第一天我手下就有一个人右臀部插进一块榴霰弹弹片。我听到消息赶紧跑去事故发生地,发现他正笑嘻嘻地坐等卫生兵——用屁股左半边坐着,还喝着咖啡,吃着一块巨大的抹着果酱的面包。

五月二十五日,我们在里克瓦尔③农庄换防十二连。这处农庄以前是一处大地主的庄园,四个驻守阵地的连队轮流换下来,农庄能容下整个连。从这里开始,三个在阵地后方分散分布的机枪位需要满员,每个机枪位配一组三人。阵地后面棋盘状

---

① 阿里奥斯托(Ludovico Ariosto,1474—1533),意大利文艺复兴时期诗人,代表作有《疯狂的罗兰》。
② 贝朗格利斯(Bellenglise)。
③ 里克瓦尔(Riqueval)。

成组的据点构成了最初的弹性防守方案。

农庄离最前线最多只有一千五百米。尽管如此,环绕农庄的园子依然草木茂密,建筑物也完全没有受损。农庄里住了很多人,巷道还没有建好。虽然前线近在咫尺,但是盛开的红蔷薇花下通道和优美的环境还是让我们的生活有了一丝欢快的乡间生活乐趣,法国人就擅长这一点。我的卧室里有一对乌鸦筑了巢,一大早就开始很大动静地喂它们永不知足的后代。

晚上,我从屋角拿上散步拐杖,沿着在丘陵间蜿蜒的小道漫步。遍是腐殖质的野地里传来热烈和野性的花香。偶尔有几棵树立在路中间,和平时期也许供农人在树荫下休憩,白色、粉红色或深红色的花朵在盛放,真是孤寂的环境中令人着魔的东西。战争为这片土地的形象加上了英勇和深沉的光芒,并没有摧毁它的可人之处,浓烈绽放的花朵甚至比往常更令人迷醉,更光艳照人。

从如此美丽的自然环境进入厮杀要比从一片肃杀、冰天雪地的冬日环境进入容易一些。在这里,即使是头脑简单的人也会预感到自己的生命已经深深植根,死亡并不是终点。

五月三十日,这种田园牧歌般的生活对我来说结束了,因为从野战医院出院的福格雷少尉重新接管了四连。我又回到最前线的老二连。

我们阵地从罗马人大道延伸到所谓的炮兵堑壕,由两个排防守,连长带着另一个排,守在大概退后两百步左右的一个小坡后面。我和基乌斯就守在这里的一座很小的木板房内,相信英国炮兵的技术一向稀松。木板房的一面紧贴在顺着射击方向的小山坡上,另三面都暴露在敌人面前。每天早晨炮弹飞过来打招呼之后,人们大概会听到下面的对话,这是在上铺和下铺之间进行的:

"喂,恩斯特,醒着吗?"

"什么事儿?"

"我觉得他们开炮了!"

"好吧,我们再睡会儿吧,我想这是最后几炮吧。"

十五分钟后:

"喂,奥斯卡!"

"怎么啦?"

"今天怎么没完没了啊,我觉得刚才有枚榴霰弹射穿外墙了。我们还是起来吧。旁边的炮兵观察员早就出去了!"

我们总是粗心大意地脱了靴子睡觉。当我们穿戴停当的时候,英国人经常也停了下来,于是我们就可以满意地挤在小得可笑的桌前,喝上一杯因为天热而变酸的咖啡,点上一支起床雪茄。下午,我们在门前躺在帆布床上晒日光浴,这也是对英国炮兵的嘲讽。

除此之外,我们小屋里也从不无聊。我们躺在钢丝床上无事可做的时候,肥大的蚯蚓会在土墙里钻进钻出,一遇到干扰就会以不可思议的速度射入洞里。有一只坏脾气的鼹鼠时不时冒个头,经常让我们漫长的午休时间充满欢乐。

六月十二日,我必须率领二十人进入属于连队阵地的观察哨位。天色将晚时分,我们离开阵地,踩着顺着起起伏伏的地形蜿蜒的小路,进入温暖的夜色。天光渐暗,抛荒的野地里罂粟花与绿草融为一种浓烈的色调。光线越来越弱,我最喜爱的颜色却越来越鲜明,那是种近乎黑色的红,同时兼具狂野和深沉的气质。

我们背着枪,每个人都沉浸在自己的世界里,悄无声息地在花毯上徜徉,大概二十分钟以后抵达目的地。大家低声耳语交换口令和换岗,悄声上岗,下岗的士兵消失在黑暗中。

观察哨位靠着一处陡峭的山坡,不大的山壁上草草地挖了一排狐狸洞。背后是一片茂密的树林,和山坡之间隔着百米宽的草地。草地前面和右侧是两个小山包,英国人的防线就在山上。其中一个小山包上有一处废墟,名字很不吉利,叫"升天农庄"。两个山包之间,一条峡谷般的道路通向敌人的方向。

我在从岗位上下来的时候,遇到了代理预备军官哈克曼和其他几个七连的人,他们正要去巡逻。虽然我本不应该擅自离岗,但是我还是加入了他们的队伍以壮行色。

我们用一种我发明的方法越过了两道铁丝网路障,翻过了山脊,左右两边都能听见英国人在埋伏,但我们奇怪地没有碰到任何在岗位上的士兵。后来我才明白,敌人是把岗位上的士兵都撤掉了,以避免在向我们观察哨位突然开炮时误伤自己人——我回头再说敌人的这次突袭。

前面提到的越过障碍的方法,就是我在随时都可能遭遇敌人的地段会命令巡逻士兵轮流匍匐前进。这样一来,可能被暗枪打中的每刻就只会有一个人,当然落在谁身上就只能听天由命,而其他人则远远跟在后面,可以作为一个整体随时投入战斗。我也身先士卒,虽然我留在巡逻队里可能更有意义,但是战术性的考虑在战争中并不能决定一切。

我们悄悄绕过好几个英军埋伏的单位,但可惜的是我们和他们之间隔着浓密的障碍。一位有点古怪的预备军官提议我们假装前来投诚,然后用谈判拖住英国人,直到我们绕过敌方的第一个岗位为止。我们简短地讨论了一下,觉得这个建议不可行,然后悄悄爬回了观察岗哨。

这样的出行令人兴奋,血液激荡,思如泉涌。我决定利用温和的夜晚胡思乱想,于是在上面山坡陡峭处草丛深处做了一个窝,铺上大衣,然后尽可能隐蔽地点上烟斗,开始幻想。

我正神游万里之际,突然被树林里和草地上传来的奇怪的沙沙声惊醒。大敌当前,各种感官都很警惕,而且奇怪的是,人在这种时刻听到根本就没有什么特殊的声音也能马上肯定:现在有事儿了!

紧接着,最近的一名哨兵冲了过来:"少尉先生,刚刚有七十个英国人冲向树林边缘!"

我对他这么准确地报出数字有点惊讶,马上带着附近的四名燧发枪列兵在上面山坡陡峭处草丛深处隐蔽,以便更好地观察态势发展。几秒钟之后,我看见一队士兵快速通过草地。我的人马上用枪瞄准,我小声朝下喊了一声:"谁?"结果是下士泰伦盖尔德斯,一名经久沙场的二连老战士,正在集合有些紧张的全班战士。

其他班也急忙赶来。我让大家一字排开,两翼分别靠着山坡的陡峭处以及树林。战士们一分钟之内已经上好刺刀准备完毕。再检查一遍不会有错。这种情况下,越小心越好。我看见一个站得有些靠后的士兵,正要纠正他,他回答道:"我是担架员。"这名士兵头脑里有他的规矩。我放心地让他入列。

我们越过草地的时候,一阵榴霰弹弹丸从我们头顶上方飞过。敌人通过这种方法密集覆盖了我们上方,以切断我们与外界的联络。我们不得不一路小跑,好占据前面山丘的死角。

突然,我眼前杂草中站起一片阴影。我掏出手榴弹,大叫一声朝黑影扔了出去。借着爆炸的闪光,我吃惊地认出前面的人是下士泰伦盖尔德斯,我没发现他已经跑到了前面,被一根线绊倒。幸运的是他没有受伤。同时,我们身边传来了更为尖厉的英国手榴弹爆炸声,榴霰弹的火力也令人不快地更为密集。

线形的射击队形被打散了,在遭受重火力的陡峭山坡方向几乎消失,我和泰伦盖尔德斯以及其他三名随从还在坚守阵地。

突然有人推了我一下说:"英国人!"

简直就像在梦中一样,火花四溅照亮了草地,两排跪着的人影就在突然起身前进的一刹那闪入我的视线。我清楚地认出了在右翼下令前进的军官。双方都被突然的遭遇惊呆了。然后我们拔腿开跑——这是我们唯一能做的,而敌人还没反应过来朝我们开枪。

我们跳起身朝陡峭的山坡跑。虽然我被一根线绊了一下——这根线很阴险地拉在草丛深处,然后连翻带滚,但还是幸运地跑到了地方。我手下的人都很紧张,我凑合着让他们人贴人排成一条线。

我们目前的情况是这样:我们头顶上方的火力就像编织得异常紧密的筐子。所有的迹象表明,我们在前进的过程中干扰了敌军的包围行动,他们本来是来拔掉我们的。现在我们在陡峭的山坡脚下一条路上,路面已经有些压坏。但是车轮压出的浅沟可以为我们暂时遮挡步枪子弹,因为人在危险的时候贴地就像贴着母亲一样紧。我们枪口对着树林方向,也就是说我们身后就是英国人的防线。这种情况比树林里的状况更令我紧张,所以我在接下来的行动中不时派人爬上山坡去观察一下。

突然,射击声沉寂了,我们必须做好敌人发起进攻的准备。耳朵还没有适应突如其来的安静,从树林的灌木丛中又传来噼啪的响声。

"站住!谁!口令?!"

我们大概吼了五分钟,连一营的旧口令"烧酒加啤酒"都喊了出来——这种喝法每个汉诺威人都知道,但是对面的回答始终含混不清。我最终下令开火,虽然我们有些人声称听出了德语词。我的二十杆枪向树林齐射,弹仓轰鸣,一会儿我们就听见灌木丛中传来伤员的呻吟声。我也有点心里没底,因为我们也不是没有可能朝赶来增援的战友开了火。

所以,当我看到黄色的小火苗在对面忽闪忽灭时,心头的石头算是落了地。我们这边有一个人肩部中弹,担架员正在处理。"停止射击!"

指令逐渐传达了下去,交火停了下来。无论如何,行动部分化解了紧张。

又重新开始问口令。我把我脑中的英语搜集起来,朝对面喊话劝降:"过来!你们被俘虏了!举手投降!"

对面七嘴八舌,我们的人听出类似"报仇,报仇!"之类的话。一名士兵在树林边缘现身,向我们方向走来。有人犯了个错误,朝他喊了声:"口令!"他随后犹豫地止步,然后转过身去。这显然是一名侦察兵。

"毙了他!"

一阵乱枪响起,这个身影应声倒下,滚入深深的草丛。

这个小插曲让我们很满意。树林边缘再度响起奇怪的说话声,听起来进攻者像是在互相打气,以向我们这些神秘的防守者发起行动。

我们异常紧张地紧盯着树林边缘。天色将明,一股轻雾贴着草地升起。

我们眼前出现的场面在这场长射击距离武器的战争中是罕见的。黑暗的灌木丛中出现了一些阴影,走向开阔的草地。五个,十个,十五个,一长串。我们的手颤抖着拨开保险。他们走到五十米距离了,三十米,十五米……开火——!枪声响了好几分钟,喷射出的铅芯击中武器和钢盔,引起火星四溅。

突然有人高喊:"注意!左边!"一群进攻者从最左侧向我们冲来,领头的是一个大个子,举着左轮手枪,还挥舞着一个白色的大棒。

"左侧人员去左侧阵地!"

大家手忙脚乱,站着就开始应战。一些敌人在我们匆忙的射击中倒下,其中就包括那个领头的人,剩下的人消失得就和他们出现一样迅速。

冲锋的时刻到了。我们刺刀上枪,在震天的喊杀声中扑向小树林。手榴弹飞向浓密的灌木丛,旋即我们就重新占领了观察岗哨,但是没能抓住那些身法灵活的敌人。

我们在旁边的庄稼地里集合,大眼瞪小眼,因彻夜不眠而面色苍白。太阳光芒四射而升起。一只云雀一飞冲天,尖叫声扰乱了我们的清静。一切都非常不真实,仿佛整夜癫狂一般。

我们互相递着水壶,点上香烟,听着敌人拖着一些哀嚎的伤员通过峡谷隘路撤了回去。有那么一瞬间,我们甚至看到了他们的队伍,但遗憾的是时间太短,没法再给他们致命一击。

我决定巡视一下战场。草地上响起陌生的喊叫声和痛苦的呻吟声。这些声音听起来像来自雷雨后草丛里的青蛙。我们在草丛深处发现一排死者和三名伤员,他们用胳膊撑着身体,向我们求饶。他们看起来坚决认为我们现在是来杀死他们的。

我用法语发问:"哪国人?"有一个人回答:"拉基普特穷人[①]!"

原来我们面前是印度人,越洋过海来到这块毫无指望的土地上,让汉诺威的燧发枪列兵打破脑袋。

这些人身型瘦弱,伤得不轻。在这么短的距离上,步枪子弹的效果接近于爆炸。有些人倒下后被二次击中,因此弹道顺着身体方向在体内延伸。只有少数人中弹少于两颗。我们带上这

---

① 拉基普特人(Radschput)是印度北部和中部几个大家族的成员,这里泛指印度人。

些伤兵,拖着他们返回自己的堑壕。他们一路嚎叫,仿佛被叉在铁架上受刑一般,我的人堵上他们的嘴,挥拳头威胁他们,这就更加深了他们的恐惧。其中一名伤兵在路上就死了,但是我们还是把他带了回去,因为每抓一个俘虏不论生死都有赏金。另外两个俘虏试图获得我们的好感,他们一再高喊:"英国人不好!"为什么他们说法语,我始终没搞明白。我们带着哭嚎的俘虏在欢呼声中游行有一点史前的意味。这已经不是战争了,这是原始的场面。

连队在堑壕里热烈欢迎了我们,他们此前听到了战斗的声音,也遭到猛烈的炮火阻隔。大家也以应有的惊讶态度参观了我们的猎物。这时候,我成功地让俘虏稍稍安下心来,他们看起来被灌输了有关我们的非常可怕的说法。他们逐渐活跃起来,把他们的名字告诉了我。其中一个叫阿玛尔·辛格,他们部队是哈里亚纳第一轻骑兵团①,一支很好的部队。基乌斯给他们拍了半打照片,然后我和基乌斯就回到我们的棚子里休息,我让他煎荷包蛋庆祝了一下。

师里每日战报提到了我们这场小战斗。我们凭借二十个人,成功地阻击了人数多出数倍、并且已经前进到我们身后的敌人,虽然我们当时已经接到命令,可以在遇到优势之敌进攻时撤退。但是,我在漫长而无聊的阵地战期间一直渴望有这样的机会。

此外,我们发现我方除了有一人受伤之外,还有一个人神秘失踪。这名失踪的士兵根本就不能打仗,因为他此前受过一次

---

① 英属印度军队编制里并无哈里亚纳第一轻骑兵团(First Hariana Lancers),只有哈里亚纳第七轻骑兵团,这里容格尔的信息可能有误,原因可能是该部队编制曾经多次变动。

伤,让他变得胆小到病态。我们直到第二天才发现他失踪了。我估计他是因为害怕而跑进了庄稼地,结果中弹而死。

第二天晚上,我接到命令,重新占领战地侦察哨。因为敌人可能已经扎下窝来,我带着两队人呈钳状包围了林子。两队人一队由基乌斯带队,一队由我亲自带队。我在这里第一次使用了一种特殊的方式以接近危险地点,这就是士兵先后排列,以长弧队形围绕危险地点移动。如果发现该地点已被占领,则队伍只需要简单地右转或左转,马上可以形成从侧面射击的火力。战争结束后,我把这种战法以射击队形为名列入了步兵操练条例。

两队人马没有发生意外地在陡峭的山壁处会师——如果撇开基乌斯扣动手枪扳机的时候差点射中我不算的话。

敌人完全不见踪影,只有我和预备军官哈克曼一起侦察过的那条峡谷般的道路里有一个岗位上的士兵朝我们喊话,射了一颗照明弹,接着开了火。我们记下了这个咋咋呼呼的年轻人,作为下一次出游的目标。

在我们昨天夜里打退侧面进攻的地方有三具尸体。两个是印度人,另一个是一名白人军官,肩章上还有两颗金星,也就是说是一名中尉。他眼部中弹。子弹从太阳穴钻出,打碎了钢盔的边沿,我取下钢盔作为战利品。他的右手还握着溅满了自己鲜血的木棒,左手握着一把沉重的六发装柯尔特左轮手枪①,弹仓里只有两发子弹。他太靠近我们了。

接下来的几天,这片林子里又陆续发现了几具被灌木丛遮盖的尸体——这说明进攻者损失惨重,也让这个地方更加阴风惨惨。我有一次独自搜索灌木,听到了一种很陌生的嘶嘶声和

---

① 以美国工业家柯尔特(S. Colt,1814—1862)命名的左轮手枪。

冒泡声。我走近一点,发现是两具尸体,因为温度高而好像变成恶鬼一般。夜晚闷热而寂静,我在这可怕的场景前站了很长时间,仿佛中了邪一般。

六月十八日,战地侦察哨再度受到攻击。这次战斗的经过就不利于我方了。守军陷入恐慌,四散逃窜,无法再集中起来。下士埃尔德尔特慌不择路,直接跑向陡峭的山壁,沿着山壁滚了下去,掉在一堆正在埋伏的印度人中间。他朝四周乱扔手榴弹,却马上就被一名印度军官抓住了领口,脸上挨了钢丝鞭,然后他的手表被抢走。他被人推来搡去上了路,却抓住印度人卧倒躲避机枪射击的机会得以脱身。他在敌人前线后面胡摸乱撞了很长时间,这才重新回到我们的防线,脸上伤痕累累。

六月十九日晚,我带着小个子舒尔茨、十名士兵和一挺轻机枪,离开这块已经逐渐变得有些压抑的地方,前去巡逻,去拜访一下那个位于峡谷般的道路里的岗哨,前不久这个岗哨还很引起了我们的注意。舒尔茨带着人从峡谷般道路的右边,我从左边朝前进,约好不管哪一边受到火力攻击另一边都要提供帮助。我们在草丛和灌木中匍匐前进,不时停下来听动静。

突然传来机枪弹仓的"咔吧"声,这是弹仓卸下来、再装上去的声音。我们趴在地上一动不动,有如凝固了一般。每个有经验的巡逻兵都会很熟悉接下来几秒钟内一系列不舒服的感觉。你暂时失去了主动行动的自由,只能等待敌人采取行动。

一声枪响,打破了令人窒息的静寂。我趴在一丛金雀花后面,右侧有人朝峡谷般道路上扔手榴弹。然后,我们前方就喷出一条火线。异常尖厉的射击声表明,射手离我们只有几步远。我发现我们落入了一个险恶的陷阱,于是喊大家撤退。我们高高跃起,以不可思议的速度往回奔,我们左侧部队同时已经开火了。在枪声大作中间,我放弃了任何能够完整无缺返回的希望,意识里始终等待着中弹。我们是在被死神追着跑。

左侧有一队人马杀声震天地朝我们冲来。小个子舒尔茨后来向我坦白,他当时脑中想象的是一个瘦瘦的印度人挥舞着长刀追着他,而且几乎已经能掐住他的脖子。

我摔了一跤,下士泰伦盖尔德斯也被我绊倒。我的钢盔、手枪和手榴弹都不见了。接着跑!终于,我们跑到能够提供掩护的陡峭山壁处,赶紧跑了下去。就在同一时间,舒尔茨带着他的人也赶到了。他上气不接下气地报告说,他至少用手榴弹教训了一下那个放肆的岗位上的英国兵。接着,其他人拖来一名双腿中弹的士兵。最不幸的是,我们扛着机枪的士兵——他是一名新兵——绊倒在那名伤员身上,把机枪弄丢了。

我们正你一句我一句说个不停,计划第二次摸上前去,突然就遭到了炮击,这让我想起十二日夜里,那天就是这样,慌乱的情绪迅速蔓延。我发现自己孤零零一个人站在陡峭的山壁旁,没有武器,那名伤员用双手撑着身体向我爬过来,悲声喊道:"少尉先生,别丢下我!"

虽然十分遗憾,但是我不得不丢下他,去组织防守。不过,他在天亮之前就被抬回来了。

我们聚集在树林边缘一排作为岗位的洞穴里,很高兴直到天亮也没有发生什么特别的事情。

第二天晚上,我们再次来到同一个地方,打算取回那挺机枪,但是,我们在悄悄前行的过程中听到一系列可疑的声音,这说明有一股强敌正在埋伏。

我们于是受命用武力去夺回丢失的武器,而且是在下一个夜间十二点,在三分钟的火力准备之后向敌方岗位发起进攻,同时寻找机枪。我一开始担心遇到损失会给我们带来麻烦,但是后来还是强打精神,下午亲自带几个小分队去练了练射击。

十一点,我和我的难兄难弟舒尔茨又站在了那块我们曾经冒过不少险的土地上。腐烂的气味在湿热的空气中重到令人无法忍受。我们带来了成袋的氯石灰,撒在阵亡士兵的遗体上。黑暗中只见一块块白色如裹尸布一般发着光。

行动一开始,就有机枪开火,子弹擦着我们的腿乱飞,打进陡峭的山壁里。我因此和此前指挥机枪射击的小个子舒尔茨产生了很大的矛盾。不过,当舒尔茨在一处灌木丛背后发现我,而且看到我带了一瓶勃艮第红酒以壮行色之后,我们两人又和好如初。

按照约定的时间,第一波炮弹呼啸而至。炮弹落点在我们身后五十米。我们还没来得及对这波奇怪的射击表示惊讶,第二波就已经挨着我们在山壁上落下,一时间土块如倾盆大雨浇了我们一身。而我对此却连骂都没法骂,因为开火是我定下来的。

在这个并不令人振奋的开头之后,我们更多是出于荣誉的考虑、而非出于有望夺取胜利的考虑向前推进。很幸运的是,敌人的岗位上似乎都没人,否则我们大概就要受到不那么温柔的欢迎了。遗憾的是,我们并没有找到那挺机枪,不过我们也没有花很长时间去找。估计它早就为英国人据为己有了。

在回去的路上,我和舒尔茨再一次彻底交换了一下意见,我谈了对他指挥机枪射击的看法,他谈了对我指挥炮击的看法。我指挥的炮击准确到我自己无法理解的地步。后来我才知道,原来所有的炮在夜间都会射得近一些,所以我在交代射程的时候应该多加一百米。然后我们商量了整个行动中最重要的事情:写报告。我们最后写的报告令所有人都满意。

第二天,我们被另一个师的部队换防下来,这种小争吵告一段落。我们暂时回到蒙布勒安,又从那里行军前往康布雷,几乎整个七月份都是在康布雷度过的。

我们撤下来之后的那天夜里,战地侦察哨彻底失守。

朗格马克

康布雷是阿尔图瓦地区一处长睡不醒的小城,颇有一些历史记忆与其相关。狭窄而古老的小巷围绕着宏大的市政厅、沧桑的城门和众多的教堂,芬乃伦①曾经在其中最大的教堂里布道。众多尖窄的山墙中耸立着雄伟的塔楼。宽阔的大道通向考究的城市公园,公园里有一座飞行员布莱里奥②的纪念碑。

城里的居民安静而友好,在他们外表简单而陈设丰富的宽敞住宅里过着舒适的生活。很多人退休后来这里安度晚年。小城也是名副其实的"百万富翁之城",战争爆发之前,这里共有四十多位百万富翁。

世界大战将这个安逸窝从沉睡中惊醒,把它变成大战役的焦点。匆忙的新生活在高低不平的石头路面上颠簸,在小小的窗户上回荡,窗后守望着不安的面庞。陌生人喝光了精心收藏的酒窖,睡在桃花心木的大床上,在不停的轮换中打扰了当地人简单而闲适的生活,而后者只能在已经变化了的环境中聚在角落和屋门前,用小心翼翼的声音互相交流着耸人听闻的故事,或

---

① 弗朗索瓦·芬乃伦(François Fénelon,1651—1715),法国天主教大主教和启蒙时期的重要作家。
② 路易·布莱里奥(Louis Blériot,1872—1936),法国发明家、飞机工程师和飞行家,是飞跃英吉利海峡的第一人。

者同胞即将获取最终胜利的确切消息。

士兵驻扎在军营里,军官则住在利尼埃街。这条街在我们居住期间变成了大学生居住区的模样。我们整天忙于天南海北地聊天、夜间引吭高歌、小小的冒险等等。

每天早晨,我们都去大广场出操,大广场位于后来出名的丰泰纳①村附近。我的职责很符合我的意愿,封·奥鹏上校把组建和训练一支冲锋队的任务交给了我。很多人自愿报名,我优先考虑的是其中侦察和巡逻时的战友。因为这是一支新的队伍,所以我自己设计了新规则。

我的驻地很舒适。我的房东是亲切友好的珠宝商夫妇普朗科-布隆,给我准备的午饭几乎从来不缺好东西。晚上,我们经常在一起喝茶、打牌、聊天。当然也经常谈论难以有结论的问题,即人类为什么要进行战争。

在这种时候,好人普朗科先生就会表演一些天性闲适而幽默的康布雷居民的笑话。在和平时期,这些笑话曾经让大街小巷、酒馆和星期市场充满欢声笑语,也让我想起了令人捧腹的"本雅明叔叔"②。

比如,一个喜欢恶作剧的人有一天给周围所有的驼背写信,让他们因为一件重要的遗产事件去找一位公证员。这个恶作剧的人就和几个朋友躲在对面屋中的窗户后面,在定好的时间欣赏了一出十七个愤怒的小矮人大喊大叫围攻不幸的公证员的戏。

还有一个老姑娘的故事也不错。老姑娘住在对门,脖子很

---

① 丰泰纳(Fontaine)。
② 这应该是指法国作家克劳德·提利艾(Claude Tillier,1801—1844)1842年以幽默、讽喻风格创作的流浪汉小说《我的叔叔本雅明》,该作品流传很广,1866年就有德文译本。

罕见地像天鹅一样歪向一边。二十年前,当她还是小姑娘的时候,就留下了拼命想结婚的花痴名声。六个年轻人约好出现,每个人都从她那里得到了可以向她父母提亲的允诺。接下来的星期天,六名求婚者同坐一辆大马车前来,每人手里都拿着花束。小姑娘受到了惊吓,躲在屋里不露面,而求婚者在街上又唱又跳供众人取乐。

还有下面这个小故事:一个名声不好的本地年轻人到了集市上,手指着一块撒着诱人的绿色葱叶的圆形软奶酪,问一位农妇:

"这块奶酪多少钱?"

"二十个苏①,老爷!"

他付给她二十个苏。

"现在奶酪是我的了?"

"当然,老爷!"

"我是不是可以用这块奶酪想干啥就干啥?"

"当然喽!"

啪!只见他把奶酪扔到了农妇脸上,径自走开了。

七月二十五日,我们告别了这座可爱的小城,向北方的佛兰德地区前进。我们在报上了解到,那里已经进行了几个星期的炮战,激烈程度甚至胜过索姆河战役,即使在绝对的密度上可能还比不上吉耶蒙和孔布勒,但是在涉及的范围广度上肯定超过了。

我们在斯塔登②伴着远处的隆隆炮声下了车,行军通过不

---

① 苏(Sou),旧法国硬币,相当于五分钱。
② 斯塔登(Staden)。

熟悉的地区,目标是翁当克①营地。笔直的军事道路左右两旁都是绿色,或者是花坛般隆起的丰饶的田地,或者是为灌木环绕的绿油油的草地。零零星星散布着一些干净的农庄,低矮的房顶或是铺着草或是铺着瓦,墙上挂着一捆一捆用来晒干的烟草叶子。路上的农人都是佛莱芒人的模样,相互交谈的语言粗鄙,甚至听起来有点家乡的感觉。我们下午待在农庄的园子里,从而躲避敌机的视线。偶尔,巨型的船炮炮弹从远处呜咽着飞来,越过我们的头顶,落在近处。一枚炮弹落在小溪里,九十一团有人正在周围众多溪流中的这条小溪里洗澡,死了一些人。

晚间,我不得不和一个先遣队前往备用营的阵地,为换岗做好准备。我们经过豪特许尔斯特②森林和科库伊特③村到达备用营处,一路上好几次受到重炮的轰击,不得不中断行程。黑暗中,我听到一个对我们的习惯还不熟悉的新兵在说:"少尉从来不卧倒啊。"

"他很懂的,"冲锋队有人教育他,"要是炮弹真的来了,他是第一个卧倒的。"

我们只是在必要的时候隐蔽起来,但是一旦有必要就会很突然。只有有经验的人才能判断必要的程度,能在新兵听见炮弹宣告到来的轻微震动声之前感觉到弹道的落点。为了能够听得更真切,我甚至在危险区域不戴钢盔,只戴作战帽。

我们的向导看起来不是特别确定,于是通过一条看起来没有尽头的"盒子堑壕"向前挪。所谓的"盒子堑壕"指的那些通道是因为地下水的原因不是挖出来的通道,而是用沙袋和成捆

---

① 翁当克(Ohndank)。
② 豪特许尔斯特(Houthulst)。
③ 科库伊特(Kokuit)。

的树棍在地上修起来的。然后我们经过了一片被炸得七零八落令人恐惧的树林。向导告诉我们,一个团的指挥部几天前因为一千发二十四厘米炮弹这件小事从这片树林里被赶了出来。"这里看起来倒是很大方呀。"我当时这么想。

我们好不容易从密集的灌木丛走了出来,向导却不知去向,我们站在一块长满芦苇的地上不知所措,四周是苔藓沼泽地,月光反射在黑色的水潭上。这时候炮弹落入松软的地面,高高甩起的淤泥噼啪掉下。那个倒霉的向导终于回来了,我们的火气都集中在他身上,他声称找到了路。但是他又把我们引迷了路,最后我们到了一处掩体里的卫生站,两枚榴霰弹先后间隔很短,但是很有规律地把卫生站化为齑粉,弹丸和弹片噼啪穿过树梢。当班的军医派了一个理智的人带我们去毛伊瑟堡①预备队指挥官所在地。

我马上前往二二五团应该由我们二连换下来的连队,找了很长时间之后,在遍地的弹坑中发现了一些倒塌的房子。从外面看不出来,房子内部是用钢筋混凝土加固的,但是前一天被一枚重型炮弹炸塌了,里面所有人就像落进捕鼠器一样被塌落的屋顶砸成了肉泥。

当夜剩下的时间里,我硬是挤进连长那间已经挤满了人的混凝土小屋。这名连长是一个久经沙场的老兵油子,整夜都在和他的士兵用一瓶烧酒和一大听腌猪肉罐头打发时间,经常停下来,一边摇着头一边倾听不断增强的炮火轰炸声。然后他会叹着气回想在俄国的美好时光,诅咒他们团被榨干。我的眼皮最终还是落到了一起。

我睡得又困难又不安稳。无尽的黑夜里,房屋四周落下的

---

① 毛伊瑟堡(Mäuseburg)的字面意思是"老鼠"(Maus)"堡"(Burg)。

高爆弹在毫无生气的环境中引发了不可名状的孤独和寂寞感。我不知不觉贴到了一个睡在木床板上的人身边。突然之间,我被一阵猛烈的撞击吓得跳了起来。我们照亮了墙壁,检查房屋是否被击穿了。最后发现是一枚轻型炮弹在外墙上炸成了碎片。

第二天下午,我在毛伊瑟堡和营指挥员待在一起。指挥处附近不间断地落下十五厘米炮弹,与此同时,上尉正在和副官,还有勤杂兵军官没完没了地玩纸牌,一瓶装着劣质烈酒的汽水瓶子传来传去。有时候他会放下纸牌,去处理传信兵的事情,或者满脸严肃地开始说我们的混凝土藏身处能不能防炸弹的问题。虽然他极力表达反对,我们还是说服他这里经受不了正上方中弹。

晚上,一般性的轰炸变得极其猛烈。五颜六色的照明弹在前方不间歇地升空。浑身尘土的传信兵带来敌人发起进攻的消息。在数周的炮火之后,步兵战斗开始了。我们来得正是时候。

回到连长的掩体,我等待二连的到来,他们在清晨四点冒着猛烈的火力袭击抵达了。我接过我的排,带领众人进入驻地,那是一处被炸毁的房屋碎片掩盖的混凝土建筑,所处的地带巨大而遍布弹坑,荒芜得令人害怕。

清晨六点,佛兰德的浓雾逐渐消散,我们得以看见周遭的恐怖环境。紧接着,一群敌机紧贴着地面出现了,发出刺耳的汽笛声,在已经被炸得粉碎的土地上来回搜索,而四散逃窜的步兵士兵则试图在弹坑里藏身。

半个小时之后,炮火袭击突然开始,将我们得以藏身的孤岛变成了台风中惊涛骇浪的海洋。周遭爆炸密集如林,形成一堵龙卷风般的围墙。我们蹲着缩成一团,每一秒钟都有可能被一炮击中,连混凝土建筑一起消失得无影无踪,藏身之处也将融入弹坑的荒原。

炮火极其猛烈而且有长时间的间歇,我们在间歇中做好准备,就这样度过了一整天。

晚间,一名筋疲力尽的传信兵赶来传达给我一项命令,即一连、三连和四连在十点五十分进行反攻,二连等候换防后进入最前线。为了接下来几小时能够精力充沛,我躺下来休息,却没能料想到我以为还在汉诺威的弟弟弗里茨将随着三连的一个班在炮火风暴中擦着我的窝棚而过,疾速向前发起冲锋。

一名伤兵的哀嚎让我久久不能合眼,两名在遍布弹坑的地带不辨方向的萨克森士兵把这名伤兵放在我们这里,然后累得倒头就睡。当两人第二天早晨醒来的时候,他们的战友已经死了。他们把战友抬到近旁的弹坑里,铲了几锹土盖上,然后就离开了,留下的是这场战争中无数孤独而又无名的坟墓中的一座。

我直到十一点才从沉睡中醒来,用钢盔盛水洗了把脸,派人去连长处接受指令,却惊讶地得知连长根本没有告诉我们就已经开拔了。这就是战争。人们在战争中会经历在演习中想都不敢想的失误。

我一边咒骂,一边坐在床铺上思考该怎么办,营里来了一名传信兵,命令我火速接管八连。

我获知,一营昨天夜里发起的反攻因遭受重大损失而崩溃,残部正在我们前面的一处小树林即多布许茨①树林里进行防守,左右两侧都要防守。八连的任务是进入树林提供支援,却在半路上遭遇阻击火力,损失很大,队伍被打散了。八连的指挥员毕丁根中尉也受了伤,所以我要前去指挥八连。

---

① 多布许茨(Dobschütz)。这应该是德军用普鲁士名将封·多布许茨(Leopold Wilhelm von Dobschütz,1763—1836)之名为战地的地形命名。

我告别了落单的自己排的士兵,便随同勤杂兵上路,穿过遍布榴霰弹的荒原。我们低身前行,路上被一个绝望的声音耽搁了一下。远处的一处弹坑中,一个探出半身的人影挥着满是血的半截胳膊。我们指了指我们起身处的窝棚,继续急行。

我找到了失魂落魄的八连士兵,一群人蹲在一排混凝土块背后。

"排长!"

三名士官认为再次进入多布许茨树林完全不可能。确实,我们面前的重炮轰击就像一堵火墙。我让这几个排先是在三块混凝土块后面集合,每个排只剩下大概十五到二十人。就在此刻,炮火也蔓延到我们所在的地方。大家顿时陷入难以描述的慌乱。左侧混凝土块处,一个班飞上了天;右侧的混凝土块中弹,成吨的碎块把受伤躺在地上的毕丁根中尉埋在下面。我们就像在迫击炮炮筒里,不停有沉重的捣锤捣下来。如死人一般苍白的脸庞面面相觑,受伤者的惨叫此起彼伏。

现在估计原地卧倒、向后撤或向前冲都没有区别了。我于是下令跟着我走,然后一头冲进了炮火之中。还没跳出几步,一枚炮弹掀起的土块就覆盖了我全身,并把我往回抛入近旁的弹坑。我完全无法解释自己为什么没有受伤,因为炮弹离我近到几乎擦着钢盔和肩膀而过的地步,然后像大型动物一样掀翻脚下的土地。我之所以能够跑过弹雨而没有受伤,大概是因为土地已经被深翻了很多次,所以炮弹能够打入地下深处,而不是一遇阻碍就引发爆炸。炮弹炸起的土块也不像蔓延的灌木一样呈锥形扩散,而是像长矛状的杨树一般垂直向上蹿起。有些炮弹只是掀起一股烟尘。我不久就发现,越往前,火力越小。摆脱了最可怕的情况之后,我才环视四周,整个地段却空无一人。

终于有两个人从烟尘的云雾中出现了,然后又出现一个,然后又出现两个。我就带着这五个人幸运地抵达目的地。

三连指挥员桑特福斯少尉坐在一处被炸毁了半边的混凝土建筑里，小个子舒尔茨也在，还有三挺重机枪。他们向我大声问好，还用一口威士忌欢迎我，然后向我介绍非常难以令人愉快的战场态势。我们眼皮底下就是英国人，左右都没有友军。我们认为，这个地方只适合那种在炮灰中白了头的老战士。

桑特福斯径直问我有没有我弟弟的消息。大家可以想象，当我听说他参加了夜里的冲锋、然后失踪，我的担心达到了何种程度。他是我心中最亲近的人，而我则感到了一种无法弥补的损失。

不久，一名士兵告诉我，我弟弟受了伤，正躺在附近的一处地下掩体里。他指向一处被连根拔起的树木盖住的七歪八倒的木屋，里面已经没有守军。我赶紧跑过一片处于瞄准射击危险之下的空地，进了木屋。这是怎样的一种重逢啊！我的弟弟躺在一间充满了尸体气味的房间里，周围全是在呻吟的重伤员。我发现他的状况并不令人乐观。他在冲锋的时候被两粒榴霰弹钢珠击中，其中一粒击穿了肺部，另一粒击碎了右上臂关节。从眼睛里可以看出他正在发烧，胸口还挂着一副打开的防毒面具。无论是动一动，还是说话和呼吸，他都十分吃力。我们握了握手，相互诉说了各自的经历。

我很清楚，他不能在此地久留，因为英国人随时可能发起进攻，一枚炮弹也能让这座已经严重受损的房屋彻底垮掉。作为哥哥能做的最好的事情就是马上把他弄回去。虽然桑特福斯坚决反对任何削弱我们战斗力的做法，我还是命令跟着我过来的五个人把弗里茨抬回掩体里的卫生站"哥伦布的蛋"，再从那里带一些人回来去搜救伤员。我们把他拴在一块帆布里，插进一根长棍，这样两个人就可以扛着他。再握一次手，令人伤心的这队人马就出发了。

我的眼神追随着来回摇晃的弗里茨,看着他们穿过炮弹掀起的有如教堂尖顶之高的尘柱树林。每一声爆炸都会让我抽搐一下,直到这一小队人消失在战斗的烟尘中。我觉得自己同时代表了母亲,而母亲对弟弟的生命是负有责任的。

在从树林前沿的弹坑里与缓慢前进的英国人交了会儿火之后,我整夜都和部下待在一起,他们的人数已经增多了。同时,我在混凝土房屋的废墟中研究一本机枪使用手册。高爆弹从四周不停地落下,威力奇大无比,我在晚间差点死在一枚高爆弹下。

清晨时分,机枪手突然开火,因为有黑暗的身影接近。这是步兵七十六团派来接头的巡逻队,其中一人被机枪撂倒。类似的失误在这段日子里经常出现,大家也都没有为此没完没了地思来想去。

早晨六点,九连的部分人员前来换防,他们给我带来的命令是,在拉腾堡①进入战斗阵地。在前往拉腾堡的路上,我还损失了一名预备军官,他被榴霰弹击中而无法继续战斗。

拉腾堡原来就是一座被炸得千疮百孔的房子,墙是用水泥方块砌的,位置离石头河的沼泽河床很近。河的名字倒是选得很好。我们进了房子,筋疲力尽,一头倒在铺着草的床铺上,直到吃了一顿丰盛的午餐,接下来又抽了一通提神的烟斗之后才缓过来。

下午的早些时候,重炮和超级重炮开始轰击。六点到八点之间,一声声的爆炸此起彼伏。房屋经常被附近落地的哑弹震得令人作呕,随时都有可能倒塌。这种时候,我们一般谈论的是

---

① 拉腾堡(Rattenburg)的字面意思是"大老鼠"(Ratte)"堡"(Burg)。

藏身之处的安全问题。我们觉得混凝土的屋顶相当令人信任，但是由于拉腾堡太接近陡峭的河岸，所以我们担心被一枚低平飞来的重炮炮弹击中，然后同混凝土块一道被掀入河底。

傍晚时分，轰炸渐渐停歇，我悄悄地遛过布满榴霰弹弹丸的一处高地，去卫生站地下掩体"哥伦布的蛋"询问弟弟的情况，医生当时正在检查一名垂死的士兵腿部令人恐惧的伤情。我很高兴地听到，他已经恢复到还不错的状态了。

晚间，负责食物运输的士兵给我们只剩二十人的连队带来了热汤、肉罐头、咖啡、面包、烟草和烧酒。我们大吃了一顿，把一瓶"九十八度"烧酒传来传去。然后我们企图入睡，却受到了从河里升起的成群的蚊子、轰炸以及时不时发来的毒气弹的严重干扰。不平静的夜晚之后，我睡得非常沉，直到手下人把我唤醒，因为早晨的火力已经增大到令人担心的地步了。他们报告说，前方已经有人零星地往回跑，据说我军已经撤出了最前线，敌人正在向前推进。

遵循当兵的古老信条"早饭吃饱，身心全好"，我先是加强了体力，再点上烟斗，然后去外面观察情况。

我对全局只能够获得大概的印象，因为周遭都被浓密的烟雾笼罩。火力每时每刻都在增强，不久就已经达到了最高潮，这时人们的紧张感就已经无法再提高，而是让位于一种几乎无所谓的麻木了。土块如雨般不停地砸在我们的屋顶上，房子本身也中了两炮。燃烧弹喷出奶白色的烟雾，生成一束束的火焰落向地面。一团磷块打在我脚前的石头上，一直烧了好几分钟。我们事后听说，被击中的士兵在地上来回滚都无法灭火。延时炮弹带着响声钻进地面，把土地硬生生拱了起来。成团的毒气和烟雾贴着地面悬浮在战场上方。就在我们眼前响起了步枪和机枪的开火声，这意味着敌人肯定已经非常靠近了。

在石头河里,一群人正在蹚水穿过淤泥飞溅形成的不断变幻的屏障。我认出了其中有营长布里克森上尉,便赶紧朝他跑去。他胳膊打着绷带,被两名卫生兵搀扶着走。他匆忙喊着告诉我敌人正在朝前推进,警告我不要长时间没有掩护地暴露在外。

不久,第一批步兵子弹就打在了周围的弹坑里,或者在断垣残壁上裂成碎片。越来越多往回逃的士兵消失在我们身后的烟雾里,而在空中乱飞的步枪子弹则说明了前线坚守的人还在顽强抵抗。

时候到了。现在我们必须坚守拉腾堡,虽然已经有人面色惨淡,我还是让所有人明白,想都不要想撤退的事情。战士们分散在射击孔后,唯一的一挺机枪架在了窗口。一个弹坑被指定为包扎场所,一名卫生兵就位,而且马上就忙不过来了。我从地上捡起一支无主的步枪,在脖子上挂上一条子弹袋。

由于我们人实在太少,所以我试图用一些被打散而失去指挥的士兵来壮大队伍。多数人一听见我们呼唤就很乐意加入,也有一些人稍作停顿,但发现我们一无所有之后继续往回跑。在这种情况下是无法顾及情面的。我命令向他们开枪。

枪口似乎有吸铁石能够吸住他们。这些人慢慢地靠近,虽然从脸色上能看出来他们有多么不情愿加入我们。他们开始编瞎话,胡扯,好话歹话地劝我们。

"我可没有枪啊!"

"那您就等着,有人被打死您就有枪了!"

最后一次炮火变得更为猛烈的时候,我们已成废墟的房屋两次中弹,被炸得高高飞起的砖块砸在我们钢盔上噼啪作响,我随着一声剧烈的爆炸倒地。让我的人吃惊不已的是,我居然又挺了起来,而且毫发无损。

这是最后一次猛烈的炮击,此后周遭逐渐安静下来。炮火直接越过我们上方,一直打到朗格马克-比克斯肖特①公路。这让我们感觉很不好。迄今为止,我们可以说是只见树木不见森林。我们面对各种各样的巨大危险,所以也没有时间多想。当风暴从我们身上呼啸而过之后,每个人都有时间去为必将到来的事情做好准备。

该来的来了。我们前面的枪声沉寂了下来。防守者都已经被解决掉了。一支密集的队伍从烟雾中现身。我的人缩在废墟后面,开始射击,机枪哒哒响起。进攻者就像被抹掉了一般消失在弹坑里,同时也回击,让我们丝毫大意不得。左右都有人数众多的部队向前推进。没过多久,我们就被敌人包围了。

局势令人绝望,做无谓的牺牲毫无意义。我下令撤退。不过,让这些杀红了眼的家伙站起来可不容易。

我们借着一股长长的、贴着地的烟云得以脱身,有的地方不得不蹚过齐腰深的水。虽然敌人的包围圈几乎已经收紧,但是我们还是小心翼翼地钻了出去。我搀着何乐曼少尉最后一个离开我们的小堡垒,何乐曼虽然头部重伤流血,但是还在说着笑话打趣自己的手脚不便。

在穿越公路的时候,我们遇到了二连。基乌斯通过伤员了解到了我们所处的形势,然后不仅仅是他自己这么决定,也是被他的士兵催促着前来解救我们。

这个行动是在没有命令的情况下进行的。我们非常感动,胸中顿时豪情万丈,这种情绪甚至可以让我们做到倒拔树木。

在简短地商量了一下之后,我们决定原地等待敌人扑上来。我们这里有炮兵、信号兵、电话兵以及其他各种形单影只的士兵

---

① 比克斯肖特(Bixschoote)。

之前在战场上东奔西窜,现在只能用蛮力才能让他们明白:在当前情况下他们也必须拿起枪参加战斗。我们用请求、命令和枪托敲打组成了一支新的前线部队。

然后我们坐在一条看上去类似堑壕的地方,开始吃早餐。基乌斯不可避免地掏出照相机开始拍照。朗格马克地方的出口在我们的左前方,突然有了动静。我们的人朝跑来跑去的人开枪,最后我下令停止射击。不久来了一名下士向我们通报,近卫军燧发枪团的一个连驻守在马路旁边,因为我们开火而蒙受了损失。

我马上下令冒着猛烈的火力朝前推进。一些人阵亡,二连的巴特莫少尉受了重伤。基乌斯一直跟在我身边,一边前进一边吃完了涂黄油的面包。当我们占领了马路之后——从马路开始的地段往下直达石头河,发现英国人也想做同样的事情。最前面的卡其色的人影已经抵近到二十米远的地方。目力所及之处,地面上挤满了进入战斗状态的和列队前进的英国人,就连拉腾堡周围也都是他们的人在晃动。

他们忙着自己的事情,完全没有担心。一名士兵背着滚筒,从中卷出电线。他们大概还没有受到射击,所以推进时十分活跃。尽管他们在人数上占据了极大的优势,我们还是马上给他们来了点颜色。枪声虽然此起彼伏,但还是瞄准后再开枪的。我看见八连一名体格壮实的二等兵稳稳当当地把枪架在炸得四分五裂的树干上,每一枪都放倒一个进攻者。其他人先是一惊,然后像兔子一样冒着枪弹跳来跳去,一团团尘土在他们中间扬起。一些人中弹,剩下的人爬进弹坑,在里面隐蔽到黑夜降临。敌人的这次进攻很快就失败了,他们为之付出了很高的代价。

十一点左右,带着纹章图案的飞机朝我们旋转俯冲下来,又被一通乱枪赶走。在噼里啪啦的枪响之中,我不得不因为一名士兵而笑了出来,他到我这里来,想让我出具书面证明,说他用步枪把一架飞机打到起火。

占领了马路之后,我向团部报告,请求支援。下午,步兵、工兵和机枪等强援纷纷抵达。按照老弗里茨①的战术,我把所有的力量都安置在最前线。英国人也偶尔能放倒几个过马路不小心的人。

四点左右,令人极不舒服的榴霰弹射击开始了。炮弹毫厘不差地射到马路上。毫无疑问,飞机已经判断出我们的防线,艰难的时刻就要到来了。

不一会儿,轻型和重型炮弹猛烈射击果然开始了。我们人挨人卧倒在路边沟槽里,笔直的沟槽里挤满了人。炮火在我们眼前飞舞,树枝和泥块呼啸着落在我们身上。我左侧闪起一道火光,留下白色的令人窒息的蒸汽。我手脚并用朝旁边的人爬去。他已经一动不动了,鲜血从细长而曲折的弹片造成的多处伤口渗出。再往右的损失也很严重。

炮击在半个小时以后停止。我们努力在浅浅的沟槽里挖出深洞,希望在下一次袭击的时候至少可以阻挡炸弹碎片。我们的铁锹铲到了一九一四年的枪支、子弹带和弹壳。这说明,这块土地不是第一次浸满鲜血。在我们之前,朗格马克志愿军曾经在此战斗。

傍晚时分,我们再一次遭到彻底的轰炸。我和基乌斯蹲在一处仅容人坐进去的洞穴里,也让我们擦掉了几块皮。在近处的爆炸作用下,脚下的地面就像船板一样颠簸。我们都为最后

---

① "老弗里茨"是德国民间对普鲁士国王腓特烈大帝(即弗里德里希二世,1712—1786)的俗称。弗里德里希二世通过两次西里西亚战争、"七年战争"等多场战争,使普鲁士王国成为欧洲列强之一。

终结做好了准备。

我把钢盔压下来紧贴前额,咬着烟斗,盯着马路,路面上的石块与飞溅的钢铁碎块撞击发出火星,同时我成功地在精神上给自己鼓足勇气。奇怪的念头在脑子里闪过。比如我不断回想在康布雷找到的一部法语通俗小说《塞拉的秃鹫》①,嘴里多次念叨着阿里奥斯托的话:"如果死亡如是降临,如果死亡属于荣誉,一颗伟大的心灵在死亡面前不会感到恐惧。"这让人产生一种沉醉感,类似于在坐过山车时体会到的感觉。要是炮击声能够稍微安静一会儿,我就听见身边响起悦耳的歌曲"在亚实基伦的黑鲸鱼里面"②的片段,我觉得我的朋友基乌斯有点兴奋过了头。不过每个人都有自己出格的地方。

炮击结束之后,一块很大的炮弹碎片飞着打中了我的手。基乌斯用手电筒给我照明,我们发现只留下一处皮肉伤。

午夜之后,天上下起了蒙蒙细雨。赶来增援的一个团的巡逻队已经挺进到石头河,但是发现处处是充满泥泞的弹坑。敌人已经撤回河对面。

这一天的紧张战事让我们筋疲力尽。除了要去站岗的人以外,我们都坐在洞穴里面。我把已经死去的旁边战友的破烂大衣盖在头上就睡着了,但是睡得并不安稳。拂晓时分,我被冻醒了,发现自己处于一种令人沮丧的局面。外面下着倾盆大雨,马路上形成的水流灌入我仅能坐着的洞穴。我做了一条小小的堤坝,用饭盒盖从栖身之处往外舀水。随着水流

---

① 《塞拉的秃鹫》(*Le vautour de la Sierra*),法国作家乔治·克拉维尼(Georges Clavigny,1873—1952)创作于二十世纪早期的畅销小说。
② 指的是德国诗人和作家维克多·舍费尔(Victor Scheffel,1826—1886)创作的一首谐趣的大学生歌曲,德文标题是"在亚实基伦的黑鲸鱼里面"(*Im Schwarzen Walfisch zu Askalon*)。

越来越大,我把堤坝也越垫越高,脆弱的堤坝最后在越来越大的压力下垮塌,肮脏的泥水涌入洞穴,直到完全淹没。我还在努力从淤泥中把手枪和钢盔捞出来,而烟草和面包早已经顺着马路沟槽往下流去,路边其他人的情况也都差不多。我们打着寒战站在泥泞的马路上,浑身上下没有半缕干衣,清醒地意识到下次袭击的时候我们完全没有掩护。这个上午实在令人沮丧。我再一次明白了任何炮火都不如湿冷能够彻底摧毁战士的士气。

从整个战役的角度来说,这场大范围的降雨对于我们意味着天赐的礼物,因为英国人的进攻不得不因此在最初、也是最重要的几天就陷入停顿。敌人必须带着火炮穿越沼泽般的弹坑地段,而我们则可以从未受损的公路上运送弹药。

上午十一点,我们已经绝望的时候,一名传信兵如拯救我们的天使般降临。他传达的命令是:全团到科库伊特集结。

在往回撤的路上,我发现与前方的联络在敌人进攻的当天肯定十分困难。路上躺满了人和马。除了一些被打成筛子一样的树干之外,十二匹炸得令人恐惧的马尸堵住了道路。

全团的残部在一片被雨水浸透的草地上集结,地上散落着一些榴霰弹,雪白的弹丸有若云团。这群人大约有一个连的人数,几名军官站在中间。这是多大的损失啊!其中两个营官兵几乎全部阵亡。幸存者站在倾盆大雨里,目光晦暗,等待着分配驻地。然后我们到一处木棚围着火炉烤干衣服,吃了一顿丰盛的早餐,又重新鼓起了活下去的勇气。

快到晚间,炮弹打到了村中。一座木棚被击中,三连的很多人被打死了。我们不顾炮击,仍然躺倒睡觉,唯一的希望就是不要让我们冒雨发起反攻或者突然需要冒雨防守。

凌晨三点,后撤的命令传达下来。我们通过乡间公路前往斯塔登,一路上尽是尸体和打烂的车辆。连很远的地方也都被火力摧毁。在一个大弹着点,我们发现周围散布着十二具尸体。我们此前抵达的时候还是车马喧哗的斯塔登,如今很多房屋都已经被炸毁。集市广场已经荒芜,毁坏的家什扔了一地。有一户人家和我们一道离开了小城,牵着一头牛,这是全家唯一的财产。这都是些普通人,男人拖着一条假腿,女人拖着哭泣的孩子。身后这些嘈杂的声音加剧了悲伤的场面。

二营的残部被安顿在一处孤零零的农庄,坐落在密集的灌木丛后,丰满而高大的庄稼中间。我在那里接过了七连的指挥权。一直到战争结束,我都和七连一起同甘共苦。

晚间,我们坐在老陶砖铺就的壁炉前,用一瓶烈性的格洛格酒增强体力,倾听战争的雷鸣再度响起。新报纸上陆军战报有一句话跃入了我的眼帘:"我们成功地把敌人阻止在石头河一线。"

得知自己在黑夜中的东摸西撞获得了公开影响是一种很奇怪的感觉。我们所起到的作用是,让敌人竭力发起的进攻陷入停滞。无论人力物力如何庞大,关键点上的事情都是仅由几场战斗决定的。

没过多久,我们就在铺着干草的地上进入睡眠。虽然狂饮有助睡眠,但是大多数人都在做梦,辗转反侧,仿佛还要把佛兰德战役再打一遍。

八月三日,我们出发前往附近的小城吉茨①的火车站,带足了这个已经被离弃了的地区所出产的肉和水果。在车站酒馆,已经大大减员的全营战士又意气风发地喝了咖啡,佐以两位非常佛兰德风格的女酒倌豪放的言语,这让大家十分欢乐。最让

---

① 吉茨(Gits)。

大家高兴的,是按照当地习俗对包括军官在内的每个人都直呼"你"①。

几天之后,我接到了弗里茨从盖尔森基兴②战地医院写来的信。他写道,他大概永远会有一条僵硬的胳膊和一个虚弱的肺。

我从他的笔记中摘录下面这段话作为我的报告的补充,他的话生动地再现了一个被抛入物资战旋涡的新兵的印象:

"'起来集合,冲锋开始了!'排长的脸低下来,出现在这个小洞穴的上方。我旁边的三个人停止了聊天,骂骂咧咧地站了起来。我站起身,紧了紧钢盔,踏入了暮色。

"四周都是雾,感觉清冷,情况已经发生了改变。炮火已逐渐远去,雷鸣般落在巨型战场的其他地段。飞机在空中咯咯作响,绘在机翼下方的巨大铁十字徽安慰着担惊受怕的眼神。

"我再次跑向一口处于废墟和垃圾之间的水井,井水奇怪地保持了洁净。我装了满满一壶水。

"全连按排列队。我匆忙挂上四个手榴弹,朝我们班跑去,队伍还缺两个人。刚刚来得及写下他们名字,一切都动了起来。各排呈列前行,穿过布满弹坑的地段,绕过木梁,紧贴着灌木,叮叮当当噼里啪啦地朝敌人进发。

"进攻由两个营负责执行,旁边一个团的一个营和我们共同进入战斗。命令简洁明了。要把越过运河朝前推进的英国部队打回去。在这次行动中,我的任务是和我们班在前面守住阵地,阻击敌人的反攻。

---

① 与此相比,德语里非常严格地用"您"(Sie)和"你"(Du)来区分社会身份的高低和人际关系的距离。

② 盖尔森基兴(Gelsenkirchen),德国西北部的一个城市。

"我们抵达一个村庄的废墟。佛兰德平原上遍布可怕的伤疤,其间伸出黑色的残缺树干,这是森林的残迹。巨大的烟团在空中飘来飘去,为晚间的夜空添上了晦暗而沉重的云朵。光秃秃的、一遍又一遍被无情撕裂的土地上飘浮着黏稠的气体,或黄色或褐色,缓缓地四处游动。

"我们接到命令,做好毒气进攻的准备。就在这时,一次巨大的火力袭击开始了,我们的进攻被英国人识破了。泥土如喷泉般狂吼着跃起,弹片如雷阵雨般扫过大地。有那么一瞬间,所有人似乎都僵在当地,然后又四散开去。我再一次听到我们营长博科尔曼上尉的声音,他竭尽全力大声喊出命令,但是我无法听清。

"我们排的人都消失了。我处于一个陌生的排中间,同其他人一道向一处村庄的废墟推进,无情的炮弹已经把村庄削为平地。我们掏出防毒面具。

"所有人一律卧倒。我左边跪着艾乐特少尉,这是一名我从索姆河就认识的军官。在他旁边,有一名下士趴在地上观察敌情。压制火力的威力令人恐惧,我承认,这威力甚至超出了我最大胆的期待。在我们前方,一堵黄色的火墙在摇曳,泥块、砖块、铁片的阵雨砸落在我们身上,钢盔被砸得直冒火星。我感觉呼吸似乎变沉重了,而充满了生铁的大气层已经没有多少空气留给我的肺。

"我一直盯着这块炙热的屠场,其可见的边界就是英国人机枪枪口喷出的刺人的火焰。千百颗机枪子弹组成的蜂群冲向我们,但是耳朵是听不见的。我逐渐反应过来,我们在半小时的轮番火力准备后发起进攻,但是被猛烈的防守火力一开始就打垮了。两次距离很近的巨响吞没了一切嘈杂声。各种最重型的炸弹爆炸。遍地的垃圾在空中乱飞,卷作一团,带着地狱般的巨响砸落下来。

"艾乐特大声要求我向右看。他伸出左手,向后挥舞,然后朝前跳了出去。我艰难地站起身来,跟着他跑。我的脚一直像着了火一样疼,但是刺痛感已经减轻了。

"我还没有跑出二十步,正要从一个弹坑里出来,就被一枚榴霰弹燃烧的亮光闪了眼睛,这枚榴霰弹是在我前面不到十步的距离、三米的高度爆炸的。我感到胸口和肩部受到两下钝击。枪自动地脱手,我头朝后倒下,滚进一处弹坑。模模糊糊地,我还听见艾乐特的声音,他在跑过去的时候喊道:'这家伙中弹了!'

"他没能看到第二天。进攻失利了,他和他的同行者在撤退时全部阵亡。一枪贯穿后脑,结束了这位勇敢的军官的生命。

"我在昏迷了很长时间以后才醒过来,四周已经安静了许多。由于我是头朝下躺着,我于是试图站起来,但是感到肩部剧痛,一动就更痛。呼吸短促而且喘粗气,肺部不能提供足够的空气。肺部和肩部直接中弹,我想,因为我想起自己受到两下没有疼痛感的钝击。我扔下冲锋包和子弹带,而且在彻底无所谓的状态下也扔掉了防毒面具。钢盔我还戴着,水壶也挂在上衣腰间的挂扣上。

"我成功地爬出了弹坑。大概费力爬了五步远的距离,我又陷入旁边一个弹坑,动弹不得。一个小时以后,我又第二次试着往外爬,因为战场又被低烈度的不间断轰炸覆盖了。这次努力还是不成功。军用水壶和满壶珍贵的水也弄丢了,我陷入彻底筋疲力尽的状态,很久以后因为极度口渴才苏醒过来。

"天上沙沙地下起雨来,我用钢盔接了些脏水。我已经完全辨别不了方向,也无法明白前线的局势。这里一个弹坑接一个弹坑,一个比一个大,从这么深的坑底只能看到泥墙和灰色的天空。一片阵雨即将到来,但是雷声被又一轮不间歇的炮击声所掩盖。我紧紧贴在弹坑壁上。一大块泥团击中了我的肩膀,沉重的碎片从我的头顶扫过。渐渐地,我也失去了时间感,我已经不知道是早晨还是黄昏。

"有一次出现了两个人,大步跳跃着穿过战场。我用德语和英语朝他们喊话,但是他们就像影子融入浓雾一般消失了,并没听见我的声音。最后终于有三个人朝我走来。我认出了其中的一名下士,他在前一天就睡在我旁边。他把我带到附近的一个小木屋里面,屋里全是伤员,由两名卫生兵照料。我在弹坑里躺了十三个小时。

"这场战斗的猛烈火力就像锤碾工厂一样继续运转。炮弹一枚接一枚在我们身边落下,掀起的沙土经常覆盖了屋顶。我被包扎好,得到了一个新的防毒面具、一片抹着红色粗果酱的面包和一些水。卫生兵就像父亲一样照料我。

"英国人已经开始向前推进了。他们跳跃式接近,迅速消失在弹坑里。喊叫声和呼唤声从外面传进来。

"突然,一名年轻军官从外面冲进来,从鞋到钢盔溅满了泥。这是我哥哥恩斯特,而团部前一天就已经通报他阵亡了!我们互相问好,有些奇怪地、但又感动地相对而笑。他四下看看,非常担心地看着我,眼里含着泪。如果我们居然在同一个团的话,那么我们在这个无法描述的战场上重逢也就有了一些奇迹般的、震撼的东西,这件事将成为我永远珍贵而值得敬重的回忆。几分钟之后,他离开我,带来他连队的最后五个人。我被放在帐篷帆布上,他们用一棵小树的树干穿过系绳,把我抬下了战场。

"抬我的人每次两人轮换。这个小型的运输队一会儿向右急行,一会儿向左,折来折去躲避铺天盖地落下来的炮弹。他们有时被迫迅速隐蔽,好几次只能把我扔下,我重重地摔进弹坑。

"我们最终抵达了一处包着混凝土和铁皮的地下掩体,有一个奇妙的名字'哥伦布的蛋'。我被拖进去,放在一处木床铺上。这间屋子里还坐着两名我不认识的军官,他们沉默不语,倾听如飓风般的炮兵音乐会。我后来才知道其中一个人是巴特莫少尉,另一个人是战地助理医生,名叫赫尔姆斯。他喂给我雨水加红酒喝,我从来没有喝过比这种混合饮料更可口的东西。我发了高烧,极力挣扎着呼吸,梦魇一般的想象压迫着我,掩体的混凝土屋顶仿佛压在我的胸口,而我每次呼吸都必须把这块混凝土顶起来。

"少尉助理医官柯鹏上气不接下气地冲了进来。他也是被炮弹追着一路跑过战场。他认出了我,弯腰查看我的情况,我能够看见他的面部表情是如何为了做出安慰性的微笑而扭曲的。在他后面进来的是我们营长,他是一位非常严谨的人,轻柔地拍了拍我的肩膀,所以我不得不露出微笑,因为我当时想的是,估计接下来皇上就会亲自进来对我嘘寒问暖了。

"这四个人坐在一起,用军用水杯喝酒,低声交谈。我注意到,他们有一刻谈到了我,我只断断续续地听到'兄弟''肺''受伤'等几个词,我就想这之间有什么联系。然后他们开始大声谈战役的进展。

"我处于濒死的意识模糊状态,但突然产生了一种幸福感,而且这种感觉越来越强烈,一直保持了几个星期。我想到了死亡,但是并没有因此而感到不安。我所有的一切情况看起来都简单得令人惊讶,我带着'你很好'的意识陷入了睡眠。"

雷涅维勒 *

一九一七年八月四日,我们在著名的马尔拉图下了火车。七连和八连在东库尔①宿营,我们在这里过了几天平静的日子。只是伙食供应匮乏给我带来了一些麻烦。在战场上征集粮草是绝对禁止的,但每天早晨,宪兵都会向我通报,他们遇到若干个在夜里刨土豆的人,我只好对他们进行处罚:"因为他们被抓住了。"这是我不得不给出的非官方理由。

近日,连我也切身体会到了不义之财惹灾祸。特贝和我从一座废弃的佛兰德庄园中顺手带走了一辆镶着大玻璃窗的高级马车,并且想方设法在运输过程中不被人发现。我们计划前往梅斯②进行一次惬意的旅行,好好享受一下生活。一天下午,我们套好马车,随后便出发了,然而车辆竟然没有刹车。显然,这辆车是按照佛兰德平原的条件而打造的,并不适用于洛林③山区。还没有出村子,我们的马车便颠簸着疾驰起来,这趟旅行注

---

* 雷涅维勒(Regniéville)。
① 东库尔(Doncourt)。
② 梅斯(Metz),现法国洛林大区的首府。
③ 位于德法边境地区的洛林(德语 Lothringen,法语 Lorraine)和阿尔萨斯(德语和法语拼法都是 Elsass)从十九世纪下半叶到二十世纪上半叶一直是两国争夺的焦点。

定不会有好下场。不一会儿,马车夫竟率先跳了出去,随后特贝也被甩到了一堆农具中,灰头土脸。只剩我一人独自坐在轿厢的软座上,浑身难受。先是一扇门打开了,被一根电报杆硬生生地截了下来。最终,马车从一座陡坡上翻滚下去,在一户人家的墙上撞得四分五裂。我从这架破车的一扇窗户钻了出去,却发现自己竟毫发无损。

八月九日,师指挥官封·布瑟少将前来检阅连队,称赞连队在战斗中的出色表现。第二天下午,车辆将我们运送至蒂奥库尔①附近,从这里出发前往新的阵地。新阵地位于丛林密布的洛林山区高处,再往前便是早已千疮百孔的雷涅维勒村,我们曾从某些命令中听过这个地名。

第二天一大早,我仔细观察着所在的这一段阵地,对于一个连队来说,这片地区显得格外狭长,凌乱地分布着不少近乎坍塌的堑壕。前线区域有多处被此地常见的重型迫击炮弹破坏。我的巷道位于百米开外的通行堑壕,靠近从雷涅维勒延伸出来的小路。这将是间隔很久之后我们和法国人再一次正面遭遇。

在这块阵地上,地质学家估计会感到如鱼得水。通道堑壕按顺序打开了六种地层:从珊瑚石灰岩到格拉韦洛特泥灰岩,战壕就修在后者中间。黄褐色的岩石中遍布化石,尤其是一种扁平的、状如小圆面包的海胆化石,数以千计,从堑壕壁上冒出来。每次我穿越这一地区后回到地下掩体,口袋里总会装满贝壳、海胆和菊石。泥灰岩的一项特性是可以比黏土更好地抵御恶劣天气。堑壕的某些地段甚至被仔细地砌筑过,大段的地面浇筑上了混凝土,即使最强的降雨也很容易流走。

我所在的巷道又深又湿,有一点让我很不喜欢:这里的跳蚤

---

① 蒂奥库尔(Thiaucourt)。

要比常见的那种跳蚤活跃得多,似乎是不同的品种。两者之间的关系有点像灰鼠和家鼠之间的那种敌对关系。正常的衣物换洗已经无济于事,因为这些弹跳能力超群的寄生虫会狡猾地潜伏在床铺的干草中。想要睡觉的人被逼无奈,只得绝望地掀开被子,力图将它们赶尽杀绝。

伙食也很差:三分之一块面包、一碗寡淡的清汤、少得可怜的配菜——通常是即将腐烂的果酱,便是一顿午餐。其中一半又总是被一只硕鼠吃掉,我欲将其捉拿,却总是徒劳无获。

预备连和正在休整的连队驻扎在位于丛林深处一群原始的木屋里。我尤其喜欢自己作为预备部队的驻地,它紧靠着一片狭窄的森林谷地的斜坡,属于死角。我就住在那儿一座很小的木屋里,小屋一半建在斜坡里,屋外满是榛子灌木丛和山茱萸。透过小屋的窗户可以看到对面树木繁茂的山脊和谷底窄窄的一片草地,溪水潺潺流过。作为消遣,我给无数在灌木丛中张结大网的圆蜘蛛喂食。木屋后墙处堆满了各种各样的瓶子,想必那些隐居于此的前人曾经度过了一些清修时光,我也就勉为其难,尽量做到入乡随俗。夜幕降临,缕缕薄雾与木柴的浓烟混杂着从地面升起,我在暮色中开着门,伴随着秋天的凉意和柴火的温暖蹲小屋门口,感觉此情此景应该再有一杯令人舒适的饮料——比如一半蛋黄酒和一半红酒的混合,装在大腹玻璃杯里。我会翻开一本书,继续我的笔记。这一片刻的放松令我忘记,一位从后备营调过来的年长军官接手了我的连队,而我作为排长,则需要继续负责枯燥的堑壕任务。我按照老习惯,尽量用频繁的巡逻来躲避没完没了的站岗放哨。

八月二十四日,勇猛的博科尔曼上尉被榴弹碎片击中受伤,他是团里在短时间内失去的第三位营长了。

在执行堑壕任务中,我结识了一位已婚中年男子克洛普曼下士。他战斗勇猛,属于那种不知畏惧为何物的罕见人物。我们约定去法国人的堑壕瞧一瞧。我们对法国人的首次拜访发生在八月二十九日。

我们悄悄爬往敌方障碍的一处豁口,克洛普曼头天晚上已经将其剪开。令我们意外的是,铁丝网已经被修补好了。尽管如此,我们还是在一片动静中将其再度切断,进入堑壕里。我们在近处的肩部掩体后潜伏了很久,随后沿着一根电话线悄悄突进,电话线的末端缠在一把直插在土里的刺刀上。眼前的阵地被多道铁丝网和一道栅栏门所封锁,但无人把守。我们仔细查看一番,随后原路返回,小心翼翼地将豁口再次拉起,隐藏我们此次造访的痕迹。

第二天晚上,克洛普曼又在此处侦察,却遭受到步枪射击和俗称"鸭蛋"的柠檬形手雷的袭击,其中一枚手雷落在了他紧贴地面的脑袋旁边,然而并未引爆。他只能仓皇而逃。第二天晚上,我们两人结伴前往,却发现前面的堑壕中已经有人了。我们仔细听了敌方岗哨的响动,确定了他们的位置。有人哼起了小曲儿。终于,我们引发了火力打击,便悄悄地返回。

等我再次返回堑壕中,我的战友福格特和哈维尔坎普突然出现,显然他们刚刚庆祝了一番,然后一时兴起,离开了舒适的营地,穿过黑漆漆的森林向最前线进发,据称是去巡逻。我一直遵循的原则就是,每个人都要为自己负责,所以尽管敌军仍然十分活跃,我还是任由他俩爬出了堑壕。他们巡逻目的仅仅是想搜寻法国火箭筒留下的丝绸降落伞,然后挥舞着这些白色的绸缎在法军的铁丝网前来回挑衅。他们当然遭遇到了射击,然而幸运的是,过了一会儿他们就回来了。他们一如既往得到了酒神巴克斯的庇护。

九月十日,我从营地前往团战斗指挥部请求休假。"我已经想到你啦,"上校告诉我,"我们团需要进行一次武力侦察,我想将这一任务交给您。您先挑选合适的人,然后去下面苏尔福尔①营地开展训练。"

我们要分别在两处潜入敌人堑壕,并尽力抓获俘虏。巡逻队分为三队人马:两个突击队和一个负责占领敌方阵地、为我们提供掩护的小分队,我除了负责统领队伍以外,还领导左翼部队,右翼部队交给了吉尼茨少尉。

当我在连队里征召志愿者时,出乎我意料的是,营队里的各连竟然有将近四分之三的人挺身而出。要知道,这可已经是一九一七年年末了。我依然按习惯挑选战士:我沿着队列走,把那些"像模像样的"挑出来。一些落选的士兵几乎哭了起来。

我的队伍由包括我在内的十四人组成:上士齐格里尼茨基、下士克洛普曼、米维乌斯、杜耶斯夫肯以及两名工兵,可以说集结了二营的英雄好汉。

接下来的十天,我们练习了投掷手榴弹,并在一座模拟实际情况的冲锋阵地进行实战训练。在如此的激情下只有三名战士受了弹片擦伤,真可谓奇迹。除此之外我们没有任何执勤任务。九月二十二日下午,我率领这群表面粗野、但是堪用的家伙前往二号阵地,我们将在那里过夜。

晚上,我和吉尼茨穿过幽暗的森林前往营指挥部,舒马赫上尉设宴请我们吃了一顿"最后的晚餐"。之后我们躺在巷道内休息了几个小时。得知第二天即将面对生死考验,终究是一种诡异的感觉。入睡之前,每个人都在努力回顾自己的经历。

凌晨三点,我们被叫醒,起床,洗漱,吃早餐。为了增加体力,也为了庆祝这一天,我的早餐有荷包蛋,然而今天我的勤务

---

① 苏尔福尔(Souslœuvre)。

兵在蛋里放了太多的盐,这让我颇为恼怒。坏了菜可不是什么好兆头。

吃罢早饭,我们再次对可能遇到的全部细节进行逐一讨论,其间还不忘享用樱桃白兰地酒,吉尼茨想方设法用老掉牙的笑话逗大家发笑。差二十分钟到五点的时候,我们集结士兵并带领他们进入最前线的地下掩体。铁丝网已被剪开缺口,石灰粉画出的长长的箭头标记像路标般指向我们的攻击点。大家握手告别,静静地等待着即将发生的一切。

我穿上了一件自认为适合战斗的工作服:胸前的两个沙袋内各装有两颗长柄手榴弹,左边是触发式雷管,右边是引燃装置,右侧上衣口袋是一把拴着长绳的零八式手枪,右侧裤子口袋则是一把毛瑟式小手枪,左上衣口袋里是五枚手雷,左侧裤子口袋里有一个荧光罗盘和一个哨子,武装带上系着一个拉手榴弹的弹簧扣、一把匕首和一把钢丝剪。上衣内侧口袋里是一个鼓鼓的钱包以及我的家乡地址,裤子后面的口袋里是一个装有樱桃白兰地酒的扁酒瓶。

我们拆下了肩章和直布罗陀袖章,以便不给敌方留下任何与我们身份相关的线索。作为标记,我们在每个胳膊上都戴了白色袖章。

四点五十六分,左翼部队开火吸引注意力。五点整,我方阵线身后的天空燃烧了起来,子弹从头顶上方簌簌飞过。我和克洛普曼站在巷道入口,抽了最后一支雪茄,猛烈的短程射击逼迫我们隐蔽起来。我们看着手里的表,默默计时。

五点零五分,我们走出巷道,按照既定路线穿越障碍。我举着一枚手榴弹跑在前面。在第一缕晨曦中,我看见右翼巡逻队也在向前突进。敌方的拦截障碍设施薄弱。我两步跨过,却被后面的铁丝卷筒绊了一下,摔进了一个弹坑里,克洛普曼和米维乌斯把我拉了上来。

"跳进去!"我们跳进了第一道堑壕,没有遇到任何的抵抗,而右方的手榴弹战已经打响。此时也顾不了太多,我们跳过沙袋障碍,蜷缩进弹坑里,缓慢前行,直到第二条战线前的拒马我们才又一次冒出头来。因为这一带已被完全破坏,没有任何希望抓获俘虏,我们一刻也没有停留,沿着一条加固的通行堑壕继续前行。起初,我派出工兵清理开路,后来因为速度太慢,我亲自来到队伍最前方。我们是没有时间去开枪接火的。

在进入第三条堑壕时,我们震惊地发现地上竟有一个还未熄灭的烟头。显然,敌人就在附近。我向战士们打了一个手势,紧了紧身上的手榴弹,在经过加固的堑壕中悄悄前行。

大量被废弃的步枪斜靠在堑壕内壁上。在这样的情景之下,记忆不会遗漏任何蛛丝马迹。这里有一口锅,里面立着一把勺子,这个画面如同梦境一般深深地镌刻在我的脑海里。二十分钟后,正是我观察到的这个细节救了我的命。

突然间,一群黑影从眼前闪过。我们径直追了上去,却跑进了一截死胡同,只见堑壕壁上有一个巷道入口。我站在入口处,用法语大喊一声:"上来!"得到的回应是一颗飞出来的手榴弹。显然,这颗手榴弹会延时爆炸,我听到了那一声细微的咔嚓声,幸好还来得及跳回来。手榴弹在我头部的高度在对面墙上炸开,我的丝帽被撕碎,左手多处受伤,小拇指指尖被削掉。站在我身边的工兵下士的鼻子被射穿。我们不得已,只能撤退几步,用手榴弹对那一片危险地区进行轰击。此时,一名战士情急之下竟将一枚雷管扔到了入口处,使得我们无法进行任何后续进攻。我们掉转方向,沿着第三条堑壕反向行进,试图抓到一两个敌人,一路上到处是被丢弃的武器和装备。我们不禁越来越纳闷:"这些武器的主人去哪了?他们究竟躲在什么地方?"不过我们坚定地准备好了手榴弹,举着手枪,向那荒芜而硝烟弥漫的堑壕深处急行。

那之后的行进情况,过了很久我才慢慢回想起来。不知不觉,我们转弯进入了第三条通行堑壕,已经处于我方的火力压制区,也是第四道防线。我们会时不时地打开嵌在堑壕壁里的盒子,往自己口袋装手榴弹作为纪念。

我们在纵横交错的堑壕里穿梭行进,渐渐已不知身在何处,我方阵地又在何方。大家逐渐不安起来,罗盘在众人手中传递,荧光指针不断跳跃。我们急切地寻找着北极星,中学课本里学到的知识早已被我们抛到脑后。邻近的堑壕中传来一阵阵喧嚣,显然敌人已从第一次突袭中恢复了过来,估计很快便会判断出我们的方位。

我们又一次转向之后,我从排头变成了队尾。我突然发现,沙袋堆成的肩部掩体正上方竟有一个机枪枪口在来回游动。我急忙跳过去,脚下在一具法军士兵的尸体上绊了一下,看见下士克洛普曼和上士封·齐格里尼茨基正在摆弄着机枪,燧发枪列兵哈勒尔则在一具血肉模糊的尸体上搜索证件。我们无暇顾及周围环境,心急火燎地折腾这挺机枪,希望能至少缴获一件战利品。我试着松开固定螺丝,一位同伴则使用剪线钳剪开了弹夹。最后,我们终于将这个架在三脚架上的家伙拿了起来,不用拆解就能带回去。这时,从隔壁一条我们认为与我方堑壕平行的堑壕中传出一个充满敌意的法国声音:"这是什么?"一个黑色的球体在暮色中划出一道高高的弧线,朝我们飞了过来。"小心!"它在我和米维乌斯之间炸开,一块弹片飞进米维乌斯手里。我们四散而逃,纵横交错的堑壕令我们不知所措。现在,我身边只有鼻子在流血的工兵下士,以及手部受伤的米维乌斯。此刻,法国人还是不敢从藏身之处钻出来,他们的混乱推迟了我们的末日的到来。再晚几分钟,我们就有可能遭遇敌方更强的部队,对手将愉快地消灭我们。这里的空气中没有丝毫宽恕的气息。

我已经彻底放弃了完好无损逃离这座杀人马蜂窝的任何希望,未承想却突然欢呼起来。我看见了那个放着一把勺子的锅,现在我回忆起了之前的那个画面。因为天色已经变亮,没有多少时间可以耽搁了。我们跳过开阔的区域,冲往自己的阵地,马上就有步枪子弹在身边呼啸。在法军的最前沿堑壕里,我们遇到了吉尼茨少尉的巡逻队。一听到"烧酒加啤酒"的呼喊,我们就知道已经度过了最为艰难的时刻。一不小心,我摔倒在一名重伤员身上,吉尼茨急匆匆地给我讲述,他自己如何在第一道堑壕用手榴弹驱散了修堑壕的法军士兵,同时在随后的行进中,我们的炮火也造成了己方的伤亡。

等了很久,我手下的下士杜耶斯夫肯和燧发枪列兵哈勒尔终于也回来了,令我稍感欣慰。他迷失在了一条偏僻的通行堑壕里,发现了三挺遗弃的机枪,他将其中一挺从枪架上拧下来后带了回来。天色渐亮,我们急匆匆地穿过无人之境,奔向我方的前线。

与我一起出发的十四名战士中,仅有四名活着回来。吉尼茨的巡逻队同样伤亡惨重。我在巷道里包扎手臂时,老实的奥尔登堡人杜耶斯夫肯在巷道入口处向战友报告战况,最后说道:"我现在非常佩服容格尔少尉,老天,你们看他是如何飞越障碍的!"他的这一番话给本已萎靡不振的我带来了一丝宽慰。

随后,我们穿过森林前往团指挥部,几乎所有人的手上或头上都打着绷带。封·奥鹏上校向我们致意,给我们倒咖啡喝。虽然我们的溃败令他失望,但依然对我们的表现给予肯定,这让我们稍感安慰。再后来,我被装进一辆小汽车,前往师里,他们希望得到一份完整的报告。几小时前手榴弹的猛烈爆炸声还在我的耳中回响,如今我却舒舒服服地靠在小汽车里,疾驰在乡村公路上。

师参谋部的军官在办公室接待了我。他相当情绪化,试图将行动的失败归咎于我,令我十分恼火。他的手指点在地图上,随后便开始质问我:"为什么不向右侧转进入这道通行堑壕?"我意识到,他根本无法想象没有左右概念的混乱局面。对于他来说,所有的一切只是一份计划,对我们来说,则是伴随着激情的真实经历。

师指挥员热情地向我问候,很快便驱散了我的不悦。午餐时,我穿着破旧的作战服,手上打着绷带,坐在他旁边,努力以最为恰当的方式向他还原我们早上的行动,我也做到了这一点。

第二天,封·奥鹏上校再次造访巡逻队,颁发铁十字勋章,并为每一名战士放了十四天假。当天下午,从战场上运回的阵亡士兵在蒂奥库尔士兵墓地下葬。这场战争的牺牲者中间还长眠着一八七〇、一八七一年战争的战士。一处旧墓前的石碑长满了青苔,铭文写道:"其形虽远,其心恒近!"一块巨大的石碑上刻着:

"豪杰伟业,英雄墓地,新人旧人,
　代代不息,裂土开疆,长治安邦。"

晚间,我在一份法国的战报中读到:"德军在雷涅维勒的行动失败!我们抓获了俘虏。"无非是狼入羊群时迷了路而已。这则短短的报道令我高兴了起来,这意味着,我们失去的战友中还有幸存者。

数月后,我收到一封来自失踪的燧发枪列兵迈耶的来信,他在那场手榴弹战斗中失去一条腿。他和另外三名战友长时间不辨方向乱走,卷入了一场战斗,包括克洛普曼下士在内的其他人阵亡,他则身受重伤后被俘。克洛普曼显然属于大家完全无法想象他被俘的那种人。

在战争期间我经历众多险境,但这场战斗尤其令我毛骨悚然。时至今日,每当我想起那天自己在清冷的晨曦中穿行于错综复杂的陌生堑壕时的情景,我依然会陷入惴惴不安中,犹如陷落在迷宫一般的梦里。

几天之后,少尉多迈耶和茨运两人带着几个人在一阵榴霰弹攻击后跳入敌方的第一道堑壕,多迈耶遇到了一名蓄着大胡子的法国民兵,此人以粗暴的"不!"回绝了他发出的"投降吧!"的要求,随后向他冲了过来。在两个人殊死肉搏期间,多迈耶用手枪射穿了他的脖颈,和我一样没有带回俘虏,无功而返。只不过我那次行动挥霍的弹药足够在一八七〇年打一场战役。

重返佛兰德

在我结束休假归队的那一天,巴伐利亚的部队前来换防接替我们,我们便被安顿在附近的一座小村庄拉布里①。

一九一七年十月十七日,在驱车一天半之后,我们被调至佛兰德地区,再次踏上两个月前离开的土地。我们在小城伊泽海姆②过夜,第二天清晨行军前往鲁勒③,佛兰德当地的佛莱芒语则称之为鲁瑟拉勒④。这个小城已经开始遭受破坏。虽然商店里还可以进行商品交易,但市民们大多已躲进了地下室,市民生活的纽带早已被频繁的轰炸撕碎。在我的住处对面有一个陈列着各式女帽的橱窗,在战争阴云之下显露出一种诡异的孤立感。夜晚来临,抢劫者会闯入废弃的民宅。

我的住处位于东大街,我是地面上房间内的唯一住户。房子原本属于一位布商,战争爆发初期便逃走了,留下一位年迈的女管家带着女儿留守看护。我们刚刚入城的时候,母女二人发现了一个流落街头的小姑娘,她们连小姑娘的姓名和年龄也不清楚,便带她回家照料起来。她们对于炸弹极度恐惧,为了避免

---

① 拉布里(Labry)。
② 伊泽海姆(Iseghem)。
③ 鲁勒(Roulers)。
④ 鲁瑟拉勒(Roeselaere)。

招来可怕的飞机轰炸,她们就差跪下来求我不要在楼上点灯。有一次我也彻底笑不出来,当时我和好友莱因哈特正站在窗前观看一架英国战机在探照灯照射下紧贴着屋顶飞过,这时一枚巨型炸弹在屋旁爆炸,气浪席卷着窗户碎片在我们耳旁乱飞。

面对即将到来的战斗,我被指派为侦察军官,直接受命于团部。我们即将接替巴伐利亚第十预备团,为了熟悉工作,我在换防之前去指挥部看了看。我觉得指挥官是一位和善的先生,尽管在见面问候时他便对我的不合规矩的"红色帽带"颇有微词——按规定,为避免吸引敌方注意力去袭击头部,应当缝成灰色。

两名勤杂兵带我去消息站,据说在这里能够了解全貌。我们刚刚离开指挥部,一枚炮弹就将草地掀了起来。炮火在中午时分已经成为隆隆不绝于耳的连续性轰炸,我的向导在遍布矮杨树林的地区巧妙地进行躲避。他们已经久经物资战的考验,拥有战士的本能,即使在最浓密的火力中也能找到还算安全的小径,最终得以穿越这一片被秋色染成金黄的土地。

一座孤零零的农庄显然不久前刚刚遭到炮击,我们看见一位死者面朝下趴在门槛上。"他死了!"其中一位实诚的巴伐利亚士兵说道。"炮火密集啊。"另一人用警戒的目光环视四周,然后迅速前进。消息站位于遭到严重炮击的帕斯尚尔①-西罗泽贝克②大街的另一侧,我发现它和我之前在弗雷努瓦负责过的集结点很像,紧挨着一栋已经被炸成废墟的房子,旁边几乎没有掩护设施,随便来一枚炮弹就能摧毁它。那里的三名军官挤在一个洞里,对即将到来的换岗感到非常高兴。我让他们向我

---

① 帕斯尚尔(Passchendaele)。
② 西罗泽贝克(Westroosebeke)。

介绍了敌军的情况,他们的位置和如何接近等,之后我便途经路德克鲁伊斯①-奥斯特尼夫凯克②返回鲁瑟拉勒,我要在那里向上校汇报。

走在穿过城区的街道上,我开始仔细研究那些小酒馆的名字,这些美好的名字无一不展现出佛兰德地区的舒适生活。"三文鱼""苍鹭""新号角""三个国王"或者"大象",谁看到这些小酒馆的名字不会受到吸引呢?店家打招呼时亲切地用"你"来称呼进门的顾客,仅仅是这一点就会让人备感舒适。愿上帝赐福这片辉煌的土地,它曾经成为无数军队交战的沙场,希望它也能够在这场战争后以从前的面貌重生。

晚间,小城再次遭受轰炸。我进入地下室,妇女们颤抖着蜷缩在角落里。爆炸令地下室陷入一片漆黑,一个小姑娘吓得惊叫,我打开了手电筒安抚她。这再次证明人和故乡是如何紧密地联系在一起的。眼前的妇女们虽然极度恐惧,但却毅然选择留守在这随时可能会变成坟墓的土地上。

十月二十二日早晨,我与侦察队的四个人动身前往卡尔夫③,团参谋部即将在上午换防。前线战况激烈,火光将雾气染成了血色。在进入奥斯特尼夫凯克的地方,一座被重磅炮弹击中的房子轰然倒下,砖石废墟滚过街道。我们本想绕行此地,但因为不熟悉路德克鲁伊斯-卡尔夫的具体方向,只能穿过这一地区。情急之下,我向一名站在地下室入口处的陌生下士问路。谁知他仅是将手插进了口袋,耸了耸肩,并未回答我的问题。炮火中显然容不得我浪费时间,我朝他跳过去,用手枪抵住了他的

---

① 路德克鲁伊斯(Roodkruis)。
② 奥斯特尼夫凯克(Oostnieuwkerke)。
③ 卡尔夫(Kalve)。

鼻子,这才逼迫他开口说出了我要的信息。

在战斗中遇上并非因为胆怯,而是显然对战争毫无兴趣的惹事士兵,这对我还是头一遭。尽管这种毫无兴趣在战争的最后几年更为强烈和普遍,但在战斗中表现出来则极不寻常,毕竟战斗使人团结,无所事事才让人冷漠。战斗打响,军令如山。然而,从前线撤回的队伍中还是可以明显感到,军队的风纪逐渐消沉。

路德克鲁伊斯是一处坐落于岔路口的小农庄,我们在此附近意识到事态危急。拖着大炮的车辆急速地行驶在弹痕累累的公路上,步兵队伍分两个方向穿过这一区域,无数的伤员拖着疲惫的身体从前线返回。我们遇到一位年轻的炮兵士兵,一枚长长的锯齿状弹片像一根断矛一样插在他的肩部。他低着头,像梦游人一般从我们身边走过。

我们从公路朝右拐,去往团指挥部,指挥部此时已被炮火包围。两名电话兵正在附近的甘蓝菜地里铺电话线路。一枚炮弹紧挨着其中一名电话兵爆炸,我们眼看着他倒了下去,认为他必死无疑。谁知他竟随即坐起身来,冷静而从容地继续铺线。此时的指挥部仅剩一个小小的混凝土建筑,几乎没有指挥员、副官和勤杂兵的落脚之地,我只好在附近另寻栖身地,同几名情报、防毒气和迫击炮兵军官挤进了一个简易木板房中——这里显然不能代表可以躲避炸弹的标准营房。

下午,我进入阵地。我们得到消息,早上敌军攻击了五连。我经过消息站来到北庄,这座农庄早已被炮火摧残得面目全非,预备营指挥员就驻扎在废墟中。从这里有一条隐约可见的小径通往战斗部队指挥员处。由于前几日大量降雨,布满弹坑的地面变成了烂泥滩,帕德巴赫河床的深度甚至足以致命。我来回绕路,沿途不时可以看见孤零零的尸体躺在地上,往往只有头部或一只手从弹坑里肮脏的水面上伸出来。成千上万的死者只能默默长眠，葬身之处连一块由友人竖的碑都没有。

横渡帕德巴赫河异常艰难，我们只能借助于一些被炸到河里的杨树才抵达对岸。过了河，我在一个巨大的弹坑里发现了五连连长海因斯少尉，身边带有几名随从。弹坑地带位于一处山坡，因为还没有灌满水，就被要求不高的前线士兵称为尚可居住。海因斯告诉我，早晨有一支英国的散兵队伍出现，短暂交火后便消失了，但是打死了几名在他们接近后企图跑开的一六四团士兵。此外一切正常。随后，我返回指挥部向上校报告。

第二天中午，几枚炮弹擦着木墙落下，异常粗暴地打断了我们的午餐，爆炸掀起的脏东西缓慢地飞旋落下，在篷布屋顶上敲出鼓点般的声响。大家全都冲了出去。外面下着雨，我便迅速躲进旁边的一个农屋里。晚上，这样的袭击再次发生，不过天已放晴，我便待在户外，而一枚炮弹正好命中了摇摇欲坠的农屋，战场上的机缘巧合就是如此吧。小事情也会有大关联，这一点在战场上表现得尤其明显。

十月二十五日，我们八点钟便被迫离开了木屋，我们对面的木屋被第二枚炮弹直接命中。另外的炮弹则落在雨后潮湿的草地一侧，爆炸只发出闷响，却炸开了巨大的弹坑。出于前一天的经验，我在团指挥部后面的大片白菜地里找到了一个孤零零的弹坑，看起来似乎比较安全，我每次都在弹坑里停留合适的时间之后才出来。就在这天日间，我接到了布莱希特少尉在北庄右侧的弹坑地带阵亡的消息。他曾经担任师侦察军官，属于那种即使在这场物资战中也有一种特殊光环佑护的少数人，我们认为他简直刀枪不入。他这种人很容易一眼认出来，就连听到再度进攻的命令，他们也只是笑一笑。听到这些死讯，我也不自觉地想到自己或许也没多少时间了。

十月二十六日一早的不间断交火异常激烈。我方的炮兵也按照前方升起的压制火力信号加倍倾泻怒火。每一块小树林、每一处灌木丛都布满了火炮，被震得近乎耳聋的炮兵在大炮后面忙碌。

从前线下来的伤员对英军进攻的描述模糊而夸大，为此我和四名战士在十一点被派往前线，以了解具体的情况。一路上，我们要经过激烈的交火地带，沿途遇到了大量的伤员，其中包括十二连连长施皮茨少尉，他的下巴中枪。在抵达作战部队指挥员所在的巷道之前，我们便处于机枪瞄准射击之下，这说明敌方已经成功把我军防线后压。三营营长迪特莱因少校也证实了我的猜想。我看到这位老营长的时候，他正从四分之三处于水下的混凝土建筑的入口爬出来，同时还试图从烂泥中捞出他的海泡石烟嘴。

英国人已经突入了我们的最前线，并夺取了一处山脊，可以居高临下对位于帕德巴赫河床的作战部队指挥部发动攻击。我用红笔在作战地图上将这些新情况标记出来，随后鼓动大家不间断跑步通过这片烂泥地。我们急匆匆大步跨越这块处于英国人注视下的地带，抵达就近的凹凸不平的地段，再放慢速度前往北庄。左右两侧不断有炮弹落入沼泽地，掀起裹挟着无数碎弹片的巨大泥团。北庄处于高爆弹的火力之下，我们只能大步跨越。这些高爆弹的爆炸声震耳欲聋。它们分组发射，间隔很短。我们每一次的位置转移都要尽可能迅速，以便可以就近跳入弹坑内躲避下一波火力。从远远传来的呼啸到近在咫尺的爆炸之间，求生的欲望痛苦而强烈，因为身体完全暴露在危险之下，只能一动不动地等待命运的降临。

激烈的炮火中还夹杂着榴霰弹，其中一枚炮弹的弹丸噼里啪啦地散落在我们中间。我的一名随从被击中钢盔后沿而倒地,他昏迷了一阵,又站起身来继续跑。北庄周围地段铺满了大量支离破碎的尸体。

我们努力开展侦察工作,一再涉足原本无法通行的区域,这也让我们对战场上的隐秘之处得以一窥究竟。这片荒漠无处不见死亡的痕迹,仿佛已经没有任何活物。一处零乱的灌木丛后躺着几名阵亡士兵的遗体,被炮弹激起的新鲜泥土覆盖;另一处弹坑旁躺着两名传信兵,坑里冒出的爆炸烟雾几乎令人窒息。不远处的一小块地面上散落着大量尸体,可能是陷入火力中心的一队搬运兵,或是一支迷了路的预备队在这里全军覆没。我们再度现身,向这些死亡的角落投去匆匆一瞥,便又带着秘密消失在浓烟之中。

我们还算幸运,疾步通过了帕斯尚尔-西罗泽贝克大街后面遭受激烈炮击的地域,向封·奥鹏上校作了汇报。

第二天清晨六点,我便被派去前线,任务是确定这个团能否以及在哪里能接上其他部队。路上我遇到了费尔希兰德准尉,他要向八连传达命令:向古德贝格[1]推进,以及封闭我们和左翼的团之间有可能出现的缺口。为了尽快执行命令,我只好一路跟随他。我们找了很久才在消息站附近弹坑遍布的不毛之地找到八连连长特贝。对于大白天执行如此明显的转移任务,我的这位朋友很是不悦。晨曦中的弹坑地带呈现出难以言状的单调,我们的交谈也就没几句话。我们点上根香烟,等待连队集结。

没走几步,我们就遇上了敌方步兵从对面高地瞄准射击,只能沿着弹坑跳跃前进。在通过近处一个斜坡时,敌方的火力异常密集,特贝只能让大家进入弹坑列阵,等待黑暗的降临提供掩

---

[1] 古德贝格(Goudberg)。

护。他抽着烟走了一遍阵地,把各个班分配好。

我决定继续往前走,以判断缺口的大小,动身前先在特贝所在的弹坑里休息了片刻。八连这个大胆的行动马上就遭到敌方炮兵的惩罚,我们阵地遭到一阵轰炸。一枚炮弹在我们藏身之处的边缘爆炸,溅起来的泥土糊住了我的地图和眼睛,这使我意识到必须马上动身。随后,我向特贝道别,并祝他在接下来的几个小时里好运。他在我的身后喊道:"上帝呀,让黑夜降临吧,明天反正是要到来的!"

帕德巴赫河床在敌人的眼皮底下,我们矮身躲在被炸倒的黑杨树枝叶后面,踩着树干过了河床。时不时有人下半身陷入淤泥,如果没有战友及时伸出枪托,肯定就淹死了。我选了一处周围都是士兵的混凝土建筑作为行进目标。在我们前面,四位挑夫抬着担架与我们朝一个方向前进。看到把伤员送往前方不禁令我有些迷惑。我拿起望远镜,从中看到一群戴着扁平钢盔、穿着卡其布军装的人影。枪声就在此刻响起。我们无处隐蔽,只能往回跑,身边子弹乱飞,打入淤泥里。穿越淤泥地带极其消耗体力,我们有一刻气喘吁吁地暴露在英国人眼皮底下,这时一组高爆弹袭来,又令我们恢复了活力。高爆弹的好处是可以让我们借助烟雾逃避敌方的视线。奔跑的过程中,最令人不快的便是想到自己可能会受伤,变成沼泽地的一具浮尸。我们急匆匆地沿着弹坑边缘奔跑,就像沿着蜂巢的巢壁。一缕缕血水提醒我们,在我们之前已经有人消失在这里。

到达军团指挥所时,我们几乎精疲力竭。我上交了草图,就战况做了汇报。我们对缺口进行了侦察,特贝将连夜前去堵上缺口。

十月二十八日,巴伐利亚第十预备团再次将我们换下。我们被安置在前线后面的村庄里,随时可以介入战事。指挥部也搬到了默斯特①。

夜里,我们坐在一间废弃的小酒馆里,庆祝刚刚度假归来的茨运少尉获得提拔,以及订了婚。这种放松必定是有代价的,第二天清晨我们就被不间断的猛烈炮火所惊醒,虽然距离很远,但巨大的冲击仍然将我的房间的玻璃震碎。一条警报随之而来,想必是缺口出了状况。据说英国人已突入了我团的阵地。白天,我在司令部的观察哨所里待命,周边地带只受到零星的火力攻击。一枚轻型炮弹由窗户钻进一间小屋子,三名炮兵受了伤,灰头土脸地冲了出来。另外三名士兵则被掩埋在废墟之下。

第二天早晨,我收到了来自巴伐利亚指挥官布置的作战任务:"敌军再次突进,左翼团的阵地不断后撤,我们两团之间的缺口大幅扩大。由于我团存在被敌军从左侧包抄的危险,燧发枪七十三团已于昨夜发起反冲锋,遭敌方压制火力驱散,未能接近敌军。今晨已派二营前往缺口处。尚未有战报。现急需确定一营和二营的具体位置。"

我立即起身,在北庄就遇到了二营指挥官布里克森上尉。他已经有了阵地图。我抄录了一份,本来已经完成了任务,但是为了能够亲眼了解全貌,我还是亲自前往战斗部队指挥官所在的混凝土建筑。沿途可见很多阵亡士兵的尸体,有的苍白的脸从弹坑的水潭中冒出来,有的则全沾满淤泥,仅能大致看出人形。多数阵亡士兵的袖子上都闪烁着直布罗陀团袖章的蓝色光芒。

战斗部队的指挥员是来自巴伐利亚的拉德尔迈耶上尉。他非常勤勉,极为详细地向我通报了最新战况,而这一切封·布里克森上尉已经向我匆匆介绍过。我们的二营伤亡惨重,包括营

---

① 默斯特(Most)。

副官和英勇的七连连长等多人阵亡。而营副官勒米埃尔的哥哥即八连连长已经在四月弗雷努瓦一役中阵亡。两兄弟是列支敦士登人,自愿加入德军作战。两人也以同样的方式阵亡,子弹都由口中射入。

上尉指着两百米开外的混凝土建筑,昨天为守住这座房屋进行了激烈的战斗。进攻开始后不久,指挥进攻的预备军官看到一个英国人押着三名德国人往回走。他开枪击倒英国人,并将三名德国人收入自己队伍。当他们的弹药即将耗尽的时候,便将一名英国俘虏绑在门外,以避免遭受进一步的枪击。天黑之后,他们悄悄地撤了回来。

另一处混凝土房屋内的指挥员是一名少尉,英国军官要求他投降,他没有回答,竟一跃而出抓住了那名英国军官,把后者在手下人众目睽睽之下拉了进来。

这一天,我还看到一些担架兵小分队,举着旗帜在步兵火力范围内行进,竟未遭受任何攻击。这样的场面,只有在这场地下战争造成的苦难达到了令人难以忍耐的程度时才会出现。

我往回撤并不顺利,英国人发射了毒气弹,发出烂苹果一般的刺鼻气味,连土里都吸满了。我呼吸急促,泪流不止。在向指挥所报告之后,我在卫生站前担架上看到两位和我交好的军官,都受了重伤。其中一位便是茨波少尉,而我们两天前还共同庆祝了一番。如今的他身上衣服只剩一半,脸色蜡黄,一看便知命不久矣。他躺在一张卸下来的门板上,用无神的眼光望着我,我上前轻轻抚摸他的手。另一名军官是哈维尔坎普少尉,胳膊和腿的骨头都被炮弹碎片打得粉碎,估计将不得不截肢。他躺在担架上,面如死灰,担架兵帮他点好香烟,给他插进嘴里。

这些天,我们的青年军官再次遭受惊人损失。第二次佛兰德战役单调而乏味,战场泥泞不堪,然而造成了惨重的死伤。

十一月三日,我们被运送至吉茨车站,也是我们初次踏足佛兰德地区就熟悉的老地方。我们又看到了那两位佛兰德女士,但却不再有曾经的新鲜感,她们似乎也经历了残酷的战斗。

我们在图尔宽①度过了几天,这座值得一看的城市是里尔②的姐妹城市。七连的士兵在这里第一次、也是最后一次盖上了羽绒被。我住进了位于里尔大街的一位工业大亨的豪华房间,坐在大理石壁炉前的皮椅里,烤着火享受了美好的第一个夜晚。

所有人都尽量利用这几日有限的时间,享受劫后余生。大家几乎无法相信自己逃脱了死亡,于是利用各种方式来体验重新获得的生命。

---

① 图尔宽(Tourcoing)。
② 里尔(Lille)。

康布雷的两场战役

图尔宽的美好时光很快便结束了。我们在维莱欧泰尔特尔①稍作停留,并补充了新鲜血液,然后于一九一七年十一月十五日前往阿尔图瓦地区的莱克吕兹②村。这个村子用于预备营进行休整,位于分配给我们的阵地范围内。村庄比较大,四面环湖。广袤的芦苇荡中鸭子和骨顶鸡出没,水中鳞光闪闪。虽然这里严禁钓鱼,但夜晚的水面上依然会不时传来神秘的声响。有一天,地方长官给我送来了几份士兵证,我的连队有几个人因为用手榴弹炸鱼而被捕。我对这件事没有小题大做,因为对我来说,士兵的好情绪比维护法国的捕鱼规定或者当地要人的餐桌更为重要。从那以后,几乎每天晚上都有人把一条大梭子鱼放在我门前。次日午餐时分,我便为连里两位军官准备了"罗恩格林式梭子鱼"作为主菜。

十一月十九日,我率领排长们考察我们接下来几天即将进入的阵地。阵地位于维斯昂纳图瓦③村前方。然而,我们并没有像所想的那样迅速进入堑壕,因为每天晚上都会拉响警报,只

---

① 维莱欧泰尔特尔(Villers-au-tertre)。
② 莱克吕兹(Lécluse)。
③ 维斯昂纳图瓦(Vis-en-Artois)。

能交替部署在沃坦防线①、炮兵防护区或者迪里②村待命。有经验的战士会意识到,这不是什么好兆头。

十一月二十九日,我们果真从封·布里克森上尉处了解到,我们即将参与一场对阵地弧形区域的大规模反击,这一块区域原属我方阵地,但在之前的康布雷坦克大战中被敌军压制成这种形状。我们虽然很高兴自己的角色终于从铁砧换成了铁锤,但是也担心在佛兰德就已经筋疲力尽的部队能否通过这场考验。然而,我对我的连队充满信心,它从未令我失望过。

十一月三十日至十二月一日夜间,我们坐卡车进行转移,马上就遭受了人员损失。一名士兵的手榴弹落地后不明所以地爆炸,将他本人和另一名伙伴炸成重伤。还有一名士兵装疯卖傻,企图逃避上战场。吵来吵去之后,一名下士朝他的肋骨部位猛击一拳,才让他恢复了理智,我们才得以上车赶路。我感觉到这样表演很难继续下去。

我们人挨人挤在车里,一直开到接近巴拉勒③的地方,在公路沟槽里停留了几个小时待命。虽然天很冷,我还是在草地上一觉睡到天蒙蒙亮。因为我们为进攻做了充分准备,所以在获知二二五团——我们隶属于二二五团——不需要我们参加冲锋时,多少有些失望。我们要在巴拉勒的宫殿花园里随时待命。

九点,我们的炮兵猛烈开火,在十一点四十五分至十一点五十分逐渐上升为不间断炮击。布尔隆森林由于防守严密免受直接攻击,消失在一片黄绿色的硝烟之中。十一点五十分,我们在

---

① 一战中德军的齐格弗里德防线共分五段,均以日耳曼神话中的神祇命名,即从北至南为沃坦(Wotan)段、齐格弗里德段、阿尔贝利希(Alberich)段、布隆希尔德(Brunhilde)段和克里姆希尔德(Kriemhilde)段。
② 迪里(Dury)。
③ 巴拉勒(Baralle)。

望远镜中发现原来空无一人的弹坑区冒出了作战队形的士兵，而在后方有更多的队伍正在准备，向前推进进入新的阵地。一只英军系在地面的气球被德军飞机击中起火，气球上的侦察兵使用降落伞跳了出来。飞机在空中绕着飘落的英军士兵盘旋多次，并使用曳光弹射击，这说明战争正在变得越来越冷酷无情。

我们在宫殿花园的高处密切观察着进攻的情况，吃了一锅面条，便躺在冰冻的地面上午睡。下午三点，我们接到命令前往团指挥部，指挥部隐藏在一段已经干涸的运河的船闸内。我们以排为单位前后抵达，一路上仅遭受零散的火力射击。在团指挥部，七连和八连被派往预备部队指挥官所在处，以换防二二五团的两个连。我们要沿运河河床走五百米，一路都处于密集火力之下。我们聚成一团跑向目的地，没有出现伤亡。路上尸陈遍地，说明有些连队已经遭受了重大损失。支援部队紧贴着斜坡卧倒，火急地在河床壁上挖洞藏身。放眼望去几乎没有空地，而且这里作为地标极易吸引敌方炮火，我只能带领连队前往右边的弹坑地带，让每位士兵自己做好准备。一块弹片咔哒一声打在我的刺刀上。特贝也带领八连效仿我们的做法，我和他一起找了一处合适的弹坑，搭起了帐篷。我们点起蜡烛，吃了晚餐，抽着烟斗，冻得哆哆嗦嗦地聊着天。即便是在这样荒凉的环境中，特贝仍旧保留着一丝花花公子的气息，滔滔不绝地说起一个在罗马给他当过模特的姑娘。

十一点，我接到命令，进入先前的第一线，向战斗部队指挥员报到。我下令全体集合，带队前行。路上虽然只是时而会遭遇威力巨大的炮弹袭击，但是其中有一枚就像来自地狱的问候一般在我们近前爆炸，灰黑色的浓烟在整个河床弥漫。士兵们都沉默不语，仿佛被冰冷的拳头抵住了后脖，跟着我在铁丝网和碎石块之间踉跄穿行。入夜时分，我们穿越一块陌生的阵地，敌方火力并不猛烈,却令人毛骨悚然。视觉和听觉被诡异的幻象占据,一切都冰冷而陌生,如同被施了魔法的世界。

我们终于找到了第一线与河道的狭窄交会口,沿着挤满人的堑壕前往营地指挥部。我走进去,看到一大批军官和情报员,里面的空气浑浊到简直可以拿刀切成片。在这里,我得知此处的进攻效果不佳,第二天早晨需要再次发起进攻。室内的气氛让人看不到希望。两名营指挥官与他们的副官进行了长时间的谈判。特种武器部队的军官们挤在他们的铺位上,就像挤在鸡窝里一样,不时地插几句话。雪茄的烟雾几乎令人窒息,勤务兵在人群中挤来挤去,试图为他们的长官切几片面包。此时,突然冲进来一名受伤的士兵,报告敌军用手榴弹发起进攻,引起大家一片慌乱。

最终,我总算可以记录下我的进攻命令。早上六点,我应该带领连队向龙道、然后从龙道尽量向齐格弗里德防线发起进攻。防守阵地的团的两个营将于七点从我们的右侧发起进攻。这一时间差让我怀疑,上头对于这次进攻并没有十分的把握,而把我们当作试验品了。我对这种分散进攻提出了反对意见,最终,成功将我们的行动时间推迟至七点。而第二天早上的战况证明,这一计划的调整至关重要。

由于我完全不知道龙道在哪里,所以在离开时申请要一张地图,但是他们声称也需要那张地图,所以不能给我。我想了想,没说什么就转身出去了。不是自己部队指挥员下达的命令,不会是容易执行的命令。

我和背着沉重装备的士兵在阵地里绕来绕去,直到一名士兵在向前方岔出去的一条小型堑壕口发现了一块写着"龙道"字样的牌子,拒马封锁了入口,牌子上的字迹也已经模糊。我向堑壕里没走几步,就听到一阵陌生的嘈杂声,于是悄悄退了回来。我遭遇的是英军进攻的先锋部队,他们或许是迷失了方向,或许是信心十足,因而举止并没有小心翼翼。我马上命令一队士兵封锁这道堑壕。

紧靠龙道的地上有一个大坑,看起来像坦克陷阱。我在坑里将全体连队集结起来,说明战斗任务,按照排部署进攻序列。我的讲话数次被轻型炮弹的爆炸声打断,甚至有一枚未爆弹呼啸着打入后方的坑壁。我站在上方的坑沿,随着每一枚炮弹落下,就看见下方反射着月光的众多钢盔整体均匀地低下去。

因为担心遭遇被重炮连锅端的危险,我命令一排和二排返回阵地,带着三排在坑里进入战斗状态。前一天中午在龙道遭受了打击的部队告诉我们,英国人在五十步开外布下了一挺机枪,把堑壕变成了不可逾越的障碍,这让我们十分不安。我们于是决定,一旦遇到抵抗就马上向左右两侧隐蔽,然后直接向前投掷手榴弹。

我紧靠着霍普夫少尉,在一个土坑里蹲了好几个小时。六点,我站起身来,在典型的进攻前的奇怪气氛中下达了一些最后的指令。你的胃里有种难受的感觉,和班长们聊天,尝试着说笑话,跑过来跑过去,就像是马上要接受最高首领的检阅。总之,你尽量把自己变得忙忙碌碌,以摆脱令人不安的念头。一名士兵给了我一杯他用固体酒精烧热的咖啡,这给我增添了活力和信心。

七点整,我们依次排成长队。龙道还没有英军士兵,路障后面的一排空弹匣表明,那挺臭名昭著的机枪已经撤走了,这让我们十分兴奋。我们封锁了朝右方岔出去的一条修建得十分结实的堑壕,进入一条峡谷般的道路。这条路渐渐与地面持平,天蒙蒙亮的时候,我们走到了开阔的地段。我们掉头返回,进入右侧堑壕,里面都是进攻失利留下的痕迹,地面堆满了英军士兵的尸体和武器。这里便是齐格弗里德防线。突然,突击队队长霍鹏拉特少尉从一名士兵手中抢过步枪,马上开枪射击,他遭遇一处英军岗位,在岗的士兵扔了几颗手雷后就逃走了。我们继续向前走,紧接着就遇到新的抵抗。双方都在扔手榴弹,爆炸声此起彼伏。突击队开始进攻。投掷炸弹不断从前一个人传到后一个人,狙击手在肩部掩体后摆好姿势,瞄准敌军的投掷兵,排长越过堑壕进行观察,以便及时发现对方的反攻,轻机枪手纷纷在有利位置架起武器。我们在前面先朝堑壕投掷手榴弹,然后沿着战壕开枪射击。四周的战况也逐渐激烈,子弹在我们头顶乱飞。

短暂的战斗之后,对面传来了一阵激动的声音,我们还没反应过来发生了什么事情,只见一群英国兵高举着手朝我们走来,一个接一个拐过肩部掩体,在我们的枪口前解下武装带。他们都是清一色身着崭新制服的健壮小伙子。"手放下来!"我命令道,让他们一个一个走过来,然后派人将他们押下去。他们多数脸上都露出微笑,相信我们不会做出任何不人道的事情。其他人则举着香烟和巧克力请求我们宽大处理。我心中猎人收获的喜悦逐渐升高,发现这次抓的俘虏数量实在惊人,队伍简直看不到尾。我已经数到一百五十人,还不断有人举着手走过来。我拦下一名军官,询问他接下来的阵地情况和人员部署,他彬彬有礼地作答,不过没有必要地始终保持直立的姿势。然后他带我去附近的地下掩体里见受伤的连长。这是一位年轻的上尉,二十六岁上下,长着一张精致的脸庞,他的小腿肚被子弹射穿,正倚靠在巷道框架上。在我自我介绍的时候,他将手举向帽檐,我看见了他的金手链。他报出自己的名字,把手枪交给了我。言语之间,我意识到我面前站着一位真正的男人。"我们被包围了。"他急于向他的对手解释为何他的连队竟会如此迅速地投降。我们用法语聊了一阵。他告诉我,附近的一处地下掩体内躺着一批德国伤兵，受到了他的人的包扎和照料。当我向他询问齐格弗里德防线对面的防守力量多寡情况时，他拒绝回答。我向他承诺，将会遣返他和其他伤兵，之后我们握手告别。

霍鹏拉特在巷道前告诉我，我们今天总共俘虏了近两百名英国士兵。这个数量对一个仅有八十人的连队来说相当可观了。派好哨岗之后，我们去查看今天攻克的堑壕，四处堆满了武器装备，岗位上机枪、迫击炮、手榴弹和枪榴弹、军用水壶、皮马甲、橡胶大衣、帐篷帆布、肉罐头、果酱、茶、咖啡、可可、烟草、白兰地、各种工具、信号枪、换洗衣物、手套，总而言之，所有可以想到的东西都有。我就像老雇佣兵首领一样，给大家一点时间去抢劫战利品，顺便喘口气，也看看这些好东西。我自己也无法抵御诱惑，便在巷道口让人准备了一顿简单的早餐，装了一烟斗上好的烟丝，匆匆写下需要提交给战斗部队指挥官的报告。作为一个小心的人，我同时给我们营指挥官递交了一份报告副本。

半小时后，我们又情绪高涨地出发了——我不否认，英国的白兰地在此发挥了一些作用。我们从一个肩部掩体到下一个肩部掩体，沿着齐格弗里德防线前行。

有人从堑壕内的木屋向我们射击。为了更好地了解周围情况，我们登上了最近的岗位。就在我们同屋子里的人交火的时候，一名士兵仿佛遭遇一记无形的重拳倒地。一枚子弹击穿了他的钢盔顶部，在他的头顶上刻出一道长长的凹槽，透过伤口甚至可以看到他的大脑随着血脉的跳动一起一伏，尽管如此他还可以独自往回走。无奈之下，我只能命令他卸掉他还想背的背包，嘱咐他小心地慢慢走。

我召集了几名自愿的士兵，希望通过空旷的地段发动进攻，瓦解对方的抵抗。人们犹豫不决地你看我我看你，只有一位动作笨拙的波兰人——我一直认为他脑筋不太清醒——从堑壕内爬了出去，步履艰难地朝木屋走去。可惜的是，这名朴实男子的名字我已经忘记了，但是他让我明白了一个道理，即要真正认识一个人必须要看他在危急时刻的表现。这时，诺伊泊特上士带着他的小分队也一起跳上掩体，与此同时我们在堑壕内发起进攻。英国人开了几枪之后便放弃小木屋逃走了。一名冲锋的士兵在奔跑的过程中脸朝下倒地，距离目标仅有几步之遥。他属于那种心脏被一枪命中，倒地的姿势就像睡着了一样。

我们继续前进，遭遇了看不见的敌人投掷手榴弹进行顽强抵抗。在长时间的交火后，我们被迫退回木屋，在那里设障防守。激战过后，我们和英国人都在堑壕内留下了不少阵亡士兵的尸体。不幸的是，我在雷涅维勒那一夜认为作战勇敢的米维乌斯下士也在其中。他倒在地上，脸下一片血泊。我把他翻过身来，却发现他额头一个大洞，任何救助都已无力回天。我之前还在跟他说话，突然间他对我的问话没有回应。当我几秒钟后转过肩部掩体——他就是在这后面消失的，他却已经死了。这实在令人感到毛骨悚然。

敌军也稍稍后撤了一些，然后双方激烈交火，而五十米开外的一挺路易士机枪①把我们逼得只能低下头。我们用一挺轻型机枪和它展开对决。两挺机枪哒哒地相互对射了半分钟，子弹乱飞。我们的射击定位员二等兵莫图罗头部中弹倒地，虽然脑浆经面部一直流至下巴，当我们将他背往下一个巷道时，他却依然清醒。莫图罗上了一点年纪，从未自告奋勇承担任何任务。但当他站在机枪后，我紧盯着他的脸观察到，子弹从他周围呼啸而过，他却从未将头低下半分。当我询问他的身体状况时，他依

---

① 美国人艾萨克·牛顿·路易士（Isaac Newton Lewis）于1910年发明的一种轻机枪，一战期间为英军以及其友军广泛使用。

旧能够用完整连贯的语句进行回答,就好像那致命的伤口不曾为他带来一丝的痛苦,或许他根本就没有意识它的存在。

周围渐渐平静下来,英军也在忙于设置路障。十二点,封·布里克森上尉、特贝少尉和福格特少尉三人都来了,他们向我带领连队取得胜利表示祝贺。我们坐进木屋,吃了用英国人剩下的物资做的早餐,讨论了战场态势。同时,我也间或高喊着与一百米开外的英国人谈判,大约有二十五名英军士兵从堑壕内探出头,似乎想投降。我刚要从堑壕里探出身,后面远处就有人朝我射击。

突然间,路障附近出现一阵骚动。手榴弹飞了过来,步枪在射击,机枪开始扫射。"他们来了! 他们来了!"我们跳到沙袋后面开始射击。鏖战中,我手下的二等兵金朋豪斯一跃冲到路障上方,自上而下朝堑壕射击,直到两颗子弹重重地击中他的胳膊,这才倒了下来。我记住了这位英雄好汉,十四天后,我向他荣获一等铁十字勋章亲自表示祝贺。

我们还没有完全从这一插曲中回过神来接着吃早餐,便听到一阵巨大的吵闹声。接下来发生的事情完全属于意外,但是却能够改变局势。吵闹声是我们左翼团里一名副职军官发出来的,他本想与我们取得联系,表现出异乎寻常的战斗欲望。醉酒状态似乎让他的天生勇猛更上一层楼:"汤米在哪儿? 灭了这帮畜生! 冲啊,谁跟我上?"他竟怒气冲冲地拆毁了我们的漂亮路障,向前冲了出去,抛着手榴弹为自己开路。他的勤杂兵沿着堑壕冲在他前面,那些躲过手榴弹的人纷纷倒在他的枪下。

勇气再加上挺身而出总是可以振奋士气。我们也被一腔怒气所感染,纷纷抄起一些手榴弹,加入这场勇士的搏斗。很快,我就和这位军官肩并肩沿着阵地冲锋,其他的军官也不甘落后,我连的燧发枪列兵也紧跟着冲了上来。就连营长封·布里克森上尉也端着枪冲在最前面,越过我们头顶击倒多名投掷手榴弹的敌人。

英国人也英勇抵抗。每一段肩部掩体都是双方必争之地,黑色的米尔斯手雷①与我们的长柄手榴弹在空中交叉飞过。我们所夺取的每段肩部掩体后面都是尸体或者仍在抽搐的躯体。我们双方互相残杀,甚至不打照面。我们也同样遭受了损失,那位勤杂兵躲闪不及,被一块从天而降的铁块击中倒地,身上多处受伤,鲜血渗进泥土里。

我们跨过他的身体继续前行。雷鸣般的巨响伴着我们的脚步。在这片死亡地带上,千百只眼睛在步枪和机枪后面瞄准。我们已经把己方的阵地远远甩在身后。子弹从四面八方飞来,擦着钢盔呼啸而过,或者爆裂在堑壕边缘。蛋形的铁疙瘩一旦冒出地平线,都会被警惕的目光盯住,这是面对生死抉择的关头才会发出的目光。在令人窒息的等待期间,我们必须要尽快找到一处能够最大限度看到天空的位置,因为那些铸有纹路的致命黑色铁球只有在浅色天空背景的衬托下才能更容易看清楚。然后,我们也投掷手榴弹,再向前跳跃。我们几乎不去关注敌人倒下的身体,他已经死了,而新的决斗又要开始了。双方互掷手榴弹让人想起花剑运动,要像跳芭蕾一样进行跳跃。这是一场你死我活的决斗,只有以其中一方被炸飞才宣告结束。不过,双方无人幸存也是有可能的。

这一段时间,我每一跳几乎都要越过尸体,但我已经不再害怕。他们都以一种放松和软下去的姿态躺在地上,那是生命逝

---

① 米尔斯手雷由威廉·米尔斯(William Mills)1915年在伯明翰米尔斯弹药厂设计生产,外形为经典的菠萝形,同年为英军正式采用,成为一战中设计最成功的手榴弹。

去的时刻所特有的姿势。在跳跃期间,我还与那位副职军官发生了一次争执,他其实是个很不错的家伙。他想一马当先,让我把手榴弹递给他,而不是自己投掷。我们只能通过短暂而吓人的喊话来沟通或提醒注意敌人的动向,偶尔能听到他的声音:"应该由**一个人**①投弹!我可是冲锋部队的训练教官!"

我们后面的二二五团战士清理了向右方分岔出去的堑壕。进退不得的英军士兵试图从开阔地逃走,却马上陷入来自四面八方的火力。

我们追着另一队英国人,齐格弗里德防线对他们也成了无法逃脱的噩梦。他们尝试通过一条向右拐的通行堑壕逃离。我们跳上岗位,眼前的场景让我们爆出了欢呼:他们试图逃跑的堑壕就像竖琴弯曲的框架一样朝着我们堑壕折了回来,而且最窄之处离我们不到十步的距离。也就是说,我们这里是他们的必经之路。我们站在高处,能够看见头戴钢盔的英国人仓皇地跌跌撞撞。我朝他们队伍最前方的人的脚下扔了一枚手榴弹,队伍前方的士兵不得不停下脚步,紧随其后的士兵则挤了上来。他们这时陷入了极其狭窄的关口,手榴弹如雪球般在空中飞过,一切都消失在浓稠的白色烟雾之中。不断有人把手榴弹从下方递给我们,英国士兵挤成一团。人群中不断迸发出火光,血肉和服装的碎片和钢盔乱飞,怒吼和惊叫交织。我们直面火海,跳上了堑壕边沿,周围所有的枪口都对准了我们。

就在鏖战的极度兴奋之中,我仿佛被一只大锤击倒在地。我十分清醒地摘下钢盔,赫然发现上面出现两个大洞。预备军官摩尔曼跳过来帮我,向我保证只在我的后脑勺看到一处伤口出血。有人远距离开枪,子弹打穿了我的钢盔,而且擦到了我的

---

① 此处强调为原文所有。

脑袋。我在半麻痹状态中匆忙打上绷带,踉跄着往回退,想离开交战的中心。还没等我走到下一处肩部掩体,身后一名士兵冲过来告诉我,特贝刚刚在同一个地方头部中弹,牺牲了。

我被这一噩耗彻底击倒。过去的数年,我同这位品格高贵的挚友同甘苦、共患难,我无法相信几分钟前还扯着嗓子跟我开玩笑的特贝,就这样被一小块铅弹夺去了生命!我无法接受这样的现实,但不幸的是,事实就是这么残酷。

我们连在这一段短短的堑壕中死伤惨重,全体下士以及三分之一的士兵都血战牺牲了。很多人都是头部中弹。上了年纪的霍普夫少尉——他本是教师,而且是一名出色的德国校长——也牺牲了。我的两位上士和众多士兵负伤。尽管伤亡惨重,七连在仅剩的一名连级军官霍鹏拉特少尉的率领下,依然奋力守住了所夺回的阵地,直至接防部队赶来。

双方突击队队长在阵地内狭窄的土墙之间相遇的那一刻,是这次战争中所有高潮时刻的顶峰。这里没有退却,没有悲悯。凡是在他们的领地见过他们的人都知道:堑壕的勇士面庞坚毅,毫无畏惧,灵活地前后跳跃,目光锐利而凶残。他们完全胜任自己的使命,却没有在任何战报中留下记录。

往回退的时候,我始终站在封·布里克森上尉身旁,他正率领几个人同附近一条平行走向的堑壕里冒出的敌军交火。我站在他和另一名战士中间,看着子弹打过来。从受伤时的震惊到之后的恍惚,我几乎没有意识到自己头上的绷带就像白色头巾一样远远地十分显眼。

突然间,额头上又一次重击再次将我掀翻在地,涌出的血流遮住了双眼。身旁的战友也一同倒地,开始痛苦地哀嚎。子弹射穿他的钢盔,打进了太阳穴。上尉担心他即将在一天之内失去他的第二名连长,靠近察看伤者,只发现他在发迹线上有两个浅浅的小洞,可能是由于弹头碎裂或伤者的钢盔碎片造成的。这位与我共同中弹的伤员曾在战后看望我,后来他在一家香烟厂上班,战时中弹使他体弱多病,行为也变得古怪。

由于再度失血,我变得非常虚弱,于是便跟随上尉回到他的指挥部。我们一路跑过遭受重创的默夫勒①村边缘,终于抵达河床上的掩体内,有人为我包扎,还注射了破伤风疫苗。

下午,我坐卡车前往莱克吕兹,晚饭时向封·奥鹏上校汇报战况。我虽然昏昏沉沉,但是情绪良好,和他一起喝完一瓶葡萄酒后才道别。在这一整天的种种经历之后,我带着收工的放松感一头栽倒在床上,床是忠诚的温克为我铺好的。

第三天,我们营抵达莱克吕兹。十二月四日,师长封·布瑟将军在全体参战营面前讲话,特别提到了七连。我头缠着绷带,昂首率七连在他面前走过。

我为我的连队感到骄傲,不到八十个人的连队成功拿下一段长长的堑壕,缴获大量的机枪、迫击炮和其他物资,俘获两百名英军士兵。我很高兴能够宣布一系列的晋升和奖赏,其中突击部队队长霍鹏拉特少尉、拿下对方掩体的诺伊泊特上士,还有在路障防守中表现勇敢的金朋豪斯胸前都别上了一等铁十字勋章。

我并没有因为第五次两处负伤而去野战医院,而是让伤口在圣诞节假期自己愈合。后脑勺的伤口很快便愈合了,左手和耳垂部位从雷涅维勒就跟随者我的两处弹片又有了新的伙伴——额头上的弹片长到了肉里。在此期间,我在家里收到了

---

① 默夫勒(Mœuvres)。

霍亨佐伦家族骑士十字勋章①，令我颇感意外。

这个镶金边的十字勋章，以及我们营另外三名连长献给我的一座刻有"献给默夫勒的胜利者"的银质奖杯，是我经历康布雷的两场战役的纪念。这两场战役首次试图采用新的战术以摆脱阵地战的死亡泥淖，必将载入历史。

我把自己被子弹打穿的钢盔也带了回来，把它和带兵与我们交战的那位英国轻骑兵团印度中校戴过的钢盔放在一起，保存了起来。

---

① 霍亨佐伦家族是普鲁士的王室家族，霍亨佐伦家族王家骑士团（Königlicher Hausorden von Hohenzollern）的荣誉起源于1841年，以王族的名义颁发，一直持续到威廉二世在1941年流亡中去世为止。其中，霍亨佐伦家族骑士十字勋章实际是普鲁士授予上尉军衔以下军官的最高荣誉，仅次于功勋勋章（Pour le mérite），容格尔也是功勋勋章获得者。

在科热勒*河

在我休假之前,一九一七年十二月九日,我们短暂休息几日之后去最前线换防十连。阵地位于维斯昂纳图瓦村之前。我们负责的阵地被右侧的阿拉斯-康布雷大道和左侧已经成为沼泽的科热勒河床夹在中间,我们通过夜间的来回巡逻同相邻的连队保持联络。敌方阵地位于前方堑壕之间的一片高地之后,因而无法看见。敌人会在夜间派出一些巡逻队来破坏我们的铁丝网,胡贝尔图斯农庄附近的发电机发出轰鸣,除此之外,我们没有发现敌方步兵任何的风吹草动。只是频繁的毒气弹袭击使得队伍不断出现伤亡。毒气弹由安在地里的数百根铁管发射,通电之后会火光齐发。只要天空中出现火光,毒气警报就会拉响,谁要是没有在毒气弹着地之前戴好防毒面具的话就惨了。在某些区域,毒气会达到极高的浓度,几乎没有任何可供呼吸的氧气,防毒面具也不起任何作用,有的伤亡就是因此产生的。

我所在的掩体修建在一处砾石坑的陡壁内,这个位于阵地后方的砾石坑几乎每天都遭受猛烈的轰击。再往后去,一座制糖厂仅存废墟,黑黢黢的钢架子兀自立在那里。

砾石坑是一个令人毛骨悚然的地方。旧的战争物资堆满了

---

* 科热勒(Cojeul)。

弹坑,荒废的坟茔和歪斜的十字架散落其间。夜里伸手不见五指,一颗信号弹灭掉之后只能等到另一颗信号弹升起,以免从地上的铺路板跑偏,陷进科热勒河底的淤泥。

在不用参加修筑堑壕的日子,我就待在冰冷的巷道里看书,同时用脚不停地踢巷道框架以保持身体温暖。白垩土墙壁上有一处平台,藏着一瓶绿色的薄荷酒,我和勤杂兵喝了很多,也是出于取暖的目的。

我们被冻得够呛。然而如果我们哪怕让一小堆火冒出的烟从砾石坑升入灰暗的十二月天空,这个地方恐怕就不能再住人了,因为敌军迄今为止似乎一直认为制糖厂是我们的指挥所,将所有弹药都浪费在了那些旧钢架上。于是只有到天色将暗时分,我们冻僵的躯体才可以活动一番。我们在小炉子里生上火,随着浓烟四散,也传来令人舒适的暖意。不一会儿,巷道台阶上响起了餐具的叮叮咣咣声,取伙食的士兵在大家翘首期盼中终于回来了。整天一成不变地吃甘蓝、小麦糁和干菜,突然换成了豆角或者面条,大家无不兴高采烈。有时,我坐在我的小桌旁,看着一群勤杂兵蹲在炉子四周,一边吞云吐雾,一边天南海北地聊天,锅里的格洛格酒散发出浓烈的香气。战争与和平、战斗与家乡、休息地点和度假时光,大家仔细地讨论着所有话题,偶尔我还能听到一两句格言。比方说,这是即将休假的战斗勤务兵告别时说的话:"小伙子,回到家的第一晚就躺在床上,妈妈挪过来紧紧地挨着你,没有比这更美的啦!"

一月十九日,我们凌晨四点被替换下来,徒步穿越厚厚的积雪前往古伊①,我们将在那里停留一段较长的时间,为即将到来的大规模进攻战做准备。鲁登道夫的作训令已经向下传达到连

---

① 古伊(Gouy)。

级指挥员,我们从中得知,接下来我方将力争毕其功于一役,一举取得战争胜利。

我们操练几乎已经忘记了的成队形战斗和运动战战术,同时勤奋地练习步枪和机枪射击。由于前线后方几乎所有的村庄直到每一间阁楼都住满了人,因而每个斜坡都被用作练习射击的靶子,子弹时常在空中嗖嗖划过,仿佛真的在战场上一般。我连的一名射手用轻机枪击中了其他团的一名指挥官,后者当时正骑着马评价某个部队,好在只是腿部受了轻伤。

为了检验康布雷战役的经验,我率连队在纵横交错的堑壕内用真手榴弹演练了几次进攻战。有人在演习中受伤。

一月二十四日,封·奥鹏上校与我们告别,动身前往巴勒斯坦去接管一个旅。从一九一四年秋至今,这个团始终处于他的领导之下,团的战史与他的名字密不可分。有的人生来就具有领导才干,封·奥鹏上校就是一个活生生的例子。他浑身上下散发着秩序和信心的气息。这个团是最后一个大家彼此熟识的战斗集体,在某种意义上也是战士的大家庭,上校一个人无形中影响着千百人。遗憾的是,他的告别语"汉诺威再会!"没能成为现实——这之后不久,他便死于亚洲霍乱。我在得知他的死讯之后,还收到了他的一封亲笔信。对他,我充满了感激。

二月六日,我们再次迁往莱克昂兹。从二十二日起,在迪里-昂德库尔①大道左侧的弹坑区停留了四天,准备夜间在前线挖堑壕。曾经的比勒库尔村如今是一片废墟,看着废墟对面的阵地,我一下子明白了:整个西部战线带着期待所传言的大规模进攻即将在这里展开。

到处都在紧张地修建工事,挖巷道,铺新路。原本光秃秃的

---

① 昂德库尔(Hendecourt)。

弹坑区域到处都插满了小指示牌,上面写着难以辨认的字迹,大概标出的是炮兵部队的分布或者指挥所的方位。我们的飞机不停地飞来飞去封锁空域,以防敌机窥视。为了告诉部队准确的时间,悬在空中的观察气球每天中午十二点整都会投下一个黑色球,这个球十二点十分消失不见。

这个月的月底,我们再次行军来到位于古伊的旧营地。在进行了数次营级和团级的训练之后,我们在用白色布带划出的大型阵地上演练了两次全师的突击。师指挥官在演练后进行了训话,每个人都明白,猛攻即将在接下来的几天内发动。

回想总攻前夜是令人愉快的:我们围坐在圆桌旁,热烈地谈论着即将到来的运动战。因为激动,我们把最后一块钱都拿出来买了酒,我们还要钱做什么?要不了多久,我们不是抵达敌方防线的另一边,就是抵达生命的另一边。上尉只有通过提醒我们后方人民还得过日子,这才制止了我们将玻璃杯、酒瓶和碗盘全部砸到墙上去①。

我们的伟大计划必将取得成功,对此我们毫不怀疑。无论如何,我们已经做好了准备,部队的状态也很好。只要听一听战士们用干巴巴的下萨克森地区的方式谈论即将到来的"兴登堡无障碍赛马",就会知道他们将一如既往:顽强,可靠,没有一句多余的抱怨。

三月十七日,我们在日落之后开拔,离开已经颇感亲切的营地,前往布吕内蒙②。所有的道路上都是向前行进的队伍,不计其数的大炮和一眼望不到头的辎重车队。尽管如此,一切都严

---

① 这种做法不是发泄,而是一种风俗,德语中有俗语云"碎碎平安"(Scherben bringen Glück)。
② 布吕内蒙(Brunemont)。

格按照先前仔细制定的动员方案进行。那些没有严格遵守既定的路线和行军时间的部队就惨了,他们被挤到路边壕沟里,等待几个小时才能插进一处空当。有一次,我们也陷入拥堵,封·布里克森上尉的坐骑一下子戳在包着铁皮的马车上,死于这一事故。

大决战

我们营被安置在布吕内蒙的宫殿里。我们得知自己将于三月十九日夜间向前进军,然后在加尼古①附近的弹坑区域进入巷道做好准备,大进攻将于一九一八年三月二十一日早晨打响。我们团的任务是,从埃库斯特圣曼村和诺勒伊②村之间向前突进,并于第一日抵达莫里③。在蒙希打阵地战的时候,这里曾是我们的后方。我们熟悉这块区域。

我派施密特少尉打前站,以确保连队的驻地——少尉因为性格可爱而被我们戏称为"小施密特"。我们按既定的时间从布吕内蒙开拨。向导部队在一个十字路口处等候我们,接下来各连队呈放射状分头前进。当我们到达第二条战线的高地时——这本该是我们落脚的地方,我们却发现向导迷路了。我们就这样开始在一片仅有些许亮光、土地湿软的弹坑区域转来转去,同时也向其他部队问路,只不过他们也同样不明所以。为了避免筋疲力尽,我让战士们停下来,并向不同的方向派出了行军向导。

---

① 加尼古(Cagnicourt)。
② 诺勒伊(Noreuil)。
③ 莫里(Mory)。

战士们将步枪放在一起,挤在一个巨大的弹坑里,我和施普朗格少尉坐在一个小弹坑边,像是从阳台往外看一样俯视着那个大坑。在我们前面百步远的地方,已经零星有炮弹落下。一枚炮弹在距离我们不远处落下,碎片狠狠地打进泥墙里。一名士兵大声喊叫起来,说自己脚部受了伤。我一边用手在伤者满是泥水的靴子上摸索着弹孔,一边大喊着让战士分散到周边的弹坑里去。

空中又传来了呼啸声。每个人都有一种喘不过气来的感觉:敌人过来了!就在此刻,传来一声震耳欲聋的巨响——炮弹在我们中间爆炸了!

我被震得头脑昏涨,艰难地站了起来。在大弹坑里,被击中的机枪弹带起了火,发出刺眼的粉红色光芒。它照亮了着弹处升起的滚滚浓烟和幸存者四处奔逃的身影,而成堆的焦黑的躯体则在挣扎翻滚。与此同时,痛苦和求助的哀嚎响成一片。一团团的焦黑的身影在冒着黑烟和熊熊燃烧的弹坑深处翻滚,刹那间,这种地狱般的景象揭示了恐怖的深渊。

在片刻的不知所措和惊慌失神过后,我一跃而起,像其他人一样不假思索地冲入夜色之中。直到我栽倒在一个弹坑当中,我才意识到刚才所发生的一切。——我不想再听,也不想再看,只想远离这里,逃入那深深的黑暗当中!——但是还有我的士兵!我必须照顾他们,他们是交给我的。——我逼着自己重新返回那个恐怖的地方。在途中我遇上了那个曾经在雷涅维勒缴获过机枪的燧发枪列兵哈勒尔,并带上他一同走。

伤员们还在痛苦地惨叫。几个人在认出我的声音后向我爬来,哀嚎着说:"少尉先生,少尉先生!"亚辛斯基是我最喜欢的新兵之一,他的大腿被弹片打断,爬过来紧紧地抱住了我的双腿。我咒骂着自己的无能为力,不知所措地拍打着他的肩膀。

这样的瞬间深深地印在了我的记忆当中。

我只能将这些不幸的人交给唯一尚存的伤员搬运兵,以便将聚集到我身边的几个没有受伤的士兵带离危险地段。就在半小时之前,我率领的还是一个战斗力强大的连队,现在则带着几个垂头丧气的残兵在堑壕中慌不择途。有一名娃娃脸的新兵几天前还在训练时因为弹药箱过重而哭过鼻子,并且受到战友的嘲笑,此刻却拖着这些他从可怕的弹坑里抢救出来的弹药箱,忠诚地跟着我们踏上艰难的归途。看到这个场面,我彻底坚持不住了,仆倒在地上,抽搐着呜咽起来。其他人心情沉重地围拢在我周围。

我们在泥水没过脚背的堑壕里毫无结果地急行了几个小时,身边不时有炮弹落地。最后,我们筋疲力尽地躲进了几个修建在墙壁里的弹药储藏室。温克把他的毯子盖在我身上。尽管这样,我还是无法闭上眼睛,只能一边抽着雪茄烟,一边极度木然地等待着破晓的来临。

第一缕晨光照亮了弹坑区域内不可思议的活动。无数的队伍还在努力寻找藏身之处。步兵在搬弹药,迫击炮兵在拉迫击炮,电话兵和信号兵忙着布线。此地离敌人仅有千米,却像新年市场一样繁忙。令人不解的是,敌人似乎什么都没有发现。

终于,我们遇上了机枪连连长法伦施泰因少尉,这是一位年长的前线指挥官。他带我们去了驻地。他的第一句话就是:"天哪,您怎么这副模样?脸色蜡黄啊。"他指给我们看一个大的巷道,我们昨夜估计至少从旁边跑过去十几趟。我们在巷道里遇到了小施密特,他对我们的不幸遭遇还一无所知。在这里我还发现了那些本来应该为我们引路的士兵。从这一天开始,每当我们要进入新阵地的时候,我都亲自小心谨慎地选择向导。人在战争中会学到很多,但是学费非常昂贵。

在我把随行人员安顿好之后,我动身前往昨夜那个恐怖的地方。现场看起来令人感到毛骨悚然。弹着点的焦土四周散落着二十多具烧焦的尸体,几乎全都支离破碎难以识别。一些阵亡者后来我们甚至只能当作失踪者上报,因为他们几乎没有留下任何东西。

相邻堑壕的士兵正忙着从可怖的杂乱之中把死者浸透鲜血的遗物拽出来,寻找战利品。我把他们轰走,并给我的勤杂兵一个任务:把死者的钱包和贵重物品收起来,以便留交他们的遗属。然而,第二天我们就因为要冲锋而不得不将所有的东西留下。

让我高兴的是,附近的巷道里走出了施普朗格和一群在巷道里过夜的人。我让班长报告,得知我们还剩六十三人。而我昨天晚上是带着一百五十多人意气风发上的路!我辨认出二十多名阵亡者以及六十多名伤员,其中很多伤者后来都死于不治。为了调查清楚,我多次出没在堑壕以及弹坑中间,但是这样也能让我不去回想恐怖的画面。

唯一一点令人感到稍许安慰的是,这一切也有可能会更为惨烈。燧发枪列兵鲁斯特就站在弹着点近旁,结果弹药箱的背带着了火。佩高下士虽然次日便牺牲了,但是这次却连擦伤都没有,而他两旁的两名战友却被炸弹炸得粉身碎骨。

这一天余下的时光,我们是在消沉的气氛中度过的,多数时间都在睡觉。我经常要去营指挥官那里,因为一再要讨论进攻的事情。除此之外,我都躺在铺位上和我的两位军官聊一些无关紧要的事情,借以摆脱折磨人的想法。我反复说"感谢上帝,我们顶多也就是被枪打死!",但是我用来鼓舞士气的话似乎没有起到什么作用,大家都沉默地蹲在巷道台阶上,一言不发。我的心情也确实不在鼓舞别人的状态。

晚上十点,传信兵送来了向前线开拔的命令。野兽如果被硬扯出洞穴,或者水手意识到脚下救命的船板正在下沉,大概都能体会到我们此刻的感受。我们不得不离开安全而温暖的巷道,踏入荒凉的黑夜。

外面早已是一片忙乱。我们冒着榴霰弹的弹雨急行,穿过菲利克斯堑壕,抵达目的地,没有任何人员损失。我们在堑壕里穿行的时候,火炮从我们头顶上方的桥上驶过,进入前方阵地。我们团的阵地面十分狭窄,而我们营又处于团里最为靠前的位置。所有的巷道瞬间都挤满了士兵,进不去的士兵则在堑壕壁上挖洞,这样在进攻前开炮时至少可以有些许掩护。来回折腾了许久,每个人终于都有洞藏身。封·布里克森上尉再次召集所有连长开会。大家最后一次校准手表,然后握手告别。

我和我的两名军官一起坐在巷道台阶上,等待五点五分的到来,也就是炮火准备的开始。由于不再下雨,而且繁星点点的夜空预示着第二天早晨也不会有降水,所以大家的情绪有所好转。我们用吸烟和聊天打发这段时间。凌晨三点吃早餐,大家轮流传递着军用水壶。清晨时分,敌方的炮火非常活跃,我们十分担心英国人是不是听到了什么风声。四周分布着众多的弹药堆,其中有一些爆炸了。

战役打响之前,传达了以下电文:"皇帝陛下和兴登堡阁下将亲临现场观战。"士兵们对此报以热烈掌声。

手表的指针一直在走,我们默默地跟着数最后几分钟。五点五分终于到了,飓风来临。

熊熊战火的帷幕开启,密集而闻所未闻的咆哮接踵而至。如迅雷般的巨响能够吞没最猛烈的射击,大地也跟随之颤抖。我们身后,无数门大炮发出毁灭性的巨吼,震得人胆战心寒。与之相比,我们所经历过的最激烈的战斗就像小孩子的游戏。我们不敢奢望的事情居然发生了，敌人的炮兵居然悄无声息——他们被我们的雷霆一击摧毁了。我们在巷道里实在按捺不住，索性站到掩体上远眺，只见英军战壕上方的烈焰冲天，渐渐消失在汹涌翻滚的血红色云层后面。

眼前的奇观受到了眼泪和黏膜的灼烧感的干扰。一股逆风把我方发射的毒气弹的浓烟吹了回来，把我们裹入一股强烈的苦杏仁气味当中。我忧心忡忡地发现，战士们有的开始咳嗽，有的开始恶心，最后索性将脸上的防毒面具扯下来。我努力克制自己不去咳嗽，努力调节呼吸。烟雾渐渐地消散了，一个小时以后我们终于能摘下防毒面具了。

天已经亮了。我们身后，震耳欲聋的轰响仍然不断地加大，虽然似乎已经没有任何升高的可能性。我们面前则横着一堵由烟雾、尘土和毒气组成的墙，视线都无法穿透。快速跑过的士兵欢快地朝我们大声呼喊。步兵、炮兵、工兵和电话兵，普鲁士人和巴伐利亚人，军官和士兵，所有人都被这惊天动地的原始冲击力震慑住了，都渴望在九点四十分开始冲锋陷阵。八点二十五分，已经在第一条堑壕后集结的重型迫击炮手加入战斗。我们看到重达一百公斤的巨型迫击炮弹在空中划出一道高高的弧线，最终在对面像火山爆发一样落地爆炸，泥土四溅的弹坑连成一串。

就连自然规律也好像失去了效用。空气就像在炎热的夏日一样闪烁，变化不定的密度使得本该是固体的物体忽左忽右地来回跳舞。长条形的阴影在云端疾速移动。轰响已经成为绝对的声响，以至于人们对此已经听而不见了。人们只能模糊地意识到，身后有成千上万挺机枪正在将无数的铅弹射入蓝天。

炮火准备的最后一个小时比之前的四个小时都要危险，在这期间我们几乎毫不留意地在掩体上活动。敌人投入了一支重型炮兵部队,朝我们挤满人的堑壕里一枚接一枚地开炮。为了躲避炮火,我开始往左侧移动,遇上了副官海因斯少尉。他问我封·索勒马赫少尉的情况:"他必须马上接管这个营,封·布里克森上尉刚刚阵亡了。"听到这个令人震惊的消息,我开始往回走,并且在一处很深的地洞里坐下。就在这很短的一段路上,我已经忘记了现实情况。我就像睡着了,在这场风暴中梦游。

杜耶斯夫肯下士是我在雷涅维勒时的同伴,他站在我所在的地洞前,求我回到堑壕里去,因为我上方的土块稍被击中就会崩塌。话音未落,便传来爆炸声,他跌倒在地,一条腿被炸断了。一切救助都是徒劳的。我从他身上跨过,匆匆逃到右边,爬进一个狐狸洞里,已经有两个工兵躲在这里了。周遭重炮声震耳欲聋。只见黑色的土块突然从白色的烟雾中飞旋而出,炮弹落地的声音淹没在不断的呼啸声中。在我左侧的壕沟段里,我们连的三名战士被炸成碎片。最后一枚落下的炮弹是哑弹,却把坐在巷道台阶上的可怜的小施密特砸死了。

我和施普朗格一起站在狐狸洞口,手里拿着表,等待着那个重大时刻的到来。连里剩下的其他同伴围着我们。我们开着最原始粗俗的玩笑,让大家高兴起来,也转移了注意力。迈耶少尉后来告诉我,他当时越过肩部掩体看了一眼,以为我们一定是疯了。

军官巡逻队来确认我们排兵布阵的情况,九点十分离开了战壕。由于两个阵地相隔八百多米,我们必须在炮火准备的时候列队,然后在无人地带卧倒准备,以便在九点四十分跳入敌方的第一道前线。几分钟后,我和施普朗格也爬上了胸部掩体,连队紧随我们身后。

"我们现在就让你们瞧瞧七连的能耐!""我什么都不怕!""为七连报仇!""为布里克森上尉报仇!"我们掏出手枪,越过铁丝网,与此同时,第一批伤员也从这里艰难地往回撤。

我左右张望。双方接战在即,战场上呈现出奇异的场面。敌方堑壕在战火中被一次又一次地掀来翻去,我方冲锋营的战士一个连一个连地挤在一起,守在敌方堑壕前的弹坑里,敌我战线变得不可辨认。看着这些密集的将士,我想我们一定能够突破敌方防线。然而我们是否拥有足以瓦解和摧毁敌方预备部队的力量?我坚信不疑。决战的时刻,最后的一击显然已经到来。各民族的命运就要尘埃落定,世界的未来维系于此。我感受到了这一刻的意义,我相信那个时候,每个人都感觉到了个体的消解,也不再恐惧。

气氛很诡异,紧张感在空气中升温。军官们站得笔直,夸张地开着玩笑。我看见索勒马赫站在几名下属军官中间,穿着大衣,手里握着一支短小的绿色钵头烟斗,就像冷天等待围猎的猎人一样。我们相互挥手致意。常常会有一枚重磅炸弹落在附近,溅起来的泥土像喷泉一样,差不多有教堂塔楼那么高,然后落在等候冲锋的将士们身上,而他们却连头都没有低一下。如雷霆般咆哮的战火是如此可怕,以至于没人能够让头脑继续保持清醒。

冲锋发起前三分钟,温克拿着一个装得满满的军用水壶朝我挥手。我狠狠地喝了一大口,就像喝下去的是水一样。现在就差抽一口雪茄了。可惜气流猛烈,三次将我点烟的火柴吹灭。

关键的一刻到来了。汹涌的炮火向前沿阵地碾压过去。我们开始进攻。

怒火似暴风骤雨一般喷发。千万名将士可能已经阵亡。我们能够清楚地感受到,尽管战火还在继续,但周围的一切却变得平静,仿佛战火已经丧失了威力。

无人地带挤满了冲锋的将士,有的孤身一人,有的组成小队,有些汇成一大群,走向战火的幕帐。炮弹在他们身边掀起高耸入云的尘埃帷帐,他们既不奔跑,也不寻求掩护。他们缓慢却坚定地向敌人的阵地走去,好像已经没有什么能够伤害到他们。

起身前行的人,即便在人群中仍旧是孤零零的。各部队都混杂在了一起。我与我的队伍走散了,他们就像一道波浪消失在汹涌的大海里。在我身边的只有温克和一年期志愿兵哈克。我的右手紧紧握着手枪把,左手攥着竹质马鞭。尽管我浑身燥热,可还是穿着大衣,而且按照规定戴着手套。斗士的怒火在前行中愈发高涨。奋勇杀敌的强烈愿望推动着我的前进步伐。愤怒迫使我流出了苦涩的泪水。

企图摧毁一切的强烈意志笼罩着整个战场,凝聚在每个人的头脑里,将其浸入血色的迷雾。我们抽泣着,结结巴巴地互相呼喊着支离破碎的话语,未曾身临其境的旁观者看到这画面或许会以为,我们正沉浸在巨大的幸福之中。

我们毫不费力地穿过一堆炸得七零八落的铁丝网,一下子跃过第一道基本看不出原形的堑壕。冲锋的浪潮就像一队鬼怪,穿过飘飘荡荡的白色烟雾,越过已经被炸平的洼地。在这片地方,没有一个敌人。

我们毫无防备地遭遇到来自第二道防线的机枪扫射。我和同伴立马跳到一个弹坑里,一秒钟之后便传来一阵令人心惊的巨响,我应声向前倒下。温克一把扯住我的领子,把我的身体翻转过来:"少尉先生,您受伤了吗?"万幸,我并没有受伤。但是志愿兵哈克的上臂有个洞眼,他痛苦地呻吟着,声称自己被一发子弹击中了背部。我们立刻把他的军装撕开,给他包扎。一道光滑的沟槽表明,有一枚榴霰弹在我们脸部的高度打过,击中了弹坑边缘。我们能活下来,真是个奇迹。显然,敌人比我们想象得还要强大。

在此期间，其他冲锋的人超过了我们。我们紧随其后，伤员的命运只能听天由命了，我们只能把绑着白色纱布条的木棍插在他们身边，以便跟在冲锋将士后面的卫生兵可以看到。连接埃库斯特和克鲁瓦西耶两地的铁路路基如庞然大物一般出现在我们左前方的一片迷雾中，我们必须要翻过路基。从射击孔和巷道换气窗传来密集的步枪和机枪扫射声，就像从袋子里倒豌豆的声音一样。敌人在瞄准我们射击。

温克也与我走散了。我沿着一条峡谷般的道路前行，路边的陡坡旁随处可见已经坍塌的掩体。我愤怒地朝前走，脚下的土地被炸得焦黑，地面上飘荡着我们的炮弹爆炸产生的令人窒息的气体。此刻我孤身一人。

突然我看到了第一个敌人。那是一个穿着褐色军服的身影，显然受了伤，手撑着地，蜷缩二十步开外一处挨了无数炮弹的洼地中央。正当我想绕开时，我们相互意识到了对方的存在。我看到他发现我之后吓了一跳，瞪大双眼死死地盯着我，与此同时，我举着手枪挡住脸，缓慢而冷酷地向他靠近。一场没有目击证人的血战就要开始。眼见敌人触手可及，我感觉得到了解脱。我用枪口抵住这个吓得一动也不敢动的家伙的太阳穴，另一只手抓紧了他的军服，他的军装上别着勋章和军衔。这是个军官，他肯定在这些堑壕里指挥过作战。他突然哀叹一声，在口袋里摸索，然而掏出的不是枪，而是一张照片。他将照片递到我的眼前，上面是他和簇拥着他的一大家人站在露台上。

那张照片仿佛是一声来自湮灭已久的遥远世界的呼唤。我将他放了，继续向前走，事后我觉得当时做出这个决定真是无比幸福。只有他一个人现在还经常出现在我的梦里。这让我心存希望，愿他已经回到了家乡。

连队的战友们从上方跳进峡谷般的道路。我感到燥热难耐,扯下大衣丢在一边。我还依稀记得自己大喊了几次:"容格尔少尉现在脱掉了大衣!"那些燧发枪列兵听罢哈哈大笑,好像我讲了一个特别好笑的笑话。道路上方,所有人都不再隐蔽,完全不顾最多只有四百步远的机枪正在扫射。我也不顾一切地冲上冒着火的路基。不知道在哪个弹坑里,我跳到了一个身穿棕色灯芯绒上装的人身上,原来那是正在举手枪射击的基乌斯。他似乎跟我一样亢奋,作为打招呼他往我手里塞了一把子弹。

我推测,我方在进入弹坑地带时遇到了抵抗,因为在进攻前我已经装了许多手枪子弹。也许守在这里的是被前面堑壕中打散的守军余部,然后他们神出鬼没地出现在进攻者周围。但是就这一段而言,我完全记不起来了。总之,我毫发无损地穿越过这道防线,不论是弹坑中交织的战火,还是来自路基方向的敌我双方密集的射击,都没有伤到我。那边交火双方一定储备了用不完的弹药。

我们的注意力集中到耸立在我们前方的障碍物上。在我们和这堵高墙般的障碍之间,是一片坑坑洼洼的场地,数百名散落的英军士兵仍然坚守在这里。他们还有些人企图接近路基,其他人则陷入了肉搏战。

基乌斯后来告诉了我一些细节,让我体会到那种通过第三者的叙述得知自己极度兴奋后有如神助的感觉。比方说,他扔着手榴弹在堑壕里追逐一名英国士兵。当手榴弹耗尽时,为了继续"赶敌人跑",他居然向敌人投掷土块,我当时站在掩体上方笑得只能撑着腰。

我们就这样经历各种险境,不知不觉已经抵达了铁路路基,这里仿佛有一架巨型机器不间断地喷火。在这里,我的记忆又恢复了,我记得我们所处的位置非常有利。我们没有中弹,因为我们紧靠在铁路路基的斜坡旁边,路基反而从障碍变成了掩体。

我如大梦初醒一般,看到头戴钢盔的德国士兵穿越弹坑逐渐靠近。他们好似钢铁的种子,从战火耕耘的土壤中破土而出。与此同时我注意到,就在我的脚旁,一架重型机枪的枪管从一个麻袋遮住的坑道窗口探了出来。四周的轰鸣声实在过于响亮,以至于我们只能从枪口的颤动中看出它正在开火。也就是说防守的士兵离我们只有一臂之遥。与敌人之间这一点点距离既意味着我们的安全,也意味着他的灭亡。武器上冒着热气,它一定击中了很多人,并且还在继续宰割生命。枪管仅有微小的移动,这是瞄准射击。

我怔怔地看着这具发烫的铁家伙颤动着散布死亡,我的脚几乎碰到它。然后,我透过麻袋帘子开了枪。一个突然出现在我身边的士兵掀开麻袋帘子,朝里面扔了一枚手榴弹。一阵震动和冒出的白烟表明了结果。这样的方式粗鲁却有效。枪管不再移动,武器哑了火。我们沿着斜坡跑动,用同样的方式打掉了若干个窗口,给敌方的防守以重重的打击。我举手示意,让那些朝我们方向开枪的战友明白。他们也高兴地挥手回应。我们与上百名士兵一起爬上路基。这是我第一次在这场战争中看到双方大规模直接交手。英国人在后方的斜坡上仍旧坚守着两道修成露台状的堑壕。双方在很短的距离内交火,手榴弹在空中划出一道道弧线。

我跳进最近的堑壕,在绕过肩部掩体的时候,和一个敞着夹克、松着衬领的英国军官撞在了一起。我抓住他,把他朝沙袋墙上摔去。一位满头白发的少校突然从我身后冒了出来,朝我大吼:"打死这个狗杂种!"

这不是当务之急。我转向下面挤满英国士兵的堑壕,那场面就像一条轮船将沉。一些人在扔手雷,一些人用柯尔特左轮手枪射击,大多数人则试图逃散。我们现在占据了上风。我像做梦一般不停地扣动手枪扳机,虽然我的枪里早已经没有了子弹。我身边的一名士兵向四处逃窜的敌军投掷手榴弹。一个碟形钢盔旋转着飞向空中。

仅仅一分钟战斗就结束了。英国士兵从堑壕中跳出来,向开阔地逃跑。我方从路基顶端疯狂开火,追着他们射击。逃亡的士兵在奔跑中中弹跌倒,片刻间地上就铺满了尸体。这是以铁路路基为屏障的另一面效果。

已经有德国人冲到了英国人中间。我的身边站着一位下士,目瞪口呆地看着战场。我拿起他的步枪,击毙了一名正与两名德国士兵徒手搏斗的英国人。那两个士兵对有人在暗处帮助他们感到惊讶,愣了一会儿后继续向前行进。

我们的成功带来了魔幻般的效果。尽管已经没有了部队的号令,但是每名士兵都只有一个方向,那就是向前进!每个人都直线向前冲。

我选了一个小山丘作为目的地,山丘上可以看到一幢小房子的废墟,一个坟墓前的十字架以及一架被击毁的飞机。其他人跟着我,我们结成一队,急切地前进,冲进了我方炮火织就的火幕。我们不得不跳进弹坑,等待炮火继续朝前推进。我身旁是一名其他团的年轻军官,他和我一样,对第一次冲锋的成功感到非常兴奋。我们因为共同的激动而在很短时间内就彼此亲近起来,仿佛是认识多年的老朋友。然后我们一跃而起就此分别,再也没有相见。

甚至在这样可怕的时刻,也发生了一些趣事。我旁边的一名士兵把他的步枪贴近脸颊,朝一只突然跑过我们战线的兔子射击,就好像在围猎一样。这个场面实在出人意料,我没法不笑出来。要是有人做出更离谱的事情来,也很正常。

房子的废墟旁有一段堑壕,对方阵地上的机枪对它进行了地毯式的扫射。我冲了几步,跳进堑壕,发现里面没有人。随后奥斯卡·基乌斯和封·韦德尔施泰特也过来了。冯·韦德尔施泰特的一名勤务兵是最后到来的,他在跳进来的时候突然摔下来,眼部中弹当场身亡。当韦德尔施泰特看到他连里的最后一个人倒下时,他哭着用头猛撞堑壕的墙壁。据说,后来他也在当天阵亡了。

山丘下方有一段峡谷般的道路,设有加固的阵地,阵地前方的洼地两侧垒起了掩体,各有一处机枪位。炮火已经扫荡过这个阵地,但敌人显然已经恢复了元气,正在全力射击。我们中间隔了一段五百米宽阔的地带,上空的炮火就像蜂群一般嗡嗡作响。

在短暂的喘息之后,我们和我们这段堑壕里为数不多的几名士兵一起纵身跳了出去,扑向敌人。这是关乎生死存亡的一战。跳了几步之后,我和另一位战友独自面对左侧的机枪位。我清楚地看到在那个小土堆后面躲着一个戴着平头盔的人,旁边还升起一股细细的水蒸气。为了不给他们瞄准的时间,我通过快速的跳跃靠近对方,并且以之字形的方式前进,这样枪就无法瞄向我。每当我卧倒时,我的战友就扔给我一个弹夹,我就用这些子弹来进行这场决斗。"子弹,子弹!"我转过身,看到他抽搐着侧倒在地上。

从防守火力不太强的左侧跑过来几个人,他们差一点就处于防守方的手榴弹杀伤范围之内。我准备跳最后一次,却被一团铁丝网绊倒,摔到了堑壕里。英国人在四面火力射击下丢下机枪,朝右侧的掩体跑。机枪的一半已经被埋在了巨大的黄铜弹壳堆里,还冒着热气,烫如烙铁。我的对手倒在枪前,这个英国人的身体像运动员一样强健,头部中弹,一只眼球被打了出来。这个大高个子的家伙,脑袋被熏黑,前面还耷拉着一个白色的大眼球,看起来非常骇人。因为我渴得要命,所以没有停留太久,而是马上去找水喝。一个巷道的入口吸引了我的注意力。我向里面看,看到下面坐着一个人,正把子弹带拉到膝盖上整理。很显然,他还不知道局势发生了怎样的变化。我从容地用手枪瞄准他,虽说依照小心谨慎的原则我应该立即开枪,但是我还是用英语朝他喊道:"过来,举起手!"他跳了起来,吃惊地盯着我,消失在巷道暗处。我朝他扔了一枚手榴弹。可能这个巷道还有第二处出口,因为在肩部掩体后面冒出一个陌生人,简洁地说道:"刚才开枪的这些人,已经解决掉了。"

终于,我找到了一个盛满冷却水的铁皮桶。我大口喝下那些油乎乎的液体,又灌满了一只英国军用水壶,递给其他人喝。突然间,堑壕里挤满了人。

还有一件奇怪的事我想提一下。在攻占了这个机枪位之后,我最先的念头就是要对付正在折磨我的感冒。我的扁桃体很容易肿大,这让我一直为自己的健康担心。我摸着自己的脖子,让我满意的是,刚刚这一番折腾就像蒸汽浴一样治好了我。

在这期间,右边的机枪位以及我们前方六十米处峡谷般道路里的部队仍然还在进行顽强抵抗。这帮家伙打得确实漂亮。我们试图用那挺英国机枪对准他们射击,却没奏效,而我在这么做的同时,对方一颗子弹从我头边飞过,擦伤了站在我身后的猎兵少尉,打中了一名士兵的大腿,看上去很严重。一个轻机枪的射击小组运气好一些,成功地把他们的武器在我们小小的半月形堑壕头上架好,开始从侧翼向英国人射击。

右侧的进攻队伍也利用了这一刻机会,从正面向峡谷般的道路发起冲锋,冲在前面的是吉普肯斯少尉指挥下毫发未损的九连。所有的弹坑里都有人站了起来,挥舞着步枪,杀声震天,冲向敌人的阵地。这时,大量的敌人也跑出了阵地。他们高举着胳膊向后跑,以逃避第一波冲锋的打击,特别是要躲开吉普肯斯的一名勤杂兵,他像斗士一般狂野。我全神贯注地观看着这一发生在我们小小的土包工事近旁的碰撞场面。我看见,防守士兵一直在进攻方的士兵冲到不及五步远的距离还在开枪,也就无法指望被对手饶恕。战士在冲锋的时候,眼前只见血雾,他不想抓俘虏,而只想杀死敌人。

被攻占的峡谷般道路两旁随处可见武器、制服和储备物资,中间横陈着灰色和褐色制服的阵亡将士,以及呻吟的伤员。不同团的士兵都冲到了这里,停下来,你呼我喊,聚作一团。军官们用手杖指向洼地的边缘区域,而战士们仿佛事不关己一般,缓缓地移动。

洼地的边缘通向一处山丘,上面已经出现了敌军的队伍。我们向前行进,时不时停下来射击,直到被猛烈的火力所阻止。听到子弹擦着脑袋打进地里是一种吓人的感觉。已经跟上来的基乌斯捡起了一枚被压扁的弹头——弹头在他鼻尖前落地。此刻,位于我们左手远处的一名士兵被子弹击中钢盔,整个洼地都能听到回响。我们利用停火的间隙进入了一个弹坑,这片地段弹坑已经很少见了。我们营剩下的军官聚在了一起,营的指挥员现在是林登伯格少尉,因为封·索勒马赫少尉在向铁路路基冲锋时腹部中弹牺牲了。不过,看到由第十猎兵营调过来的布莱尔少尉正在山谷右坡上冒着子弹轻松前进,拿着手杖,嘴里叼着不短不长的猎人烟斗,肩上背着枪,就像要去打兔子一样,大家不由开心一笑。

我们简要地聊了聊各自的惊险经历,相互递着水壶和巧克力,然后"按照大家的愿望"继续前行。此前的机枪已经消失不见,估计是受到了侧翼的压制。我们大概夺取了三到四千米纵深的地段。现在洼地里都是进攻的士兵,向后望去,目光可及之处,他们或以散兵阵型,或成列,或成班纵队的方式向前推进。因为我们之间靠得实在太近,所以到底损失了多少人,我们很庆幸自己在冲锋的时候并不知道。

我们毫无阻碍地到达了制高点。突然从我们右边的一处堑壕里跳出几个穿着卡其色军服的人。我们学烟斗不离嘴的布莱尔,短暂地停下脚步,瞄准他们放几枪,然后继续向前行军。

山丘的高处由多个地下掩体加固,分布没有规律,也没有人防守,可能掩体里的人根本就没发现我们已经靠近。腾腾升起的烟雾显示他们有的人很快就被熏了出来,有的人则是面色苍白,举着手走出来的。他们必须交出水壶和香烟,我们向他们后方指指,他们也就飞快地朝后跑。一个年轻的英国人已然对我表示要投降,却突然转身跑进掩体。我让他出来,他还是藏在掩体里,最后我们只能用几枚手榴弹结束了他的犹豫不定,然后我们继续前进。一条狭窄的小路消失在山丘另一面。一个指路牌上显示此路通往夫罗库尔①村。当其他人还在掩体处停留时,我已经和海因斯翻过了山顶。

山脚下是已成废墟的夫罗库尔村。村前有一队炮兵开炮,冒出了火光,但是当我们逐渐靠近,而且第一波冲锋的火力打过来的时候,那些炮兵就逃进村子里去了。还有一些人从建在一处峡谷般道路里的掩体里跑出来。其中一个人从第一个掩体的入口处跳出来,被我当头碰上。

在此期间有两名我连里的士兵向我报到,我们一起朝峡谷般的道路进发。右侧是一个有人把守的阵地,他们从这里向我们猛烈开火。我们后撤到第一个地下掩体里,不久双方的火力便汇集到这个掩体的上方。看起来,这个掩体是炮兵的信号兵

---

① 夫罗库尔(Vraucourt)。

和自行车交通兵的藏身之处。掩体前倒着那个英国人,一个很年轻的小伙子,他的脑袋被子弹打穿了。现在他躺在地上,仿佛很放松的样子。我强迫自己去观察他,去看他的眼睛。现在已经不再是"不是你死就是我亡"的情况了。此后,我经常想起他,而且随着时间的逝去,变得越来越频繁。国家免除了我们的责任,却无法让我们摆脱悲伤,我们必须一直承受。它甚至已经深入到我们的睡梦中。

我们没有受到越来越猛烈的炮火的干扰,而是在地下掩体里安顿下来,扫荡了敌人留下来的食品,因为我们的胃提醒我们,在整个进攻期间我们还没有享用过任何东西。我们发现了火腿、白面包、果酱以及整整一陶瓶姜味利口酒。我吃饱之后,坐在一个空的饼干筒上,翻看几本英语杂志,里面充斥着对"匈奴人"的攻击。[①] 渐渐地我们感到有些无聊,于是疾步回到峡谷般道路的起点,那里已经聚集了一大群人。我们从那里看到,一六四团的一个营已经到了夫罗库尔村的左侧。我们决定向村子发起冲锋,于是再次急速穿过峡谷般的道路前进。刚到村子边上,我们就被自己的炮兵挡了回来,他们只会死死地朝着同一个地方连续开炮。一枚重型炮弹落在路中央,炸死了四个我们的人。其他人都跑了回来。

正如我事后得知的那样,炮兵得到了命令,要用最大的射程继续射击。这令人费解的命令夺走了我们到手的胜利果实。我们不得不咬牙切齿地在火线前停了下来。

为了找到缺口,我们转向右侧,第七十六汉莎同盟团的一名连长正在下令向夫罗库尔阵地发起冲锋。我们欢呼着加入其

---

① 在第一次世界大战期间,英国的宣传机器用欧洲历史上以凶残著称的野蛮人"匈奴人"(Huns)指代德国人。

中,但是我们刚刚攻进村子,我们的炮兵就再次向我们开火。我们冲锋了三次,又不得不撤退了三次。我们诅咒着进入弹坑,然而因为炮弹引燃了荒草,弄得我们进退失据,还有许多伤员丧命在火海之中。也有几个人死在英国人的枪下,其中包括我们连的二等兵葛吕茨马赫。

夜幕渐渐降临。局部地方又再次枪声大作,然后慢慢平息下来。筋疲力尽的战士们在找一个晚上可以休息的地方。军官们大声喊着自己的名字,为的是聚拢自己被打散的连队,直到声音变得嘶哑。

在过去的一个小时里,七连有十二个人聚集在我周围。因为天开始变冷,我把他们再次带回那个小型地下掩体里,我击毙的那个英国人就倒在掩体前面。我又派他们出去到阵亡人员身上找毯子和大衣。安置好他们,我受好奇心的驱使,前往我们前方炮兵所在的洼地。因为这只是我的个人消遣,所以我带上了同样喜欢冒险的燧发枪列兵哈勒尔一同前往。我们端着枪随时准备射击,朝着洼地的方向走去,我方的炮兵仍然在朝着那里开火。我们首先检查了一个地下掩体,看起来英国炮兵军官不久前才离开这里。桌子上放着一架巨大的留声机,哈勒尔马上就启动了它。欢快的旋律从嗡嗡旋转的唱机里飘出来,给我们留下一种闹鬼般的印象。我把唱机扔到地上,它又发出了几下嘎吱嘎吱的声音,然后才沉寂下来。这个地下掩体布置得非常舒适;甚至还有一个小小的壁炉,壁炉台上放着烟斗和烟叶,当然也不会缺少摆成一圈的扶手沙发。欢乐的老英格兰①啊!我们当然不会强迫自己,而是喜欢什么就拿走什么。我挑选了一个

---

① "欢乐的老英格兰"(英文"Merry old England"),指的是一种乌托邦式的所谓古代英格兰式生活。

装面包的袋子、换洗的衣物、一壶金属壶装的威士忌、一个地图包以及一些法国香邂格蕾公司的精美小物件，它们也许是对在巴黎的前线度假的温情回忆。可以看得出，房间的主人一定是在极度匆忙中离开的。

侧室有一个厨房，里面的储备让我们参观时满怀敬畏。那里有一整箱的生蛋，我们当场吮吸掉了很多个，反正那些各种各样的蛋我们几乎都没见过。靠墙的搁板上堆着全是肉的罐头、美味的浓稠果酱，此外还有装满咖啡精、西红柿和洋葱的瓶子。一句话，凡是美食家想要的这里都有。

此后，当我们在长达数周的时间里栖身于战壕中，吃着限量供应的面包、寡淡的稀汤和稀薄的果酱时，我还时常回忆起这个场景。

在看完敌人令人羡慕的经济情况后，我们离开了地下掩体，开始侦察洼地。我们发现了两门被遗弃的崭新的大炮。一大堆亮闪闪的刚刚发射剩下的弹壳表明，这两门炮在我们进攻期间可是相当活跃的。我拿出了一块白垩石，在大炮上写上我们连队的番号。但是经验告诉我，胜利者的权利几乎不会被后面的其他部队所尊重，每支部队都会擦掉先前人写的番号，并用自己的取而代之，直到最后剩下的是某支负责挖堑壕的连队番号。

然后我们返回其他人所在的地方，因为我们自己的火炮还在不停地向我们投掷着铁家伙。在这期间，后面跟上的部队组成了我们的前方战线，它位于我们身后两百米处。我在地下掩体前安排了一个双人岗，并命令其他人时刻拿着枪。我安排好了换岗顺序，又吃了一些东西，并把白天的经历简要记录下来，然后就睡过去了。

凌晨一点，我们被我们右侧的喊杀声和激烈的射击声音吵醒了。我们抓起枪，冲出掩体，在一个大弹坑里就位。从前方跑回一些溃散的德国人,我方有人朝他们射击。他们中间有两个人倒在了路上。通过这个意外的事故,我们变得精明了,一直等到我们后面开始的骚动平静之后,才通过呼喊互相弄清楚情况,然后退回自己这一方的阵地。二连的指挥官考斯克少尉在那里,带着大概六十名第七十三团的士兵,他因为感冒说不出话来,胳膊也受了伤。因为他必须要返回卫生站,我接过了他的队伍的指挥权,包括三名军官。此外,属于我们团的还有吉普肯斯和福尔贝克手下的两拨部队,他们也是临时被编在一起的。

夜里剩下的时间我是和二连的几名下士一起度过的,我们在一个小小的地洞里几乎被冻僵了。早晨,我用缴获的库存物资吃了早餐,然后派遣传信兵前往凯昂,去炊事房取咖啡和食物。我们的炮兵再次开始他们该死的射击,作为早晨的第一声问候,他们准确地击中了四名机枪连战士所在的弹坑。破晓时分,代理预备军官库姆帕特带着几个人过来增援我们。

我们还没来得及拼命跺脚把夜间的寒冷从身体里驱逐出去,我就得到了命令,和七十六团的余部一起进攻右侧夫罗库尔村的阵地,该阵地已被我们部分占领了。在浓密的晨雾中,我们前往作战准备地,这是一处位于埃库斯特南边的高地,地上有很多昨天战斗中阵亡的士兵遗体。冲锋的指挥员们吵来嚷去——面对表达含混的进攻命令通常如此,直到敌人机枪开始扫射、子弹在我们腿边呼啸而过才宣告结束。所有人都就近跳到弹坑里,只有预备军官库姆帕特惨叫一声倒在了地上。我和一个卫生兵急忙跑过去,给他包扎。他的膝盖中弹受了重伤。我们用一个弯曲的钳子从伤口处取出了多块碎骨。几天后他死了。这件事让我非常悲痛,因为三年前在勒库夫朗斯,库姆帕特还是我的军训教官。

雷德布尔上尉接管了我们这个混编部队最高指挥权,我在和他交谈的时候解释了正面冲锋是没有意义的,因为如果从左侧进攻已经部分在我军手里的夫罗库尔阵地,损失会小得多。我们决定不发动冲锋,事实会证明我们是对的。

我们暂时在高地上的弹坑里安顿了下来。太阳渐渐露了出来,天上出现了英国飞机,用机枪向我们藏身的坑穴扫射,不过它们不久就被我们的飞机给赶走了。埃库斯特的山谷开来一个炮兵分队,对于久经堑壕战考验的老战士来说,这也是一个不寻常的景象,不过小分队马上就被击溃了。一匹马挣脱了缰绳,在地上奔跑。平地宽阔而孤寂,被不断变幻的火药烟云所笼罩,这只苍白的动物有如幽灵一般飞驰远去。敌军的战机刚刚飞走,我们就遭受到第一波炮火的袭击。先是一阵榴霰弹,然后又是大量的轻型和重型炮弹。我们就像是摆在案板上待宰的羔羊。不少被吓坏了的家伙不是老实地躲在弹坑里祈祷平安,反而像无头苍蝇一样东跑西窜,简直是在火上浇油。在这种情况下,你必须是一个宿命论者。我则津津有味地吃掉了一盒缴获的醋栗果酱罐头,由这一点就可以看出,我的确牢牢记住了这个根本的道理。而且我还找出来一双在地下掩体找到的苏格兰羊毛袜穿上。太阳渐渐地升高了。

我们看到左侧夫罗库尔的阵地上有部队移动的情况,这已经有一段时间了。现在我们在正前方看见德国长柄手榴弹的弧形弹道和白色弹着处。这正是给我们的提示。

我集合队伍,或者说其实是我举起右臂,自己直接朝阵地方向冲了过去。我们没有遭到猛烈的射击,就抵达了敌方的堑壕并且跳了进去,结果受到七十六团的一支突击队的热烈欢迎。我们就像在康布雷战役时一样,使用手榴弹缓慢地向前推进。敌人的炮兵没有隐藏太久,因为我们不断顽强地蚕食着敌人的防线。一阵猛烈的榴霰弹和轻型炮弹射向我们这些冲在前面的人,但更多是射向位于我们身后的增援部队,他们正越过开阔地带涌向堑壕。我们发现,对方的炮兵直接目视就能轰击我们。这让我们更加卖力,因为我们正在努力尽快解决对手,以打掉他们的火力。

夫罗库尔的阵地似乎还在修建中,因为一些待建的堑壕尚未成形,只是刚刚铲掉草皮。当我们从这种堑壕上方跃过的时候,周围的火力就会密集地射向我们。我们也向通过这些死亡地段冲到我们面前来的敌人还以颜色,没多久这些路段上就铺满了中弹的人。榴霰弹的烟雾中展开了一场激烈的围猎。我们急速从一些尚有余温的壮汉旁边冲过,或者从他们身上爬过去,他们的短裙下面露出的壮实膝盖格外耀眼。他们是苏格兰高地人,从他们的抵抗方式可以看出,我们是在和真正的男子汉交手。

我们就这样前进了几百米,但是越来越密集的手榴弹和枪榴弹迫使我们停下来。形势即将发生反转。气氛开始不安起来,我听到了紧张的呼喊。

"汤米在反击!"

"站住!"

"我只是想联络友军!"

"前面需要手榴弹!手榴弹,手榴弹!"

"小心,少尉先生!"

在堑壕战中,这样的受挫是令人懊恼的。一支小型的突击队冲在最前面,又射击又投弹。掷弹兵前后跳跃以躲避对方致命的子弹,撞在后面朝前挤,而且距离很近的人身上,很容易造成混乱。也许有一些人试图跳出掩体往回跑,于是成为敌方狙击手的猎物,而对手则马上士气大振。

我成功地聚拢了几个人,在一堵很宽的肩部掩体后面组成了一个防御阵地。在我们和苏格兰高地人之间,有一段堑壕双方都能使用。我们和一名看不见的对手仅仅隔着几米的距离交了火。子弹噼里啪啦地打在墙上,肩部掩体上沙土乱飞,这时候还扬起头是需要勇气的。站在我旁边的七十六团战士是一名体格强壮的汉堡码头工人,他表情狂野地一枪又一枪,根本不顾及隐蔽,最后浑身鲜血倒了下去。一颗子弹打穿了他的额头,发出木板折断的咔嚓声。他折倒在堑壕的角落里,头抵着墙,保持下蹲的姿态。他的鲜血就像是从桶里倒出来一样流满了堑壕地面,喘息的间隔越来越长,最终完全沉寂了下去。我拿起他的枪,继续射击。交火终于暂停了。位于我前方的两名士兵试图越过掩体跳回来,其中一人头部中弹栽倒在堑壕里,另一人腹部中弹,只能爬回堑壕。

我们在堑壕里坐在地上,一边等待,一边抽着英国香烟。时不时会有瞄准的枪榴弹飞过来。我们可以看见它们,然后跳跃躲闪。那个腹部中弹的伤员非常年轻,他躺在我们中间,像猫一样近乎惬意地在夕阳的余温中舒展着肢体。他带着孩童般的微笑,在沉睡中死去。看到这一幕,我并没有感到心情沉重,而是充满一种对于逝者的兄弟之情。他的战友的呻吟也渐渐地沉寂了。他身体忽冷忽热,死在我们中间。

我们尝试了很多次,蜷着身体,从选定的位置爬过苏格兰人的尸体向前进,却一再被对方的狙击手和枪榴弹赶了回来。我看到的几乎每次中弹都是致命的。就这样,堑壕的前半部逐渐堆满了伤亡人员,而后部则不断有人前来增援。没过多久,每堵肩部掩体后面都架起了一挺轻机枪或重机枪。有了机枪,我们就给英国人控制的那一段堑壕施加了越来越大的压力。我也站在一挺机枪后面不断射击,一直到食指被烟熏黑。我可能在这里击中了一个苏格兰人,此人在战后从格拉斯哥给我写了一封很友好的信,在信里仔细描述了他受伤的地点。机枪的冷却水蒸发完以后,我们依次传递水箱,用一种天然的方法将它灌满,这也引发了大家一些粗俗的玩笑。不一会儿,枪管就又打得发红。

太阳就要落下地平线了。第二个战斗日眼看就要过去了。我第一次仔细观察了周围的情况,发回了报告和草图。在五百步开外,我们的堑壕切入夫罗库尔和莫里之间的公路,公路用迷彩布掩盖了起来。在后面的一处斜坡上,敌军正在急速地通过一片炮火密集的地带。傍晚的天空晴朗无云,涂着我们黑白红三色标志的飞机联队在空中划过。落日的余晖将它们浸入了轻柔的玫瑰红色之中,就像一串火烈鸟。我们打开阵地位置图,把白色的背面翻上来,用来说明我们已经深入敌后多远了。

晚间的凉风预示着夜里将会很冷。我套上一件温暖的英国大衣,靠在堑壕壁上和小个子舒尔茨聊天,我曾经和他一同在巡逻中遭遇了印度人。舒尔茨总是按照古老的战友传统,带着四挺重机枪出现在战事最紧张的地方。所有连队的士兵都在岗位上观察敌人的阵地,钢盔下面是一张张年轻而线条分明的脸庞。我看到他们一动不动的身影伫立在堑壕的暮色中,就像是在碉堡上。他们的长官已经阵亡,但是他们凭直觉站在了正确的地方。

我们已经做好了夜间防御的准备。我把手枪和一打英国的手榴弹放在身旁,感觉可以战胜任何来犯之敌,哪怕是最执拗的苏格兰人。

这时,右边再次发出手榴弹的爆炸声,左边升起了德国人的信号弹。黄昏里随风传来了微弱的、很多人的欢呼声。这是具有感染力的。"我们包抄到他们后方了,我们包抄到他们后方了!"群情激动的时刻往往伴以伟大的行动,所有人都拿起了枪,沿着堑壕向前冲。在短暂的互掷手榴弹之后,一队苏格兰高地人匆忙往马路方向逃跑。现在没有任何东西能够阻拦我们了。虽然有人高声警告:"小心!左边的机枪还在射击!"我们还是跳出了堑壕,瞬间就冲到马路边,惊慌失措的苏格兰人挤满了一路。他们要避开可怕的正面碰撞,但是在逃跑中撞上了自己的铁丝网。他们先是惊愕,继而沿着铁丝网仓皇奔跑。在震耳欲聋的欢呼声中,他们不得不冒着密集的火力踏上死亡之旅。这一刻也属于带着机枪的小个子舒尔茨。

马路上呈现出一片世界末日的景象。死神收获颇丰。响彻远方的喊杀声、手枪的密集射击、迫击炮弹沉闷的冲击让攻击方如虎添翼,让防守方噤若寒蝉。在这漫长的一天里,战斗在此前就像阴燃的大火,现在终于开始熊熊燃烧。我们的优势每一刻都在扩大,因为突击部队冲锋后散开了阵形,而增援部队呈宽阔的楔形迅速跟进。

我从一处陡坡向下观察这条马路。苏格兰人的阵地位于马路另一侧经过深挖的路边沟槽里,也就是说位于我们的下方。不过我们的注意力在几秒钟之内就转移到了别处:希望看见苏格兰人在铁丝网前摔倒的念头挤掉了其他的所有细节。我们当即在斜坡上端卧倒,开始射击。敌人完全被逼入了绝境,我们则恨不得以一当十,这是一个很罕见的时刻。

我正咒骂着处理步枪卡壳的故障时,感到有人用力地拍打我的肩膀。我转过身来,看到了小个子舒尔茨那张扭曲变形的脸。"他们居然还在射击,这些该死的猪!"我顺着他的手才看到,在与我们只有一条马路之隔的几条堑壕里,出现了一些忙碌的身影,有的在装弹,有的把枪贴在脸颊上。这时第一批手榴弹已从右侧飞了出去,把一个苏格兰人的身躯高高地抛到了空中。

理智要求我待在原地,由高向低打掉敌人的作战能力。这个目的很容易达到。然而我扔下枪,握紧拳头,冲入敌我阵营之间。糟糕的是,我身上还穿着那件英国人的大衣,戴着镶红边的作战帽。我已经来到了敌人这边,而且还穿着敌人的军服!在胜利的狂喜中,我忽然感到左胸遭到沉重的一击,顿时眼前一黑。完了!

我相信是心脏中了弹,但是在等待死亡的时候,我既没有感到疼痛,也没有感到恐惧。倒下去的刹那,我看到了道路上泥土里白色的、光滑的小石子,它们像星星一样排列有序,这是一种充满意义和必要性的秩序,昭示着巨大的秘密。与我周围的杀戮相比,这才是我熟悉的,并且也更为重要。我倒在了地上,但是令我惊讶的是,我居然立即又站了起来。因为我没有发现上衣有任何洞,于是再次转向了敌人。我们连的一个战士冲了过来:"少尉先生,脱掉大衣!"然后扯掉了我身上这件危险的衣服。

又一阵呼喊声划破了天空。一些德国士兵从右边,也就是用手榴弹攻打了整整一下午的地方,冲过马路前来帮忙,一个穿着棕色灯芯绒上装的年轻军官跑在最前面。这是基乌斯。他很幸运,一挺英军机枪在朝他射出最后一梭子弹的时候,他刚好被绊脚索绊倒在地。这一梭子紧擦着他打了过去,其中一颗子弹划开了他裤兜里的钱包。这些苏格兰人旋即被歼灭了。马路周围遍地都是阵亡的士兵,少数的幸存者还在遭受追杀。

在我昏厥的那几秒钟里,小个子舒尔茨也突遭劫难。我事后才得知,他带着满腔怒火——这种激情先前也感染了我——跳进堑壕,准备大打一场。一个已经解开武装带准备投降的苏格兰人看他在这种状态下冲过来,就从地上捡起了一杆步枪,把他一枪打倒在地。

我和基乌斯站在已经攻占的堑壕里交谈,四处弥漫着手榴弹爆炸的烟雾。我们在商量如何夺取肯定就在我们附近的火炮。他突然打断我,说道:"你受伤了吗?你上衣下面有血流出来!"我的确有一种奇怪的轻飘飘的感觉,并且胸口感到湿乎乎的。我们撕开衬衫,看到一颗子弹正好从铁十字勋章下面打进胸膛,从心脏上方横穿而过。明显可以看到右侧有一个小的圆形子弹入口,左侧的子弹出口稍微大一点。因为我是以一个很小的角度从左向右跃过马路的,所以肯定是我们的人把我当成了英国人,隔着几步的距离开枪射中了我。我非常怀疑就是那个扯下我大衣的人,不过怎么说呢,他应该也是出于好意,毕竟责任在我。

基乌斯给我缠上了绷带,费了很大的力气才说服我此刻离开战场。我们两人以一句"汉诺威再见"互相道别。

我挑选了一名随从,再次回到枪弹横飞的马路上,找我的地图袋。刚才那个帮助我的陌生人在剥下我的英式大衣时把地图袋也扯了下来。地图袋里有我的日记本。我们沿着此前我们打过来的堑壕往回走。

我们喊杀震天,结果唤醒了敌方的炮兵。马路后方,尤其是堑壕正在遭受少有的密集火力攻击。我已经不想再受伤,所以就借着肩部掩体躲闪,小心地往回走。

突然间,堑壕边缘发出轰然一声巨响。我的脑袋受到了重重的一击,我栽倒在地,失去了知觉。当我醒来时,我正头朝下挂在一挺重机枪的滑动座架上,看着堑壕地面的一摊鲜血令人恐惧地迅速扩大。血不停地涌出流向地面,让我失去了所有的希望。然而我的随从却说没有看到脑浆,我就又重新鼓起了勇气,硬是站了起来,继续前行。这是我为自己不戴钢盔就上战场的轻率行为付出的代价。

虽然两度流血,我仍然异常兴奋,不管在堑壕里遇到谁都劝他们急速前进,参加战斗。不久我们摆脱了轻型野战炮的覆盖区域,可以放慢速度,被零星落下的大弹片击中的只有倒霉鬼了。

在诺勒伊的峡谷般道路上,我路过了旅战斗指挥部,向霍贝尔少将报到。我向他报告了胜利的消息,并请求向冲锋部队提供援助。将军告诉我,指挥部昨天就误以为我已经阵亡。在这场战争中这已经不是第一次了。也许有人看到我在向第一道堑壕冲锋时被榴霰弹炸倒在地,但受伤的是哈克。

我还得知,我们推进的速度比预计的要慢。明显我们遇到了英军的精锐部队,而我们又一直强攻核心阵地。铁路路堤基本没有受到我们的猛烈炮击,我们置所有的军事规则于不顾,一鼓作气发起冲锋将其拿下。但是我们仍然没有抵达莫里。如果我们的炮兵没有挡住我们的路的话,我们也许在第一天晚上就能把它拿下来。过了一夜,敌军也增强了力量。凡意志能够达到的都已经达到了,甚至还更多,将军也对此表示了肯定。

在诺勒伊,紧靠着路边的一大堆手榴弹弹箱着了大火,我们怀着复杂的心情快速从旁边通过。在村子后面,一名运送弹药的司机让我上了他的空车。我和辎重队队长激烈地吵了起来,他想把两名英国伤兵从车上扔下去,而这两名英国伤兵在最后一段路上一直扶着我。

从诺勒伊到凯昂的路上拥堵得简直不可思议。没有见过的人无法想象出辎重车队一望无际的情形,正是它们为大规模的进攻提供了补给。过了凯昂,后面更是混乱到离奇。当我路过小燕妮居住的小房子时,几乎已经辨认不出轮廓,真是令人伤感。

我求助于一名戴着白色袖章的负责指挥交通的军官,他在一辆去索希-柯西①野战医院的汽车上给我安排了一个位置。当不同的车流相互交叉堵住了道路的时候,我们经常要等上半个小时。虽然野战医院手术室的医生非常忙碌,外科医生还是有时间对我不幸中的万幸表达了惊讶。头部的伤口虽然有子弹射入口和射出口,但是头盖骨并没有被洞穿。受伤给我的感觉只是受到了沉闷的打击,但是在野战医院的一名大夫游刃有余地用探针检查了两个弹孔的内部情况之后,一名助理医生对我的伤口处理却让我疼痛难忍。他的处理就是把我头部伤口边缘的毛发彻底刮干净,整个过程中没有打肥皂,而且剃刀很钝。

一夜睡得很好。第二天早晨,我被送到康坦②的伤病员收集处。我在这里很高兴遇到了施普朗格,自从冲锋开始后我就再也没有见到他。他是被一发步枪子弹伤到了大腿。我也找到了我的背包,这再次证明了温克值得信赖。他是和我走散后在铁路路堤上受的伤。在他进了野战医院、并从医院回到自己在威斯特伐利亚的农庄之前,他直到把我托付给他的东西交回我手里才安下心来。这就是我认识的温克,与其说他是我的勤务兵,不如说他是我的老战友。当伙食不足的时候,我常常会在桌上发现一块黄油,留言是"来自连队里一名不愿透露姓名的士兵",当然也不难猜出是谁。他没有像哈勒尔那样的冒险精神,但他像忠诚的老仆人一样在战争中追随着我,他觉得自己的职责就是照顾我本人。在战争结束之后很久,他请求我给他一张照片,"好给子孙讲他的少尉的故事。"通过他,我得以了解人民或者一名普通民兵在战争中表

---

① 索希-柯西(Sauchy-Cauchy),法国北部的一个市镇。
② 康坦(Cantin),法国北部的一个市镇。

现出来的沉稳和正派的品格。

在蒙蒂尼①的巴伐利亚部队野战医院短暂停留之后,我在杜埃被抬上了野战医院列车,一直坐到柏林。经过十四天的精心护理,我的第六次两处受伤就像所有的旧伤一样很好地愈合了。唯一不舒服的是耳鸣,就像尖厉而且不断的铃声。不过在接下来几周内,耳鸣问题也渐渐缓解,最终彻底消失。

我直到在汉诺威才得知,就像我前面说过的,我的很多熟人在肉搏的时候阵亡了,这其中也包括小个子舒尔茨。基乌斯只是腹部受伤,并无大碍。相机也在这次战斗中摔坏了,里面还有很多我们向铁路路堤发起冲锋的照片。

我们在汉诺威一间小酒吧里庆祝重逢,我的弟弟拖着僵直的胳膊、巴赫曼拖着僵硬的膝关节也来参加了聚会。谁要是经历了我们聚会上香槟酒瓶清脆的开瓶声,估计很难会想到,同样一群人在十四天前是伴着另一种音乐各奔东西的。

尽管如此,这些日子还是被蒙上了阴影,因为很快有消息传来,我们的进攻陷入停滞,而且从战略上说,进攻已经失败了。我在柏林的咖啡馆里翻阅的英国和法国报纸也证实了这一点。

这场大战在我内心深处也意味着一个转折,这不仅仅是因为我从这时开始认为我们有可能会输掉这场战争。

我们在这命运交关的时刻为遥远的未来而战,巨大的力量集聚在一起,而释放的暴力令人惊骇,这也将我第一次引到了超越个人经验的深度。这不同于迄今为止的一切经历,这是一种落成典礼,不仅仅为我们打开了恐怖的渊薮,而且引导我们走进了渊薮。

---

① 蒙蒂尼(Montigny)。

英国人的进攻

一九一八年六月四日,我又回到原先的团里,他们现在驻扎在夫罗库尔村附近,前线已经远远推移到村子另一面。新的团长是封·吕替豪少校,他把我以前所在的七连指挥权交给了我。

当我快到驻地的时候,大家都朝我跑过来,抢下我的东西,欢呼着迎接我。我仿佛像回到了家里一样。

我们住在一圈由瓦楞铁皮搭建的营房里,四周是荒芜的草原,不计其数的小黄花在绿草中闪闪发光。我们把这片荒芜的地带称为"罗马尼亚",成群的马匹在草地上吃草。走到棚屋门前,就会感受到那种令人恐惧的空旷感,牛仔、贝都因人或者其他荒芜地带的居民偶尔才会产生这种感觉。晚上,我们围着营房长时间散步,找山鹬蛋,或者寻找藏在草丛里的武器作为大战的纪念品。一天下午,我骑马前往夫罗库尔旁边的峡谷般道路,这里两个月前还在激烈交战,路边到处都是墓碑,我在其中也发现了一些熟悉的名字。

没过多久,团里接到命令前往保卫着皮西厄欧蒙①的阵地,进入最前线。我们在夜间坐载重车抵达大阿谢②。一旦夜间飞

---

① 皮西厄欧蒙(Puisieux-au-Mont)。
② 大阿谢(Achiet-le-Grand)。

行的轰炸机发射降落伞照明弹,光线把黑暗中的道路照亮时,我们就不得不停下来。重型炮弹的呼啸声此起彼伏,但是淹没在炮弹落地的隆隆爆炸声中。接着,探照灯在黑暗的夜空中搜索着狡猾的飞机,榴霰弹如小巧的玩具一般喷射弹丸,照明弹形成一条长链,在喷火的狼群身后追逐。

尸体的气息在攻克的地段上空经久不散,一会儿强,一会儿弱,但是始终刺激着感官,就像一个来自神秘国度的信息。

"这是'进攻香水'的味道,"一名老兵的声音在我耳边响起,当时我们似乎正在大型公墓间的林荫道上走了几分钟。

我们从大阿谢出发,沿着通往巴波姆的铁路路堤前行,然后走向我方的阵地。交火还相当激烈。在我们歇脚的片刻,两枚中等大小的炮弹在我们身边落下。我们马上想起三月十九日那个令人难忘的惊悚之夜,拔腿就跑。我们恰巧经过一个换防下来的连队,他们站在前线后面大呼小叫,结果几十枚榴霰弹打来,他们不得不闭嘴。我的人一边咒骂,一边赶紧扑进就近的通行堑壕。两名鲜血直流的士兵不得不折返,去找卫生兵的地下掩体。

三点钟的时候,我精疲力竭地抵达我的地下掩体,里面异常拥挤,这预示着我未来的日子不可能过得很舒服。

一支蜡烛在浓密的烟尘中发出微红的光亮。我被一堆人腿绊了个趔趄,大喊了一声魔法咒语:"换岗!"室内的气氛顿时活跃起来。从一个烤炉形状的洞里冒出一连串咒骂声,接着出现的是一张张胡子拉碴的脸,一对被铜绿锈蚀的肩章,一件饱经风吹雨打的制服和两大块黏土——我猜想那里面是靴子。我们在歪歪倒倒的桌子旁边坐下,进行交接工作,每个人都试图从对方那里多敲诈一些配给的口粮和几把信号枪。然后我的前任硬是从巷道的狭隘处挤了出去,预言说,这个垃圾洞撑不了三天。我于是成为 A 段阵地新的指挥官。

第二天早上,我去察看阵地,没有什么令人高兴之处可言。我刚一出地下掩体,迎面就遇上两个流血的送咖啡的士兵,他们在通行堑壕里被榴霰弹击中。又过了几步,燧发枪列兵阿伦斯被一记子弹反弹击中,只能算作减员。

我们的前面是比夸①村,后面是皮西厄欧蒙村。全连毫无章法地把守着狭窄的前沿阵地,在右侧与第七十六步兵团之间是一大块无人把守的地段。团阵地的左翼围绕着一片炸烂了的丛林,即一二五号小树林。按照指令,没有挖任何巷道。我们也不是要安营扎寨,而应该保持进攻的态势。因此我们也没有在阵地前方安装铁丝网。每个小地洞容两名士兵藏身,这些狭窄的、烤炉形状的栖身之处都是用所谓的"齐格弗里德铁皮"支撑起来的,约一米高的弧形瓦楞铁皮铺就了地洞的内墙面。

因为我的地下掩体位于另一段阵地后面,所以我开始找一个新的住处。在一段坍塌的堑壕里,有一处类似木屋的地方看起来很合适,我把所有的杀人凶器都聚拢到一起,使得这处木屋可以防守。在木屋里,我和我的勤杂兵一起上了乡间隐士的生活,只是偶尔被传令兵打扰,后者带来的繁琐公文让这个偏远的洞穴也无法独善其身。然后,在两枚炮弹落地的间隙,我可以在获取重要消息之外读到诸如某地的地方指挥官跑失了一只黑斑狻犬,而且这只狻犬听得懂"齐皮"这个名字,对此我只能摇摇头;而且,如果我不是恰巧在仔细阅读女佣玛珂本对二等兵迈耶提起抚养诉讼的消息的话。纪要和经常性的日程安排也是必要的消遣。

---

① 比夸(Bucquoy)。

不过我还是说说我的地下掩体,我给它起名为"万福里德①之家"。我唯一的烦心事就是掩体的顶部,顶部只能说是相对的防炸,也就是说,只要没有炸弹直接落在上面,掩体的顶部就是安全的。不过,一想到自己不比士兵的条件更好,我就会觉得有所欣慰。每天中午,哈勒尔都会在一个巨型弹坑里给我铺上一条毯子,我们挖了一条通道通向弹坑,好在那里晒日光浴。不过,有时候附近落地的炮弹或者呼呼落下的弹片会干扰我努力把皮肤晒成棕色。

夜间,剧烈的炮击就像短促而具有毁灭性的夏季暴风雨一样向我们袭来。我会带着一种奇特的、毫无来由的安全感躺在用鲜草铺就的木板床上,倾听四周的轰炸声,墙上的沙土在震动下簌簌地掉落。或者我走出去,站在岗位上眺望夜色下忧郁的景致,这与战火熊熊的景象形成了诡异的反差,而这夜景正是这战火起舞之处。

这种时刻,我会产生一种此前从不了解的心情。面对深渊,生命得以提升,然而长短不可知,由此一种深刻的重新定位即将来临。四季更替,冬季过后复又是夏季,战斗仍旧在继续。我已经疲惫了,已经习惯了战争的面孔,但也正是出于这种习惯,我才能在柔和的、别样的光线下进行观察。人们不再被宏大的场面所迷惑。我也感觉到,入伍时的目标已经消磨殆尽,再也不足以支撑下去了。战争给出了更为深刻的谜题。这是一个奇特的时代。

前沿阵地在敌军的炮火攻击之下遭受的损失相对较少,否

---

① 万福里德(Wahnfried),意即"妄想和平",又译"幻宁",德国音乐家理查德·瓦格纳在科洛伊特的宅邸"幻宁庐"即以此为名。

则阵地早就守不住了。遭受炮火袭击的主要是皮西厄①和毗邻的洼地,夜晚时分,轰击的密度会惊人地升高。这使得食物运输和换岗变得相当困难。一会儿是这一段,一会儿是那一段,我们的防御链不时因为意外中弹而中断。

六月十四日凌晨两点,基乌斯前来和我换岗,他此前也和我一样回来了,现在担任二连连长。我们在大阿谢附近的铁路路堤旁边休息,营房和地下掩体就在路堤的隐蔽之下。英国人经常向我们进行猛烈的火炮平射,三连的预备军官拉克布兰特就死于这种炮火之下。拉克布兰特把连部设在位于路堤顶部的营房中,一块弹片打穿了营房的薄墙,击中了他。这里在几天前已经发生过一起重大的灾难。一架轰炸机把炸弹扔在了第七十六步兵团的唱诗班中间,四周还都是听众。遇难者当中也有许多我们团的士兵。

铁路路堤附近停放着很多被打坏的坦克,让人想起搁浅的船只。我在散步的时候仔细查看过这些坦克。有时候,我也会在坦克旁边召集全连,学习如何打坦克、坦克的战术和弱点等——坦克是技术战中出现得越来越频繁的战斗用"大象"。坦克上带有名字、符号或者战争的涂装,意思有的是讽刺,有的是威慑,有的是祈求吉祥;既少不了三叶草,也少不了幸运猪,更不缺白色骷髅。一辆坦克还画上了绞刑架,上面垂下来一条松开的绞索;另一辆名叫"法官杰弗瑞"。不过所有坦克都被炸得七零八落。狭窄的坦克炮塔里尽是管子、杆子和金属线,坐在里面冲锋的时候一定特别不舒服,而这些大块头为了避开炮火攻击,不得不像笨拙的大甲壳虫一样在战场上绕来绕去。我很同情这些坐在火炉里的士兵。此外,这块地方到处都是烧毁的

---

① 皮西厄(Puisieux)。

飞机骨架,这说明机器在战场上的作用越来越重要了。有一天下午,一只巨大的白色降落伞在我们附近降落,一名战斗机飞行员从燃烧着的飞机上跳伞逃生。

六月十八日早上,七连因为局势不安全必须再度前往皮西厄,接受战斗部队指挥官的调遣,参与搬运物资以及其他战术性的投入。我们在朝比夸方向的路口处进入了地窖和巷道。我们刚刚抵达,就有一组重型炮弹落在周围的园子里。尽管如此,我依然不受干扰,坚持在巷道入口前的小门廊里用早餐。过了一会儿,炮弹又呼啸而至。我于是卧倒在地。旁边起了火。我连里一名叫肯茨欧拉的卫生兵正拿着几个装满水的饭盒经过这里,下腹部中弹倒下了。我跑了过去,在一名信号兵的帮助下把他拽到卫生兵的巷道里,幸运的是卫生兵巷道的入口紧挨着弹着点。

"那么,您到底有没有好好吃顿早餐呢?"医生柯鹏一边包扎肯茨欧拉腹部的大伤口,一边问道。他是一名真正的老军医,我也曾经有几次落在他的手里。

"是的,是的,吃了满满一大饭盒面条。"这个遭遇不幸的人呻吟着说,他大概觉得自己看到了一丝希望的曙光。

"好了,就这样。"柯鹏试图安慰他,同时用一种十分可疑的表情冲我点头。

不过,重伤员有一种十分敏锐的嗅觉。他突然呻吟起来,额头上冒出了巨大的汗珠:"我要死了,我感觉到了。"话虽这么说,我还是能够在半年后部队进驻汉诺威的时候和他握手。

下午,我一个人在完全被摧毁了的皮西厄孤零零地散步。这个村子在索姆河战役的时候已经被轰成一堆废墟。弹坑和残垣断壁已经被浓密的植物所覆盖,喜欢长在废墟中间的接骨木开着白花,星星点点。而刚刚落下的炮弹扯碎了这一重包裹物,园子里一再被翻腾的土地再一次裸露在外面。

村中道路两边堆满了我们进攻受阻后留下的战争垃圾。炸毁的汽车,丢弃的弹药,锈蚀的手枪,快腐烂的马匹只能看出个大概,成团的苍蝇嗡嗡地闪烁飞旋:一切都在宣告,战争中任何东西都没有价值。原本耸立在村庄最高处的教堂只剩下一堆石头的废墟。我在摘野玫瑰的时候又有炮弹落下,提醒我在死神的舞场上要处处小心。

几天之后,我们接替了主要防线上的九连,该防线位于最前沿后方约五百步的地方。换防时,我的七连有三名士兵受了伤。第二天早上,封·拉德布尔上尉在我的地下掩体附近被一颗榴霰弹钢珠打伤了脚。他虽然有严重的肺结核病,但觉得战斗是自己的使命,所以死于小伤也就是他的命吧。他没过多久就死在野战医院。在二十八日那天,我的负责食物运输的格伦讷中士被弹片击中。这是连队里在很短的时间内损失的第九个人。

我们在最前线待了一个星期之后,必须再次回到主要防线,因为应该来换防的那个营几乎被西班牙流感给瓦解了。我们当中每天也有好几个病倒的。流感也重创了我们旁边的一个师,英国人的飞机居然跑来扔传单,说什么该师如果不马上撤退的话,英国人就要来换防了。但是我们听说,这场瘟疫在敌人那里也扩散得越来越广。当然,我们因为给养糟糕,所以更容易受感染。年轻人经常是一夜之间就死去。而我们同时还持续处于备战状态,因为在一二五号小树林上方始终挂着一片黑色的烟云,就像在巫婆的铁锅上方一样。那里的炮击异常密集,在一个无风的下午,爆炸的气体竟让六连的一些人中了毒。我们必须像潜水员一样,戴着氧气面罩下到巷道里去,好把失去意识的人带上来。他们的脸色红若樱桃,呼吸困难,就像在做噩梦一般。

一天下午,我在我负责的阵地穿行时,发现了几箱埋在地下的英国弹药。为了研究枪榴弹的构造,我拆开了一枚,把炸药取了出来,还剩下一个东西,我以为那是引线。然而,当我用指甲试着将里面的火药剔出来的时候,才发现这个东西是第二份炸药。伴着一声巨响,这份炸药爆炸了,我的左手食指指尖被炸掉,脸上也有几处伤口鲜血直流。

当天晚间,当我和施普朗格站在我的地下堡垒顶上时,一枚重型炮弹在附近爆炸。我们就爆炸距离问题争论不休,施普朗格估计距离为十米,我估计是三十米。为了搞清楚我的估计在多大程度上可信,我去测了一遍,发现那个十分丑陋的弹坑距离我们的位置有二十二米。

七月二十日,我和我的连队又回到了皮西厄。整个下午我都站在一段残墙上,观察交战的情况,场面让我觉得非常可疑。我偶尔会把一些细节记在笔记本上。

一二五号小树林经常因为猛烈的炮火而笼罩在浓烟之中,绿色和红色的照明弹此起彼伏。有时候大炮默不作声,人们听见几挺机关枪发出的哒哒声和远处手榴弹微弱的爆炸声。从我的位置看去,这一切几乎就像是一场游戏。没有大战的气势,但是可以感觉到搏斗的惨烈。

这片小树林就像一处伤情严重的伤口,隐藏起来的士兵都把注意力集中在这里。双方的炮兵都在耍弄这片小树林,就像两只争夺猎物的猛兽,树干被撕裂,碎片被扔到高空。小树林的守军始终只有几个人,但是坚持了很久,这在死亡地带上看得一清二楚。这就说明,即便是最强有力的军事手段对抗也只是一杆秤,不管是今天还是古往今来任何一个时期,这杆秤都是用来称人的分量。

黄昏时分,我被叫到预备部队指挥官那里,我在那里得知,敌军已经从左翼攻入我们的堑壕防御网。为了再获得一点前沿空间,我军决定,彼得森少尉率领的突击连撤离树篱堑壕,我带着我的人从通行堑壕撤离,这道通行堑壕与树篱堑壕平行,位于一块洼地中间。

我们在黎明时分动身,但是刚一动身就遭受了十分猛烈的步兵火力攻击,我们只能暂时放弃执行任务。我命人占领了埃尔冰路,我自己跑到一个巨大的洞穴内巷道里去补昨夜没睡的觉。上午十一点的时候,左翼传来的手榴弹爆炸声将我惊醒,我们在那里有一个地面防御工事。我赶紧跑过去,看到了地面防御工事攻防战的常见场面。手榴弹的白色烟云在工事附近旋转上升,几道肩部掩体之外,两边都有机枪在哒哒作响。士兵在中间矮着身子,前后跳来跳去。英国人的这次小突袭已经被击退,但是我们损失了一名士兵,他被手榴弹炸成碎片,倒在地面工事后面。

晚上我接到命令,带连队返回皮西厄,抵达后又接到一条指令,让我第二天早上率两个班加入一次小型行动。行动的内容是,三点四十分,在五分钟的炮兵和迫击炮炮火准备之后,从侧面进攻从红点 K 到红点 Z1 段的所谓谷底堑壕。在这些用于通行的堑壕里,敌人都已经扎下了根,牢牢地躲在地面防御工事后面。突击连的福亦格特少尉率一支突击队,以及我率两个班为这次行动做好了准备,可惜这次行动显然属于纸上谈兵,因为这个谷底堑壕是在谷底顺地势延伸,从很多地方甚至可以一览无余。我完全不同意这次行动,至少我在日记里发现自己在记下命令后又写下这几句话:"好吧,但愿我们明天还能详述。因为没有时间,我保留对这个命令的批评意见——我坐在 F 段阵地的地下堡垒里,现在是十二点,三点钟我会被叫醒。"

命令总归是命令,所以福亦格特和我率兵在三点四十分天光未亮之际,在埃尔冰路附近做好了准备。我们进入一道深度仅至膝盖的堑壕,就像从一条狭窄的长廊一样往下看,谷底堑壕分毫不差地开始充满了烟雾和火焰。从烟火阵中飞出一块大弹片,嗡嗡地飞到我们阵地,打伤了燧发枪列兵克拉韦斯的手。我这时又看到了我在进攻前经常看到的场面:一群人在昏暗的光线中等待着,近距离射击或者同时深深地弯腰,或者卧倒,同时越来越兴奋——这样的场面就像一种可怕的无声的仪式让人痴迷,预示着流血牺牲的到来。

我们准时出发,炮火轰炸给谷底堑壕蒙上了一层厚厚的雾障,这种情况对我们有利。在 Z1 点前方不远处,我们遭遇了阻力,我们用手榴弹解决了问题。由于我们已经抵达目的地,而且也没有兴趣继续战斗,因此我们修了一个地面的防御工事,让一个班带着一挺机枪守在后面。

我在这次行动中的唯一乐趣就是观察到突击队队员的行为,他们简直就是老痴儿西木。我在这里见识了新的士兵类型,这就是一九一八年的志愿兵:一切迹象表明,他们不怎么守军纪,但是天生英勇。这些胆大冒失的年轻人顶着一头浓密的乱发,绑着裹腿,在敌军前方二十米处吵了起来,因为一个人骂另一个人是"软蛋",同时他们像雇佣兵一样嘴里骂骂咧咧,还使劲儿自吹自擂。"老天爷,谁也没有像你吓到尿裤子啊!"有人喊道,并且一个人就攻占了五十米的堑壕。

下午,守卫地面防御工事的那个班已经回来了。他们有伤亡,没办法继续坚守下去。我必须承认我早已放弃了他们,很吃惊竟然有人能活着趁天亮穿过那道长长的谷底堑壕。

虽然我们发动了这次以及其他多次进攻,敌军还是稳坐在我们前线的左翼,以及修建了地面防御工事的众多通行堑壕,威胁着我们的主要防线。这种不再是由无人地带隔离开的相邻关系从长远看来令人相当不舒服,我们能够清楚地感受到,即便是在自己的堑壕里也没有绝对的安全。

七月二十四日，我动身去考察主要防线的 C 段，第二天我就要接管这段阵地。我让连长吉普肯斯少尉带我视察沿树篱堑壕修建的地面防御工事。这个工事很奇怪，在英国人那一面是一辆炸毁了的坦克，就像阵地中嵌入了一处钢铁堡垒。为了观察细节，我们坐在一个在肩部掩体里挖出来的小凳上。正说着话，我突然感觉自己被人抓住，拽到了一边。下一刻，一颗子弹就打在我坐的位置，在沙土上碎裂开来。吉普肯斯很幸运地意外观察到，四十步开外敌方工事的一个射击孔里缓缓地伸出一杆步枪，我的命就是他这双敏锐的画家的眼睛救下的，因为在这个距离上连傻瓜都能击中我。我们毫不知觉地坐在了双方防御工事之间的堑壕里，所以英国人的岗哨就像隔着桌子看着我们坐下一般，一切都看得清清楚楚。吉普肯斯的反应迅速而正确。后来，当我回忆起这个情景时，我就问自己是不是因为看到了那支步枪而有片刻动弹不得。别人告诉我，在这个看起来并不危险的地方，九连已经有三名战士头部中弹阵亡了。这个地方原来凶险异常。

下午，我原本惬意地坐在地堡里边喝咖啡边看书，却被一场不是特别激烈的枪战给吸引了出去。前方，密集进攻的信号像项链上的珍珠一样按照单调的次序升空。一瘸一拐回来的伤员报告说，英国人已经攻入了主要的防御阵地 B 段和 C 段，而且抵近了 A 段。紧随其后传来福尔贝克少尉和格力斯哈贝尔少尉牺牲的噩耗。他们防守自己的阵地时阵亡，卡斯特讷少尉也受了重伤。几天前，他被一颗子弹奇怪地擦伤，就像被用利刃一般切下了一个乳头，但是其他部位并没有受伤。早上八点，五连的代理连长施普朗格在背部被碎弹片击中后也进入了掩体，他从烈酒瓶里——人称"瞄准望远镜"——猛灌了一口，镇静下来,边引用着名言"退回去,退回去,唐·罗德里格"①边走向卫生所。接下来进来的是他的朋友多迈耶,一只手受伤流血。多迈耶告别时引用的话要短得多。

第二天早上,我们占领了 C 段阵地,敌军已经被驱逐。我在那里发现了工兵、博耶和基乌斯和二连的一些人、吉普肯斯和九连的剩余士兵。堑壕里躺着八具德国人和两具英国人的尸体,英国人的帽徽上写着"南非——奥塔哥步枪团"②。所有的尸首都被手榴弹炸得一塌糊涂,扭曲的面部伤势吓人。

我派人守卫防御工事,打扫堑壕。十一点四十五分,我们的炮兵部队向我们前方的阵地猛烈开火,不过炮弹更多是落在我们,而不是英国人的头上。糟糕的事情很快就发生了。从左侧传来"卫生兵!"的喊声,传遍堑壕。我急忙跑过去,在防御工事前面的树篱堑壕里发现了我最优秀的排长不成形的身体残余部分。他被自己炮兵的一枚炮弹当场击中,军服和内衣的残片在爆炸的冲击下与身体分离,挂在山楂树篱被劈碎的枝条上,山楂树篱就是这条堑壕的名字。我让人用帐篷帆布盖上他的身体,以免大家看见。紧接着,又有三名士兵在同一地点受了伤。二等兵艾勒斯被气压震聋了,倒在地上挣扎。另一个人被打断了双手的关节,浑身溅满血,胳膊搭在担架工的肩膀上,摇摇晃晃往回走。这两个人在一起让我想起一幅英雄的浮雕:担架工弯着腰,年轻的伤员吃力地保持身体直立——他有着黑色的头发,

---

① 唐·罗德里格(Don Rodrigo)是西班牙中世纪英雄熙德(El Cid,源自阿拉伯语,意为"我的主人")的名字。这一句话出自德国十八世纪著名诗人和文化哲人赫尔德(Johann Gottfried Herder,1744—1803)创作的史诗《熙德》(Der Cid),这部作品在十九世纪十分流行,"退回去"这句话甚至成了广为人引用的名言。
② 这说明英国士兵属于新西兰奥塔哥(Otago)步枪团,该部队曾经在南非作战。

面容俊美而坚毅,脸色现在如大理石般苍白。

我向指挥部派出了一名又一名传令兵,紧急要求要么停止开炮,要么派炮兵军官亲临堑壕。我什么回答都没有得到,反而又有一门重型迫击炮开了火,把堑壕彻底变成了屠宰场。

七点十五分,我得到了一道耽搁了很久的命令,即七点三十分开始猛烈炮击;八点,福亦格特少尉将率领突击连的两个班经树篱堑壕的防御工事向前突破。他们应该一直进攻至红点A,并且向右与一个并行挺近的攻击排建立联系。一旦拿下堑壕,将由我们连的两个班前去占领。

我紧急做出了必要的指示,同时,炮击已经开始。我挑选出两个班,跟福亦格特说了几句话。过了几分钟,他按命令前进。因为我把这件事更多看成是夜间散步,而且不会有什么后果,于是我戴着便帽,胳膊下夹着一枚长柄手榴弹,跟在我的两个班后面溜达。在爆炸的烟云揭开进攻序幕的瞬间,整片区域的步枪都瞄准了树篱堑壕。事情的进展很顺利,英国人逃往后方的战线,留下了一名阵亡的士兵。

为了解释接下来发生的意外事件,我必须提醒各位读者,我们不是沿着一个堑壕阵地前行,而是沿着众多通行堑壕中的一条前行,而英国人——或者更确切地说是新西兰人——已经在这里扎了根。我是在战争结束后从曾经的对手来信中得知,我们在这里是同一支新西兰部队作战。这条通行堑壕,也就是树篱堑壕,沿着一条山脊延展开去,左侧的山谷底部有一条谷底堑壕。这条堑壕曾经在七月二十二日由我和福亦格特占领,后来我们留守的那个班又放弃了,这一点我之前提到过。现在,谷底堑壕在新西兰人手里,或者至少在他们的控制之下。两条堑壕之间有横向的堑壕连接,但是,我们从树篱堑壕里面却看不到谷底堑壕里面的情况。

我走在前进的部队末尾,心情很好,因为到目前为止,我只看到了几个越过掩体逃跑的敌军身影。迈耶下士走在我前面,他是他们班殿后的人。在他前面,我偶尔还在堑壕的拐弯处看到连里的小个子威尔泽克。我们就这样通过了一道狭窄的通行堑壕,这道堑壕从谷底堑壕里伸出来,逐渐升高,呈叉形通入树篱堑壕。通行堑壕两端之间约有五步的距离,是一整块土块。我刚经过这一端时,迈耶已经站在另一端了。

遇到这种岔路,人们习惯在堑壕战中设置两个岗哨来确保安全。福亦格特要么是疏忽了这一点,要么就是在匆忙之中看漏了这个堑壕。不管怎样,我听到紧挨在我前面的下士突然发出一声吃惊的叫喊,然后看见他举起枪,贴着我的脑袋向通行堑壕的另一端开枪射击。

因为那整块土块遮住了我的视线,我不知道究竟发生了什么事情,但是我只需要退后一步,就能看到通行堑壕的这一端。我看到的场面让我吃惊到动弹不得,因为一个体型健硕的新西兰人几乎就站在我触手可及之处。同时,尚未现身的进攻者的喊声也在山谷处响起,他们迅速越过掩体冲过来,想截断我们的去路。这个新西兰人近乎奇迹般出现在我们身后,我僵硬地和他面对面,但不幸的是他没有注意到我的存在。因为他的全部注意力都集中在迈耶身上,在迈耶开枪之后回敬了一颗手雷。我看见他从左胸前扯下一颗柠檬状的手雷,朝迈耶扔了过去,迈耶朝前扑倒以躲避死神。与此同时,我也拔出长柄手榴弹,这是我随身携带的唯一武器,用一个断弧线几乎是将它递到了这个新西兰人的脚下,而不是扔过去。我没看到他是怎么升天的,因为那是我能够重新回到出发阵地的唯一机会。我极其匆忙地往回跳,还看见身后小个子威尔泽克为了躲避新西兰人投来的手榴弹,朝着我的方向,跳着越过了迈耶。一颗朝我们扔来的手雷打碎了他的武装带和裤子臀部,不过他没有受更多的伤。我们身后的包围圈简直密不透风,福亦格特和其余四十名进攻者被包围了,彻底无望。他们没有预料到会发生这种罕见事情——我则是这件事的见证者,他们感觉到压力来自后方,被一步步推向死亡。战斗的嘶吼和大量爆炸声预示着,他们要以自己的生命换取敌人最高的代价。

为了去救他们,我率领预备军官摩尔曼的班穿过树篱堑壕前行。但是,我们不得不在如冰雹般落下的瓶状炸弹的封锁前停下来。一块碎片朝着我的胸部飞来,但是被裤子背带扣环挡住了。

这时,猛烈的炮击开始了。五颜六色的烟雾升腾,土块在四周飞溅,在地下深处爆炸的炮弹发出闷响,混合着一种金属般尖锐刺耳的、类似于用圆锯锯木头的声音。铁块一块接一块呼啸而来,成群的碎片轰轰作响。因为担心敌人随时会发起攻击,我随便抄起一顶钢盔戴上,和同行者一起迅速返回了战壕。

对面出现了人影。我们趴在被炸毁的堑壕壁上,开枪射击。在我旁边,一名年轻的士兵正在摆弄机枪的拉杆,紧张得双手颤抖,就是打不出一枪来,我干脆把这东西从他手里夺了下来。这挺机枪也打出了几发子弹,然后就像噩梦一般哑了火。幸运的是,随着火力越发猛烈,进攻者也消失在堑壕和弹坑里。炮兵已经不分敌我了。

我带着传令兵走向地下堡垒时,有什么东西从我们两人之间打进墙壁里,巨大的冲击力把我的钢盔从头上打落,飞到很远的地方。我觉得自己受到了一整枚榴霰弹爆炸的冲击,头晕目眩地在狐狸洞里躺下来,结果一枚炮弹几秒钟之后击中了洞的边缘。爆炸的浓烟充满了这个狭小的空间,一条长长的碎片打烂了放在我脚边的一听腌黄瓜罐头。为了不被埋在废墟下面,我又爬到堑壕里,从下面让两名传信兵和我的勤务兵提高警惕。

这是令人尴尬的半小时,本已缩小了的连队再次经历了死亡的筛选。在战火的浪涛逐渐消退之后,我沿着堑壕去查看损失情况,发现我们还剩十五个人。凭这几个人是无法守住这个宽阔的阵地的。因此,我把三个人交给摩尔曼指挥去守卫地面工事,我带着其余的人在背部掩体后的深弹坑里组成了环状阵形。我们可以从这里参与保卫地面工事的战斗,假如敌人进入了堑壕,我们也可以从他们上方扔手榴弹。然而,接下来的战斗却限于使用迫击炮和枪榴弹的一些小型战斗。

七月二十七日,一六四团的一个连前来换防接替了我们。我们筋疲力尽。这支连队的连长在前来换防的途中就已经受了重伤,几天之后,我的地下掩体也被击毁,埋葬了接替他的下一位指挥员。大决战的钢铁风暴如山雨欲来笼罩了皮西厄,脱身之后,大家都如释重负地松了一口气。

敌人从世界上最遥远的角落蜂拥而来,这些进攻显示了他们已经增强到了何种程度。我们能够用于抵抗的人马越来越少,经常几乎只有儿童兵,而且还缺乏装备和训练。就像在海啸高涨时一样,我们最多能做的就是用血肉之躯去堵这里或那里的缺口。像在康布雷那样的大型反攻是再也做不到了。

后来,在我仔细思考新西兰人是如何出现在掩体上面欢庆胜利的,又是如何把我们挤到致命的瓶颈地段时,我突然发现,他们此时扮演的正是我们在一九一七年十二月二日在康布雷大捷时扮演的角色。我们看到的是自己的影子。

我的最后一次冲锋

一九一八年七月三十日,我们进入索希-莱斯特雷埃①的休息营地,这地方就如同阿尔图瓦的一颗珍珠,四面环水。几天之后,我们继续行军返回埃斯科多夫尔②,一处干巴巴的工人居住的城市郊区,仿佛是被高雅的康布雷排斥出去的。

我住在布歇大街,占据了一户法国北方工人家庭最好的卧室。一张常见的大床是主要家具,壁炉的台架上放着红色和蓝色的玻璃花瓶,一张圆桌,几把椅子,墙上挂着几幅社会宫③的彩色印刷品:"阶级万岁""纪念初领圣体",明信片和更多类似的东西布置着这个房间。透过窗户可以看见教堂墓地。

明亮的满月之夜给敌人飞行员的造访创造了有利条件,也让我们对敌人不断增加的物资优势有所理解。夜复一夜,一个个飞行大队飘将过来,向康布雷市区和郊区扔下爆炸力骇人的

---

① 索希-莱斯特雷埃(Sauchy-Léstrée),法国北部一市镇。
② 埃斯科多夫尔(Escaudœuvres)。
③ 社会宫(法语 Familistère,英文或称 Social Palace),是法国工业家高丹(Jean-Baptiste André Godin)十九世纪下半叶在法国北部城市吉斯(Guise)建设的一处大型社区,能够容纳九百名工人及其家庭成员的生活、生产、教育和社会活动,具有改造社会的乌托邦色彩。

炸弹。对我造成干扰的与其说是蚊子一样的马达嗡嗡声和回声持久的连串爆炸声,不如说是我的房东夫妇恐惧地冲往地窖的动静。诚然,在我到达的前一天,一枚炸弹在窗前爆炸,把睡在我这张床上的男房东震晕并且甩倒了房间里,打掉了一根床柱,还把墙面打成了筛子。正是这场意外事件给了我一些安全感,因为我也有一点老兵的迷信,认为刚刚落下炸弹的弹坑是最安全的地方。

在休息了一天之后,训练课又开始老生常谈。操练、上课、集合、讨论和视察填满了一天的大部分时间。其中有一整个上午,我们用来在名誉法庭得出一个裁定。伙食又开始又少又差。有一段时间,晚上的食物只有腌黄瓜,士兵们直接幽默地赋予它一个合适的名字:"园丁香肠"。

我主要把精力花在训练一支小型突击队上,因为经过过去的战斗,我越来越清楚地发现我们的战斗力正在进行越来越明显的重组。实施真正的打击只能靠少数几个人,他们在此期间已经成长为特别强有力的打击力量,而大批随大流的人顶多可以考虑提供火力支援。在这种情况下,人们宁可当一个果敢的班的班长,也不愿意做一个畏缩不前的连队的连长。

我的业余时间是在读书、游泳、射击和骑马中度过的。我常常在一个下午的时间朝瓶子或者罐头听打上一百多枪。在骑马散步途中,我发现大量扔下来的传单,敌人的军事情报机构开始印刷越来越多的传单,用来作为打击士气的武器而散发。除了政治和军事挑唆之外,传单大部分还含有对英国战俘营里美好生活的描述。"说实话,"其中一张传单上这么写道,"在黑暗中打完饭或者挖工事回来是很容易迷路的!"另一张传单上面甚至印有席勒一首关于自由的不列颠的诗①。风向有利的条件下,可以用小型热气球把传单送过前沿阵地。传单用细线绑在一起,飘了一段时间之后点燃引信,传单于是散落。拾到一张传单能拿到三十芬尼的赏金,这暴露了陆军统帅部认为它们具有危险性。当然,这些额外开支将强加到被占领区的居民身上。

有一天下午,我骑上自行车去了康布雷。这个可爱的古老小城已经变得荒无人烟。商店和咖啡馆都关了门,街道看上去死气沉沉,尽管军灰色的滚滚人流在其中涌动。我发现普朗科夫妇很高兴我来访,一年前他们为我提供了一个美妙的住处。他们告诉我,康布雷的所有情况都已经变糟了。让他们尤其有怨言的是飞机的频繁造访,逼着他们在夜里匆忙地上下楼梯好多次,他们就哪种死法更可取而展开争论:究竟是在第一层地窖里因炸弹丧命,还是在第二层地窖里被埋葬。这两位老东家充满忧虑的表情让我真心感到难过。几个星期后,当炮声再次响起时,他们不得不手忙脚乱地离开这座他们在其中度过了一生的房子。

八月二十三日夜里十一点左右,门上一阵猛烈的敲击声将我猛然惊起,那时我刚刚平静地入睡。一名传信兵带来了开拔的命令。就在前一天,一场激烈得不同寻常的炮火发出单调的轰鸣从前线冲击而来,提醒着在执勤、吃饭和打牌的我们,别指望再休息更长时间了。我们为这种远处沸腾的炮火新造了一个响亮的前线行话:"闷响了。"

我们迅速收拾好东西,在街道上下着倾盆暴雨时,踏上了去

---

① 此处指的是席勒作于 1786 年的诗《无敌舰队》(*Die unüberwindliche Flotte*),内容有关西班牙无敌舰队远征不列颠而覆没。

康布雷的路。我们行进的目的地是马基永①,我们在清晨五点左右的时候抵达。连队分到一处院落,四周是一排已经毁坏的牲畜圈,我们每个人都尽量舒服地安顿了下来。我和唯一的连级军官施拉德少尉一起爬进一间土砖砌的小房间,里面浓烈的公羊气味透露出这里在相对和平的时期曾经被用作羊圈,然而现在只有几只大老鼠住在这里。

下午是军官开会时间,我们得知,我们将在夜里在距离伯尼②不远的康布雷-巴波姆大道右侧做好准备。我们被警告要提防那些迅速和灵活的新型坦克发起的进攻。

在一个果园里,我根据战斗类型将我的连队进行了人员分配。我站在一棵苹果树下对士兵说话,他们呈马蹄形围着我。他们的脸看上去很严肃,很有男子气概。我也没什么话要说。在这些天里,所有人大概都带着一种平静认识到了一点,即我们正走在下坡路上,这种平静只能这样解释,就是每支军队都是由战斗人员和士气组成。敌人每一次进攻都会使用更加强劲的武器装备,他们的打击变得更快、更有力。每个人都知道,我们不可能取胜。但是我们将坚持下去。

我和施拉德在院子里坐在用手推车和门板搭成的桌前吃了晚饭,还喝了一瓶红酒。然后我们在我们的羊圈里蜷缩着睡下,直到凌晨两点钟岗哨来报说,载重汽车在集市广场上准备待命了。

我们在幽灵似的灯光下嘎吱嘎吱地驶过被去年康布雷战役摧残得凌乱不堪的地带,穿行在那些被轰炸得奇形怪状的小地方,乡村街道的两边堆满了瓦砾。我们在很接近伯尼的地方下了

---

① 马基永(Marquion)。
② 伯尼(Beugny)。

车,被领入阵地。我们营占据了伯尼-沃大道旁一条峡谷般的道路。上午时分,传信兵带来命令,连队必须向弗雷米库尔①-沃大道前进。这种一点一点的推进使我确信,到晚上之前我们肯定还要面临流血战斗。

我让三个排成列穿过这个处于飞机在空中盘旋轰炸和射击之下的地段。到达目的地后,我们分散在弹坑和地洞里,因为零星的炸弹会偏离道路。

这一天我感觉十分不舒服,因此我立刻躺进了一段小堑壕里睡觉。醒来之后,我开始读一直携带在地图袋里的《项狄传》②,就这样带着一种病人晒太阳时的慵懒度过了整个下午。

六点十五分,一名传信兵让全体连长都到封·维赫上尉处集合。

"我向大家郑重宣告,我们即将发起进攻。全营在半小时的火力准备之后,将于七点从法夫勒耶③西部边缘发起冲锋。你们以萨皮尼④的教堂塔楼为目标进发。"

在简短地交流和一个有力的握手之后,我们奔向连队,因为战火在十分钟后就将开启,我们还有很长一段路要行进。我通知了几位排长,让大家集合。

"各班站成一列,间距二十米。行军方向法夫勒耶的树冠偏左!"

我不得不指定留守人员,以便通知炊事班向何方进发,没人

---

① 弗雷米库尔(Frémicourt)。
② 《项狄传》(*Tristram Shandy*),英国作家劳伦斯·斯特恩(Laurence Sterne,1713—1768)创作于1759年至1767年之间的九卷本小说。该小说在同时代就受到了德国文豪莱辛、维兰德、歌德等人的重视,被认为是现代主义写作的开山鼻祖之一。
③ 法夫勒耶(Favreuil)。
④ 萨皮尼(Sapignies)。

自愿报名做这种事。这是一个好征兆,说明我们之间仍旧存在着某种精神。

我带着我的勤杂兵和非常熟悉这个地区的预备军官赖因内克一起,远远地走在连队前面。我们的射击声在灌木和废墟后面突然响起。这火力与其说是像一股毁灭性的狂风巨浪,不如说是一种盛怒之下的狂吠。在我们身后,我看见了我的队伍正模范般整齐地向前挺进。他们身旁,飞机射击扬起如小云团的尘土,子弹、空弹桶和榴霰弹弹带伴着地狱般的狂啸穿过这狭窄的队伍的间隙。左边是被严重轰炸过的伯尼亚特尔①,锯齿状的铁块沉重地飞过来,落地短距离撞击后插入泥地里。

更恼人的是行进在伯尼亚特尔-巴波姆大道后面。突然一连串高爆弹在我们身后和我们中间爆炸了。我们四散开来,扑进弹坑里。我膝盖着地,跌落到一位前人因恐惧而挖的坑里,并且让我的勤杂兵在匆忙之中用刀粗略地清理了这个坑。

在法夫勒耶村边四周,大量炮击产生的云雾堆积起来,棕色的泥柱在其中此起彼伏。为了寻找合适的阵地,我先走到第一堆废墟处,然后用手杖做出"跟上来"的指示。

这个村庄被打得千疮百孔的棚屋所环绕,在村子后面,一营和二营的部分士兵逐渐集合起来。在上一段路程中,不少人死于机枪射击。我站在我的角度去观察这些小云朵的细线,偶尔会有新兵陷入这些细线之中,就像落入固定好的捕鱼网之中一样。另外,我连队的代理预备军官巴尔格腿部被子弹打穿了。

一个穿着棕色灯芯绒的身影沉着地走过这片被扫射的地带,并且和我握了手。基乌斯和博耶,容克尔上尉和沙泊尔,施拉德尔,施莱格尔,海因斯,芬德艾森,霍勒曼和霍鹏拉特站在经

---

① 伯尼亚特尔(Beugnâtre)。

历了铅与铁冲击的灌木丛后面,在整个敌人进攻期间都在聊天。我们在愤怒的日子里曾经在**同一个**①战场上战斗,这一次,已经西下的夕阳可能还要照耀几乎所有人的鲜血。

一营的部分士兵进入宫殿广场。二营只有我的连队和五连几乎人数齐全地穿过了燃烧的幕墙。我们穿过弹坑和房屋的废墟,努力前进到村子西侧边缘的一条峡谷般路段。我在途中捡起一个钢盔戴到头上——我只习惯在非常可疑的情况下做这个动作。令我惊讶的是,法夫勒耶村一片死寂。一切迹象表明,占领军已经离开了防御阵地,因为在这些废墟之中已经可以察觉到紧张的气息,这是被遗弃的地方在这种时刻所特有的气息,它赋予了眼睛以极其敏锐的洞察力。

我们都不知道封·维赫上尉正孤零零地躺在村中一个弹坑里,身负重伤。此前他已经布置好了任务,五连和八连在最前线、六连在第二线、七连在第三线发起冲锋。由于六连和八连看不见人影,所以我决定开始进攻,而不在梯队划分上多费脑筋。

已经七点了。穿过房屋残垣和树墩,我借着微弱的枪火中看到了一道散兵线撒向无遮拦的战场。那一定是五连。

我让全体士兵做好准备,在峡谷般道路的掩护下发起进攻,并且下令分两波进攻。"间隔百米。我自己在第一波和第二波之间!"

最后一次冲锋开始了。在过去几年里,我们有多少次在相似的心情下向西方的太阳前进!莱塞帕尔热,吉耶蒙,圣皮埃尔瓦斯特,朗格马克,帕斯尚尔,默夫勒,夫罗库尔,莫里!又一波腥风血雨在招手。

我们就像在操练场上一样离开了峡谷般的道路,只有"我

---

① 此处强调为原文所有。

自己"——正如我刚才在那句漂亮的命令中所说的——突然间和施拉德尔少尉并肩处于第一波火线前方毫无遮拦的战场上。

我的身体感觉好了一点,但是情绪上依然有些无力。后来,哈勒尔在去南美之前跟我道别的时候告诉我,他旁边的人当时跟他说:"你知道吗,我觉得少尉今天回不来了!"哈勒尔这个人很古怪,我喜欢他那狂野和破坏性的思想,他那时告诉我一些令我惊讶不已的事情,即普通的士兵会像金匠称金子一样衡量指挥员的心。实际上我感觉非常虚弱无力,而且我从一开始就认为这次进攻是错误的。尽管如此,我还是最喜欢回想这次进攻。它没有大战役的狂潮巨浪以及沸腾的狂傲。对此我有种非常客观冷静的感觉,就好像我用望远镜观察自己一样。在这场战争中,我头一次能听到小弹头的嘶嘶声,仿佛它们从目标边呼啸而过。田野如玻璃般透明。

一些零星的子弹向我们射来,也许后面的村子围墙让我们避免暴露在过于清晰的视野里。我右手拄着拐杖,左手拿着手枪,步履沉重地在前面走,没注意到五连的散兵线部分士兵在我身后,部分在我右侧。在前进途中,我感觉到我胸前的铁十字勋章脱落并掉到了地上。施拉德尔、我的勤务兵和我三个人一起开始努力寻找,即便隐蔽的射击手已经把我们当成了靶子。最终施拉德尔把它从草丛里拽了出来,我又把勋章钉在衣服上。

地势下沉了。模糊不清的身影在赤褐色黏土的背景上移动。一挺机枪冲我们劈头盖脸地扫射。绝望的感觉增强了。尽管如此,我们开始奔跑,而射向我们的子弹也是越来越有准头。

我们跳过几个避弹坑和几个仓促挖开的堑壕。正当我跃过一个稍微仔细一些掘开的堑壕时,胸口穿透性的一击把我像野禽一般从空中击落。伴随着一声大喊,我似乎耗尽了最后一口气,顺着身体的轴心旋转着哐当一声落到地上。

现在终于轮到我了。带着中弹的感觉,我同时感受到了子弹是如何切入生命的。在莫里之前的路上我就感受过死神之手,这次它抓得更有力,更明确。当我重重地摔到堑壕地面时,我确信,一切都要不可挽回地结束了。说来也怪,这一刻是我很少能说出的那种真正幸福的感觉。在这一刻,我就像被一道闪电点悟,领悟到了我生命的最内在的形态。我对此感到了一种难以置信的惊讶,我生命就要在这里终结,但是这种惊讶是一种非常轻松愉快的类型。然后我听见炮火声越来越弱,我如同一块石头从汹涌的水面沉向深处。那里不会再有战争,也不会再有敌意。

杀出一条生路

我经常看见伤员陷入梦境而不能自拔,他们不再参与战斗的喧嚣,参与围绕着他们的人类最激动的热情。我可以说,他们的秘密对我而言并非完全陌生。

按钟点计算的话,我完全失去意识的那段时间不可能很长——大概就是我们的第一波进攻抵达我摔进去的堑壕那一段时间。我在醒来的时候觉得自己遭遇了巨大的不幸,被夹在堑壕的泥壁之间,而"卫生兵!连长受伤了!"的呼喊则从一排矮着身的人中间滑过。

另一个连队的一位年长的人在我上方俯下身子,面色和蔼,解开我的武装带并敞开我的上衣。他看到了两个圆形的血斑——一个在右胸中间,另一个在背部。一种瘫痪的感觉使我贴在地面,狭窄的堑壕里的热空气让我备受折磨地洗了个汗水澡。这位前来帮我的人充满同情心地用我的地图袋给我扇风,好让我感觉清爽些。我挣扎着呼吸,期待黑暗的来临。

突然,一阵炮火的风暴从萨皮尼方向呼啸而来。毫无疑问,这连续不断的滚响,这均匀的咆哮和隆隆的踩踏声,比防御我们糟糕的进攻更为重要。在我上方,我看见施拉德尔少尉那张在钢盔下石化的脸,他像机器一样射击和上膛。我们之间展开了一场交谈,让人想起《奥尔良少女》①里的塔楼场景。我自然没有开玩笑的心情,因为我明确地认识到自己完了。

施拉德尔很少有时间跟我说上只言片语,因为我现在已经不能数数了。我在晕厥的感觉中试图从他的脸上看出上面的情况怎么样。一切迹象表明,地面上的进攻者胜利了,因为我听见他越来越频繁、越来越激动地给他旁边的人指明目标,目标一定就在附近某处。

突然,就像洪水决堤时一样,一声惊呼在战士口耳之间传递:"他们在左边突破了!他们绕过了我们!"在这可怕的时刻,我感到生命力里像火花一样再次开始燃烧。我成功地在手臂的高度用两根手指抠进一个洞里,这个洞可能是老鼠或者鼹鼠在堑壕壁上钻出来的。我慢慢地坐起身,而积在肺里的血从伤口里流淌出来。血流出多少,我就感到有多大程度的放松。我头上没有防护,敞着上衣,握着手枪,凝视着战场。

一串背着行囊的人穿过白色烟雾笔直朝前冲。有些人摔倒后趴在地上,其他人就像兔子被打中一样连滚带爬。最后剩下的人在我们前方百米处也被弹坑地带所吞没。他们肯定属于一支十分年轻的部队,还没尝过战火的滋味,因为他们展示了没有经验的新人的勇气。

四辆坦克就像被一根绳子拉着一样,徐徐越过一处起伏地面的高处。几分钟后,它们被炮击砸进了地里。一辆坦克像铁皮玩具一样裂成了两半。在右方,勇敢的预备军官摩尔曼发出一声死亡的呼喊就倒下了。他像年轻的雄狮一样勇敢,这一点我在康布雷就已经见识到了。他前额的正中央中弹,比他当时

---

① 《奥尔良少女》(*Die Jungfrau von Orleans*),德国作家席勒创作于1801年的戏剧作品。

为我包扎的中弹处要准得多。

情况似乎还没到无望的程度。我低声对维尔斯基上士说，爬到左边去，然后用机枪扫清那个缺口。接着他很快回来并报告说，二十米外所有人都已经投降了。趴在地上的是另一个团的部分士兵。我一直用左手牢牢抓着一束草，就像握着方向盘一样。现在我能够转身了，于是我眼前展现出一幅奇特的画面。英国人已经有一部分进入到左边与我们相邻的堑壕，有一部分上了刺刀，沿着堑壕走。在我理解到危险近在咫尺之前，我被一个更加意想不到的新奇场面转移了注意力：在我们背后，有其他的进攻者押着高举双手的俘虏向我们走来！敌人肯定是在我们发动冲锋后就几乎直接推进到这座被遗弃的村子。此刻，他们正收紧包围圈，切断了我们的对外联络。

这个情景越发鲜活起来。一圈英国人和德国人包围了我们，要我们放下武器。场面像在一艘正在沉没的船上一样混乱。我用虚弱的声音鼓励旁边的人去战斗。他们不分敌友地开枪射击。沉默者和喊叫者把我们这一小群人围在中间。在左侧，两个巨人似的英国人把刺刀伸进堑壕，见堑壕里有人伸手求饶。

我们中间也传出了刺耳的声音："没有意义了！扔下枪！战友们，不要开枪！"

我朝跟我一起站在堑壕里的两个军官看去。他们耸耸肩以微笑回应，解下了武装带扔到地上。

现在只剩下两个选择，要么被俘，要么挨一子弹。我爬出堑壕，跟跟跄跄地朝着法夫勒耶走去。就像在噩梦中一样，我感觉双脚黏在地上动弹不得。唯一的有利情况也许就是这种混乱了，有人已经开始交换香烟，有些人还在互相屠杀。两个英国人押着一队九十九团的俘虏往自己的阵地走，正好与我狭路相逢。我举起手枪朝着两人中离我最近的那个人扣动了扳机。另一个人举枪向我开火,但是没打中。这一系列匆忙的动作将我的血在剧烈搏动中从肺里逼了出来。我可以更自由地呼吸了,并且开始沿着堑壕跑起来。施莱格尔少尉蹲在一堵肩部掩体后面,身边的人正在开火。他们跟着我开始跑。几个正经过这片地带的英国人停下来,在地上架起路易士机枪向我们射击。除了我,施莱格尔和两名同伴都中弹了。施莱格尔有很严重的近视,还丢了眼镜,后来他跟我说,他当时除了我那上下翻飞的地图袋以外什么都看不见。地图袋就是他的指路牌。大量失血让我有一种亢奋状态的自由和轻松,让我不安的只有一个念头,就是过早倒下。

我们终于到达法夫勒耶村右边一处半月形的隆丘旁,六挺重型机枪从那里向外不分敌友地扫射。所以说这里还有一个缺口,或者至少包围圈里还有一处孤岛,我们的运气将我们引到了这里。敌军的子弹散射到掩体的沙土里,军官高声呼喊,激动的士兵跳来跳去。六连的一名卫生兵下士把我的衬衫扯下来,建议我立刻躺下,因为再过几分钟我就会失血过多而亡。

我被裹进一块帐篷帆布,然后被拖到法夫勒耶村的边缘。我的连队和六连的几个人陪着我。村里已经到处是英国人,因此不能排除敌人马上近距离朝我们开枪的可能性。子弹砰砰地射进人的身体。抓着帆布后端拖着我的卫生兵头部中弹倒地,我跟他一起倒下。

这小队人马平平地仆倒在地,向近旁的洼地爬过去,子弹在身边打得噼啪作响。

我一个人孤零零地留在战场上,被捆在帆布中,几乎是麻木地等待中弹,这样肯定就能结束这段奥德赛之旅了。

同时,我在这个毫无希望的情形之下并没有被遗弃,陪同的人始终在观察着我,很快就重新努力向我施予救援。二等兵亨斯特曼——一个金发的大个子下萨克森人——的声音在我耳边响起:"少尉先生,我现在背上您,我们要不然能冲过去,要不然就倒下!"

可惜我们没能冲过去,村边有太多杆枪等着我们。亨斯特曼开始奔跑,我用手臂环抱着他的脖子。立刻就响起了一声枪响,就像人们在打靶场上操作百米靶盘时听到的声响一样。没跳出几步,细小的金属嗡嗡声就宣告子弹击中目标,亨斯特曼在我身下软软地倒下。他倒下时没发出声响,但是我在我们碰到地面之前已经感觉到死亡是如何弥漫到他全身的。我松开他依旧紧紧环抱着我的手臂,看见一颗子弹穿透了他的钢盔和太阳穴。这名勇士是教师的儿子,来自汉诺威附近的莱特尔①。我一恢复了下地行走的能力,就去拜访他的父母,向他们报告了他们儿子的事迹。

这个可怕的先例并没有吓退另一名帮手,他冒险再次尝试对我实施援救。这就是卫生兵施特里夏尔斯基中士。他把我扛在肩上,在第二轮枪林弹雨在我们四周呼啸的时候,他顺利地将我带到了附近丘陵地带的一个死角。

天色暗了下来。战友们找了一名死者的帐篷帆布,用它把我抬过一片荒无人烟的地带,远远各处都是炮光闪耀的射线。我认识这种可怕的感觉,这是人们不得不竭力呼吸时才有的感觉。在我前方十步距离处有人抽烟,香烟的气味快要让我窒息。

终于,我们到了一个地下掩体内的卫生站,和我有交情的医生凯伊在这里任职。他为我调制了一份可口的柠檬汽水,给我注射了一针吗啡,让我神清气爽地陷入睡眠。

第二天疯狂驱车前往野战医院是对生命力的最后一次严峻

---

① 莱特尔(Letter)。

考验。然后我落到了护士手里，我在那里继续从之前冲锋令打断的地方接着读我的《项狄传》。

善意的同情让我在伤情反复阶段感到些许轻松，这种反复是肺部中弹所特有的。我们师的官兵都来探望我。所有参加萨皮尼冲锋行动的人却要么已经阵亡，要么像基乌斯一样沦为英国人的俘虏。当逐渐占据上风的敌人的第一波炮弹落在康布雷的时候，普朗科夫妇给我寄来一封充满善意的信、一罐从嘴里省下来的牛奶和自家园子里结出的唯一一颗甜瓜。更苦的日子还在等着他们。我最后一名勤务兵也毫无例外地加入了他前辈的行列，在我身边坚持了下来，尽管在野战医院里没有他的伙食，他不得不在厨房里求人给他一些食物。

躺着无聊的时候，人们会寻找各式各样解闷的方法，有一次我数自己伤口的总数来打发时间。如果将弹跳碰伤和擦伤这样的小伤忽略不计，那么我一共至少被击中过十四次，其中五次是步枪子弹，两次是炮弹碎片，一次是榴霰弹的钢珠，四次手榴弹碎片，两次步枪子弹碎片，它们在身体上射入和射出一共留下了整整二十个伤疤。这场战争更多的火力是朝空地打，而不是朝人打，但是我无论如何做到了这些子弹中有十一颗是对准我个人的。所以，我完全有理由将这些日子里颁发给我的金质伤员勋章别在自己胸前。

十四天之后，我已经躺在野战医院列车里上下颠簸的床上。德国风光已经沉浸在初秋的光泽中。我很幸运地在汉诺威下了车，被安置在克莱门汀教会医院。没多久，就有很多人前来探望，我特别喜欢看到我弟弟。他在战场上受伤之后还长高了些，虽然伤重的右侧身体没有跟上。

我和里希特霍芬飞行中队一名年轻的战斗机飞行员共住一屋，他的名字叫温泽尔，高大而勇敢，我们国家一直在产出这样的人。他完全体现了他们飞行中队的座右铭"勇毅而疯狂!",已经在空战中打下了十二架对手的飞机,其中最后一名在被击落前曾一枪打碎了他的上臂骨。

我和他、我的弟弟和几个在等待列车的战友一起庆祝我的第一个获准外出日,而且是在老汉诺威直布罗陀团的屋子里。由于我们的作战能力遭到了质疑,所以大家迫切需要用不同的方式飞越一把巨大的沙发椅来证明自己。然而我们做得很糟:温泽尔的胳膊又骨折了,我第二天早上发烧四十度躺在床上,是的,这条体温线甚至向那条红线发动了令人担心的进攻,红线之后就连医生也无力回天了。在这种体温下,人们会失去对时间的意识,我躺着的时候,护士们在为我而战,在那些发烧时做的梦总是那么轻松愉快。

在这些日子中的一天,一九一八年九月二十二日,我收到了封·布瑟将军的电报:

"皇帝陛下授予您功勋勋章①。我以全师的名义向您表示祝贺。"

---

① 功勋勋章(沿用当年官方语言,以法文称 Pour le mérite),由腓特烈大帝(即弗里德里希二世)于1740年设立,是普鲁士王国和德意志帝国的最高军功勋章。第一次世界大战期间,包括容格尔在内共有687人获得功勋勋章荣誉。